異色作家短篇集
8

血は冷たく流れる

Blood Runs Cold／Robert Bloch

ロバート・ブロック
小笠原豊樹／訳

早川書房

血は冷たく流れる

BLOOD RUNS COLD

by

Robert Bloch

Translated by
Toyoki Ogasawara
Published 2006 in Japan by
Hayakawa Publishing, Inc.
This book is published in Japan by
arrangement with
Simon & Schuster, Inc.
through Tuttle-Mori Agency, Inc., Tokyo.

わが心にかない
ふところに刃《やいば》をのむ人
クレイトン・ロースンに捧げる

目　次

装幀／石川絢士（the GARDEN）

芝居をつづけろ

The Show Must Go On

かれが入って行ったときは、ちょうど休憩時間で、劇場のとなりの居酒屋は立て混んでいた。

かれが歩いて行くと、何人かがうなずいたり、手を振ったりした。けれども、かれはまっすぐカウンターへ行った。今は、人と話をして気分をこわされたくない。役に深く没入しているのである。肝心なのは、自分の役に注意を集中し、演技を計算すること、それだけだ。しかし、酒の一ぱいや二はいはわるくない。

待ちかまえていたバーテンのピーターは、ちょっと頭を下げ、今日の夕方、あなたを訪ねて来た人がありますよ、というようなことを言った。

これに返事をして、ムードをなくしては、ぶちこわしである。かれはそこに立ったまま、ピーターがウィスキーと水を注ぎ、むこうを向くのを待った。

それから重たいショット・グラスを持ちあげ、ウィスキーを飲んだ。畜生、手がふるえている。口髭に、酒が二、三滴こぼれた。

「どうした、ペット——あがってるのか」

うしろから聞き馴れぬ声が呼びかけたので、かれはあわただしく振り向き、グラスをカウンターに置いた。「何か御用ですか」と、小声で言った。

目の前に、二人の男がいた。一人は、たくましい髭づらの男で、かなり酔っている。もう一人は若い男で、顔が蒼白く、目が大きい。話しかけたのは、たくましいほうの男だった。

「あがってるのかと訊いたんだよ、ペット」

酔いどれを相手にしている場合ではない。しかし返事をしないわけにもいかない。「失礼します。存じ上げない方とはお話ししないことにしておりますので」

と、かれは言った。

　たくましい男は、連れの青年に肩をすくめてみせた。

「丁寧な喋り方じゃないか、クレム。存じ上げない方とはお話ししないことにしております、ときた。存じ上げない男性とはと言ってもらいたいもんだね」

「お父さん、お願いですから――」

　たくましい男は、青年を突きのけた。「どいつもこいつも丁寧な口をききやがる。ひとつ、ざっくばらんに話し合おうじゃないか、ペット」

「ちょっとお待ち下さい、わたしの名前はペットではありません」

「リヴィがいつもそう言ってたからよ」たくましい男はブランデーの匂いをさせて近寄った。「リヴィはおれの娘だ。でも、お前さんはリヴィのことなんぞ、おぼえちゃいねえんだろ？　そう、そういうもんだよ。お前さんみたいな有名人は――名優と言ったほうがいいのか――とにかく、お前さんみたいな男は、うまくたらしこんだ女の子の名前を、いちいちおぼえてるはずがねえやな」

「ああ、じゃ、あなたがリヴィのお父さんでしたか」

それは阿呆らしい相槌だったが、ほかにうまいセリフが出て来なかったのである。かれは、ムードをこわさずに、ここから出て行きたいと、それだけしか考えていないのだ。休憩時間が終わらぬうちに、どうしてもここから逃げ出さねばならない。

「そう、リヴィのおやじだよ。娘はね、お前さんのことを、忘れちゃいねえんだ。巡業がすんだら、必ず戻って来て、結婚しようと、お前さんが約束したことばを、忘れちゃいねえよ。しかし、お前さん、初めから本気じゃなかったんだろ？　どうなんだよ？」たくましい男は、かたわらの青年を肘でつついた。「こいつは花婿の衣裳を着ていねえじゃねえか、クレム。妙ちきりんなマントを羽織って、つるんつるんの長靴をはきやがって、まるでこれから旅行に出掛けるみてえだ」

　たくましい男は片手をコートの下に入れた。と思う間もなく、かれの脇腹には、拳銃の銃口が押しあてられていた。

「旅行か、それもいいだろう」と、たくましい男は言った。「おれが引導を渡してやらあ。まっすぐ地獄へ旅行しやがれ」

これはひどい。ムードはみるみるこわれ始めていた。一刻も早く、なんとかしなくてはいけない。

「しかし、待ってください！」と、かれはふるえる声で言った。「あなたにはお分かりにならないのです。わたしは俳優です！」

「そうよ、批評家の書いたものを読んだが、大根役者だそうだな」と、たくましい男はあざわらった。「そんなこたあ、どうでもいいんだ。役者であろうとなかろうとお前が下司のやくざ野郎だってことに変わりはねえや」拳銃はますます強く押しつけられた。

「お願いです！」かれはふるえ始めた。「そのことは、あとでお話し合いしたいのですが」

「あとで？」

「もうすぐ休憩時間が終わります。わたしは劇場へ戻らねばなりません。演じなければならない役が――非常に重要な役があるのです。それがすみましたら、なんでもあなたのおっしゃるとおりにいたします。きのどくなリジーの話をいくらでも――」

「リヴィだ！」

「そう、そうでした、おゆるし下さい。わたしは舞台に気をとられているものですから」かれはもうべそをかいていた。「どうか、お願いいたします。この演技をすませるまで、どうか御猶予をいただきたいのです！　劇場とその輝かしい伝統の名において、芝居はつづけなければなりません」

「芝居をつづけるだと――」銃口の圧力が、すこし弱まった。「お前さんは、そんなことしきゃ頭にねえのか」たくましい男はクレムのほうに向き直った。「あぁ、この野郎はおつむがおかしいってみんなに言われたが、まさかこんなだとは――」

クレムがその動揺につけこんだ。「お父さん、分かったでしょう。みんなの言うとおり、この人は狂っているのです！　だから、この人をおどしても、なんにもなりません！　まさかリヴィをこんな男と結婚させたくはないでしょう」

　たくましい男は頭を振った。そして、ゆっくりと拳銃をしまった。「可哀想だと思ってやめたんじゃないぞ」と、男は言った。「てめえは、みじめったらしい野郎だと思っただけだ。さっさと芝居をつづけやがれ。てめえなんぞ、芝居のほかには何の取柄もねえ男じゃねえか。てめえを殺すのはやめにしたよ。生きてても死んでも、大差ない野郎だからな」

　たくましい男は、かれの足もとにペッと唾を吐いた。そして青年と一緒に出て行った。

　この小さな情景《シーン》がだれの目にもとまらなかったらしいことにほっとして、かれは立ち去って行く二人の後ろ姿を眺めた。だが、ある意味では、残念なことでもあった。今のはすばらしい演技だったのだから。恐らくかれとしては最高の演技だったろう。世間はかれを名優とは認めなかった。それもよかろう。まあ、見ていたまえ。

　ほら、芝居が始まった。「十時十分すぎ」と、外の街路でだれかが叫んだ。休憩時間は終わりだ。行かねばならぬ。

　かれは、となりの劇場へ行き、ロビーの入口に立っていた老人に挨拶した。「ぼくにまで切符を買えとは言わないだろうね」と、かれは尋ねた。

　老人はにっこり笑って、かれを通した。ロビーを通りぬけると、観客席のあかりが消え始め、かれは暗くなった通路を歩き出した。くらやみのなかで、今し方の酔いどれとの情景《シーン》を思い出して、かれは微笑した。このデリンジャー式ピストル、こいつの引き金を引けば、あんな男は簡単に殺せたのだ。しかし、さっきの一件は、もういい。あとは一刻も早くムードを取り戻すこと。このあとのすばらしい情景《シーン》にそなえること。これこそ最大最高の情景《シーン》なのだ。さっき言ったのはウソではない。芝居はつづけなければならない。

ほんとうに、舞台では芝居がつづけられていた。かれはくらやみのなかでバルコニーの階段を見つけ、リンカーン大統領の桟敷にむかって階段をのぼり始めた。（一八六五年四月十四日、ワシントンのフォード劇場で観劇中のリンカーン大統領を射殺したのは、シェイクスピア役者ジョン・ウィルクス・ブースだった）

治　療
The Cure

もう夜中すぎだろうか、ジェフは、ふと、目をさました。

小屋の中は暗いが、月光が戸口からさしこんでいる。ジェフが寝返りをうつと、ハンモックのかたわらにマリーが立っていた。

全裸だ。

長い金色の炎のような髪が、まっしろな乳房のあたりに垂れさがり、マリーの目はきらきら輝いている。

ジェフが腕をのばすと、女は微笑を浮かべて、一歩進み出た。

次の瞬間、ナイフがふりおろされた。

月光が刃にきらりと光り、ジェフはすばやく体を片側にひねった。山刀《マチエーテ》の先端が、ハンモックのカンバスに突き刺さり、ザリッと布の裂ける音がした。

ジェフは女を摑まえようとした。汗に濡れたあたたかい女の肌を、両手がすべった。マリーは喉の奥で呻き、ふたたび切りつけた。山刀《マチエーテ》が、ジェフのくるぶしにあたり、ジェフは叫んだ。

すると、戸口いっぱいの月光のなかに、黒い人影があらわれ、その人影は駆け寄って、うしろからマリーを抱きとめた。

「セニョール、大丈夫か」

「うん」ジェフはハンモックから下り、くるぶしのにわかな痛みに喘ぎながら、ランプに火をともした。

女を羽交い締めにしているのは、ルイスだった。褐色の顔に黒い前髪を垂らしたインディアンは、ひどく落ち着いていた。自分の山刀《マチエーテ》を片手に握り、マリーのむきだしの喉に押しあてている。

「やっていいか、セニョール」

「いかん！」と、ジェフはつぶやいた。「やっちゃいかん！」

ルイスは肩をすくめ、山刀《マチエーテ》を床に落としたが、女は離さなかった。ルイスの褐色のひとみには何の表情もあらわれていない。

マリーが泣き出した。

「ジェフ、あなたを殺してやる、絶対殺してやる！　わたしが知らないと思ってるの。ちゃんと知ってるわよ。お金は来たんでしょう？　あなたとマイクが持ってるのよ。わたしを置きざりにする気でしょう。そんなこと、させないわよ。まずあなたを殺してやる、殺して――」

「おい、どうした」

マイクが小屋に入って来た。梯子をのぼって来たので、息を切らしている。一同の様子を呆れたように眺めた。

ジェフは肩をすくめた。喉の奥から、やっと言葉が出て来た。「マリーが、すこしおかしくなった」

「山刀《マチエーテ》で切りつけたのか」

「そうだ。おれたち二人が金を持ち逃げすると思ってるらしい」

「熱病かな」

「あの顔を見ろよ」と、ジェフが言った。

マイクは、マリーの顔を見た。眼球がきょろきょろ動き、口の隅から唾液が流れ出ている。

「きみの言うとおりかもしれんな」と、マイクは溜息をついた。「熱病じゃない。どうしたらいいだろう」

「分からん。とにかく、放っておいたら危険だ」ジェフはルイスのほうに向き直った。「きみが来てくれて運がよかったよ」と、インディアンに言った。

ルイスはうなずいた。「このひと、山刀《マチエーテ》もって、小屋出たから、わたし、ついて来た。このひと、顔、へんだった。あたまの病気か」

「そうだ。頭の病気だ。小屋に連れ戻して、寝台に縛りつけよう」

「それはおれたちがやるよ」と、マイクが言った。

「きみは、そのくるぶしの手当てをしろ。ずいぶん出血してるじゃないか。このあたりに医者がいりゃいいんだが――」

　ジェフは呻いた。「おれより、マリーだよ、医者が必要なのは」と、ジェフは言った。「こんなことになるんじゃないかと思ってた。ここは女の来る所じゃない。狂っても不思議はないさ。あの金が二、三日中に来なけりゃ、おれたちはみんな狂うぞ」

　マイクとルイスは、マリーを小屋の外へ連れ出した。ジェフは足を引きずりながら、戸棚に近寄り、ブランデーを探した。傷を消毒しなければいけない。このジャングルでは、ほんのかすり傷でも、放っておくと命にかかわる。ブランデーの壜を見つけたジェフが、傷の手当てをしていると、ルイスが戻って来た。手に何か持っている。その汚れたボロ布は一種の湿布らしい。

「わたし、治す」と、インディアンは言った。「これ、とてもいい《ムイ・ブエノ》」

「なんだい。インディアンのおまじないか」

　褐色のひとみに、むっとしたような色が宿った。

「わたし、インディアンでない、セニョール。わたし、スペイン人だ。ちがうか」

「分かった、分かった、きみはスペイン人だ」ジェフはハンモックに横になり、そのくるぶしにルイスが湿布をあてた。湿布は焼けるように痛かった。

「マリーは大丈夫か」と、ジェフは訊ねた。

「セニョール・マイクが、縛ったよ」と、ルイスが答えた。それから、ちょっと黙った。「なぜ、わたし、殺すの、いかんと言った？　あの女、あんた殺そう思った」

「いや、彼女は自分で自分のしていることが分からなかったのさ。狂っているんだからね」

「でも、あんたに、傷つけた。セニョール、傷つける、だれでもわるい。セニョール、わたしの頭《ヘフェ》だ」

「ありがとう、ルイス。きみはいい奴だ」ジェフは溜息をついた。「さあ、もう、いいから、あっちへ行ってくれ。一休みするから」

インディアンはそっと立ち去り、ジェフは浅い眠りに落ちた。午後三時頃、マイクがまた梯子をのぼり、小屋へ入って来た。ジェフが目をさますと、マイクは小屋のまんなかに立っていた。

「彼女の容態は?」と、ジェフは訊ねた。

マイクは唸った。「耳をすましてみろ。金切り声がここからでも聞こえる」

「そんなにひどいのか」

「ひどい。声を限りに、金のことをわめきたててる。インディアン連中に英語が分かったら、とんでもないトラブルになるところだ。早く医者に診せなきゃいかん」

ジェフは上半身を起こし、蚊を叩きつぶした。「この足じゃ旅はできんよ」と、ジェフは言った。「それに、ここで金の到着を待たなきゃならんだろう。金が来たら、海岸へ出て、貨物船でベレンへ行こう。あそこは大きな町だから、精神科の医者もいるだろう」

「マリーをヘッドシュリンカー(「頭を縮める人」、俗語で精神科医のこと)に診せるのか」

「そうだ」ジェフは溜息をついた。

マイクは、ジェフの顔を見た。「きみの足が治るまでに、どれくらいかかるかな。彼女は今すぐ連れて行くほうがいいと思うぜ。どうせ金が着くまでには、あと一カ月もかかるだろう。そのあいだ、ずっと縛っておくわけにもいかないじゃないか」

「しかし、今言ったとおり、この足じゃ旅は無理だよ」

「きみは動かなくていいんだ」と、マイクはこたえた。「ルイスとおれが、ベレンまで連れて行く」

「おれをここに一人残してか」

「どうせだれか一人は残らなくちゃならんだろう。金が来たときのために」

ジェフは仲間にウィンクした。「そこまでおれを信用しているのか」

「そうさ、当たり前さ」マイクは微笑した。「おれたちは仲間じゃないか。一緒に仕事をやった仲じゃないか。もちろん、おれはきみを信用するぜ。きみだって、おれとマリーを信用していたんだろ?」マイクは額の汗を拭った。「だから、こうしよう。マリーは丸木舟《ピラグア》に乗せて、おれとルイスがサンタレンまで連れて行く。そこから蒸汽船でも見つけて、ベレンまで運ぶ。まだ資金は千ドルやそこら残っているから、それだけありゃ充分だろう。船長に五、六ドルつかませりゃ、マリーが何をわめこうと、だれも気にかけやしないさ。ベレンに着いたら、腕のいい精神科医《ヘッドシュリンカー》を探して、入院させる。金が来る頃までにはきっとよくなるだろう。それでどうだい、ジェフ」

「うん」とジェフは溜息をついた。「おれもそれが一番いいと思う」

それがさっそく実行にうつされた。マイクと、マリーと、ルイスは、翌朝出発した。ルイスは何のための旅行やらさっぱり分からぬらしかったが、ジェフの説明にじっと耳を傾け、できるだけ早く帰って来て報告すると約束した。

「あんた、休んでいる」と、インディアンはジェフにきびしく言った。「あんたの世話、足の傷、女たちに手当てさせる。心配ちっともいらないね」

ジェフはうなずき、三人が出発すると、気がゆるんだせいか、うとうとした。

うなずいては、うとうとし、うとうとしては、うなずき、数日が矢のようにすぎた。村の女たちは食物を持って来た。女たちは小屋を掃除し、昼間の暑いあいだは大きな葉を動かしてジェフに風を送り、くるぶしの湿布を換えた。

けれども傷はなかなか治らず、やがて熱が出た。ジェフはハンモックに横たわり、雨の音に耳を傾け、何もかも夢なのだと自分に言いきかせた。しかも、これは現実だった。まぎれもない現実なのだ。

一年もかかって、マイクと二人で、装甲トラックを襲う計画を立てる。あらゆる角度から検討して、これなら大丈夫というところまでゆく。そして金は手に入るが――それからあとは？

どんな荒仕事をやっても、悧巧に立ちまわれば、捕まる心配はない。問題はそのあとだ。強奪した金をどうする。むこうは札の番号をひかえてあるから、へたに使えば、たちまち捕まってしまう。

だが手はある。キューバの、ゴンザレスという男に連絡すればいい。三分の一の分け前を取る約束で、そいつがドルをペソに換えてくれる。そのあいだどこかに隠れなければならない。キューバは駄目だ。都会は駄目だ。いろいろ考えた末に、どこかとんでもない所――だれも行かないような所へ高飛びしようと心を決める。ブラジルの山の中、ジャングルの中。そこで、ゴンザレスが金を届けてくるまで待つのだ。

そこで行動開始。うまくいった。トラックの用心棒を一人殺したけれども。ニセの旅券も手に入った。貨物船に乗りこむ。ボルト・デ・モスに上陸する。

そこで、うまいことがあった。海岸でルイスという名のインディアンに逢い、その男がジェフに惚れこんだのだ。生まれてはじめて靴というものを買ってもらっただけで、ジェフの家来になると言う。インディアンではなく、スペイン人扱いすると、感謝して、ジェフの奴隷になるという。そして河上のジャングルの村へ、ジェフたちを招待する。丸木舟《ピラグア》に乗せ、三人のアメリカ人を連れて帰ったルイスは、今や村の名士だ。ジェフたちはそれぞれ一つずつ小屋をあてがわれ、あとは金を運んで来るはずの使いの者を待つだけだ。

ここまではいい。

だが、なぜマリーを連れてきた？

マリーが来たいと言ったからだ。ジェフがマリーを連れて来たかったからだ。そもそもこの仕事を決意した動機は――マリーだった。彼女は世界一の美女だ。ぜひとも一緒になりたい。マリーはそんじょそこらの女じゃない。テレビに出ていた有名な歌手だ。安っぽい男どもとは付き合わない。マリーを口説くにはずいぶん手数がかかった。

そして時機を見て、仕事のことを打ち明けた。南米へ行って、女王のような暮らしをさせてやると約束した。そしてマリーを一人にしておく度胸がなかったから、仕事のとき一緒に連れて行った。そして、ここへも連れて来た。

ここでは、毎日、雨また雨だ。蚊がさす。蟻を避けるために、石油をいれたドラム罐の上に小屋を立てる。それでも蟻はあがってきて、人間に嚙みつく。河では魚も人間に嚙みつくから、水浴びはできない。夜になると、インディアンたちは、太鼓を叩き、笛を吹く。ジェフは暑さに汗をかき、熱病にふるえ、山羊の肉をたべ、ブランデーを飲み、ひたすら待つ。ルイスは忠実につかえてくれるが、英語をなんとか喋るといっても、所詮はインディアンだ。ほかの仲間とジャングルへ走って行く。ひょっとしたら、人間の生き血を飲み、吹矢でも使うのじゃなかろうか。

いや、そんな考えはきちがいじみている。

何もかもきちがいじみている。マリーが狂ったのも無理はない。何週間も、使いの到着を待ちつづけたのだ。朝から晩まで、夜となく昼となく、雨は小屋の屋根をうち、人間の頭蓋骨をうつ。

使いの奴はどうしたのだ。ルイスはどうした。マリーは？

ようやく熱がとれ、ジェフは、マリーの居どころを思い出した。マイクや、ルイスと一緒に、ベレンへ行ったのだった。一日も早く、腕のいい精神科の医者を見つけて、よくなってくれればいい、とジェフは思った。ここから、このジャングルから出れば、彼女はすぐよくなるんだ。ジャングルは女の住むところじゃない。奇妙なことだが、山刀《マチエーテ》で切りつけられたのに、マリーを恨む気持ちはすこしもなかった。狂っているときは、人間、どんなことをするか知れやしないんだ。

しかし、金が来なければ、おれも、まもなく狂うだろう、とジェフは思った。くるぶしがよくなってからというもの、ジェフは小屋の入口に腰をおろして、朝から晩まで河を眺め暮らした。待つことは恐ろしかった。何もすることがない。話す相手もいない。酒といっては、ブランデーが一本だけ。

ついにある晩、これ以上我慢できないとジェフは決意した。今晩はブランデーを飲もう。この一週間は、ろくろく眠れない晩がつづいたから、ブランデーを飲んで一挙に睡眠をとりもどすのだ。あしたは、一人で海岸へむかって出発しよう。もうこんな状態は一日たりとも我慢できない。

ブランデーは火のようだった。月光のようだった。森の空き地で打つ太鼓の音に似ていた。ジェフはべろべろに酔い、またもや、マリーとマイクとルイスがいないことを忘れてしまった。靴が見つからないので、小屋の床を這って歩いた。ルイスの奴が片付けたのだろう。「ルイス!」と、ジェフは叫んだ。「ルイス!」

すると、突然、ルイスがそこにいた。

ルイスはそこにいた。何もかもが安定していた。ジェフはよろよろ立ちあがり、泥のような褐色の目をした小男を見つめた。ああ、なんて忠実な男だろう、このルイスは! ルイスが戻って来たのなら、あとは何もかも任せておけばいい……

戻って来た。

ジェフはいっぺんに酔いがさめた。

「どうした」と、呟いた。

ルイスは肩をすくめた。

「よくない、セニョール」

「マリーか。マリーがどうかしたのか」ジェフはテーブルの端を摑んだ。

「あのひと、大丈夫」と、ルイスが言った。

ジェフは緊張を解いた。「そうか、じゃよかった。ほかのことなら、どんな事件だって平気だよ。どうした――ゴンザレスの奴、金を持って来ないで逃げたか」

「いや、金、来た、セニョール」

「きみが持ってるのか」

「いや。セニョール・マイク、金を、丸木舟《ピラグア》に隠した。わたし眠ってると思って、セニョール・マイク、金勘定した。ここ出る前に、使いの人、金持って来たと、あんたの女に話した。それで、わたし殺して、女と二人して逃げる、そう言った」

「畜生、あのネズミ野郎――」

「大丈夫、セニョール、心配しないで。それから、セニョール・マイク、ナイフ持って、わたしのほうに来た。殺すつもりだったね。でも、わたし起きていたから、山刀《マチエーテ》握って、待っていた。二人で、とっくんだ。金、河に落ちた。これ、悲しいね。でも、あんた、大丈夫。セニョール・マイク、わたしが殺したから」

　ジェフは全身に汗をかいていた。「分かった。金は失くなり、裏切り野郎は死んで、マリーは――」

「あのひと、大丈夫。あんた言ったとおりのこと、わたし、した」

「一人でベレンへ連れて行ったのか」

　ルイスは、肩をすくめた。「いや、セニョール。わたし、学問ない。一人でベレン行けない。でも、あんたの女、縛って、上流《かみ》の友だちのとこ、連れて行った。そこに、ヘッドシュリンカー、いた」

「ジャングルにか？　しかし――」

「ほら」ルイスは腰に下げていた包みをあけて、中味をテーブルの上にころがした。「ベレンのヘッドシュリンカーより、ずっと上手ね。ちがうか？」

　ジェフは、テーブルの上の品物を見つめた。確かに巧みな仕事だった。マリーの頭《ヘッド》は、オレンジほどの大きさに縮《シュリンク》まっていた。

こわれた夜明け

Daybroke

核弾頭が空を飛び、その通過のたびに山が揺れた。

円天井の聖域の奥深く、神のように、謎のように、ミサイルの落下にも気をとめずに、一人の男がすわっていた。この隠れ家を出て、町を見下ろす必要はいささかもない。

男は事の成り行きを知っていた。今日の夕方、テレビの光がちらついて、ふっと消えたときから、それは分かっていた。神聖な医者の白衣を着たアナウンサーは、世界的に有名な下剤について、もっともらしく喋っていたのである。みんながよくきくという薬、五人のお医者様のうち四人までが使う薬。このおどろくべき薬の発明をたたえることばの中途で、アナウンサーはふと口をつぐみ、臨時ニュースが入りました、少々お待ち下さい、と言ったのだった。

だが臨時ニュースはついに放送されなかった。画面がまっしろになり、雷鳴がとどろいた。

そして山は一晩中ふるえ、腰をおろした男も、期待ではなく実感のせいでふるえていた。男はすでにこのことあるを予想したからこそ、ここへ来たのである。世間では何年も前から、この話でもちきりだった。恐ろしい噂が流れ、まじめな警告が聞かれ、居酒屋では数かぎりない呟きがこぼれた。だが、噂好きの人も、警告好きの人も、酒場の常連も、何一つ対策を講じようとはしなかった。みんなはずるずると町にとどまり、この男一人が逃げたのである。

むろん、避けがたい破局を避けようとして、できる限りの努力をした人もいる。そういう人の勇気はすばらしいと、男は思った。一方、ひたすら未来を無視した人もいて、そんな連中の無分別はいとわしかった。

どちらにせよ、哀れな人たちだ、と男は思った。

　なぜなら、男はもう久しい以前から、勇気だけでは何の役にも立たぬことを、そして無視するだけでは救いにならぬことを、悟っていたのである。かしこい言葉も、おろかな言葉も、つまるところはおなじことだ――嵐を阻止することはできない。だから、嵐が近づいたら、逃げるのが一番。

　というわけで、男は支度をととのえ、町を見下ろすこの高山の避難所に来たのだった。ここにいれば、あと何年かは安全でいられる。この男ほどの財産家ならば、だれでも、この程度のことはできたのだが、みんなかしこすぎて、あるいは愚かすぎて、現実をまともに見つめることができなかった。かれらが噂を流し、警告を発し、酒場でグチをこぼしているあいだに、男は一人でこの聖域《サンクチュアリ》を作った。鉛板を張りめぐらし、食糧をたっぷり貯え、数年間の生活資材を買いととのえた。そのなかには、例の世界的に有名な下剤も、もちろん含まれている。

　やがて夜明け。雷鳴のこだまは消え、男は特別の防備をほどこされた場所へ行って、望遠鏡で町の景色を眺めた。ひとみをこらしたが、何も見えない。一面まっくろな渦をなして湧きあがり、地平線のあたりまで赤くただよう雲また雲。

　男は町へ下りようと決意した。町の状態を確かめ、それにふさわしい行動に移らねばならぬ。

　特製の衣服はあった。継ぎ目のない、特別の布と鉛でできた絶縁服で、これを手に入れるにはずいぶん金がかかっている。しかも、これは極秘の服で、国防総《ペンタ》省《ゴン》の将軍たちしか持っていないのである。将軍たちは夫人にさえこれを入手することはできず、情婦のためにはやむなく盗み出す始末。だが、この男は手に入れた。これさえあれば安心である。

　エレベーターで山裾へ下りた。そこに車が待っていた。ドアは自動的にしまり、車は町へむかって走り出した。絶縁されたヘルメットの覗き穴から、男は黄色い霧をすかすようにして、ゆっくりと車を走らせた。だが、今のところ、行き交う車もなく、人の姿も見えない。

まもなく霧ははれ、郊外の風景が見えた。巨大な雲がよじれあいからみあう黄色い空を背景に、黄色い樹木や黄色い草のシルエットが死んだように動かない。

ヴァン・ゴッホの絵だ、と男は、差異を意識しながらもひとりごちた。なぜなら、画家の絵のなかでは、こんなふうに農家の窓ガラスが割れてもいなかったし、納屋の壁のペンキが剝げてもいなかったし、牛の群れが野原で立ったまま死に絶えてもいなかったではないか。

町に通じる幅ひろい国道を、車は走っていた。ふだんならば、さまざまの色の車がひしめきあっている国道だが、今日は車の影も形もないのである。すくなくとも、この国道には。

だが町の周辺に近づき、大きなカーブをまわったところで、男はあわてて車をとめた。

前方の道路は見渡す限り、自動車の洪水なのである。バンパーとバンパーが触れあわんばかりに互いに接近して、その密集部隊はこちらへ突進してくるように見えた。

けれども、車輪はまわっていない。

どの車も死んでいた。そこから先の国道は車の墓場だった。男は自分の車から降りて、こわごわ歩み寄った。キャディラックの死体があり、シボレーのしかばねがあり、ビュイックのなきがらがある。近くで見ると、悲惨な最期を証《あか》す痕はどの車にも歴然たるものだった。ガラスはわれ、フェンダーはこわれ、バンパーは折れ、フードはねじれている。

混乱の跡は、見るも痛ましかった。小さなフォルクスワーゲンが、二台の大きなリンカーンのあいだに挟まれ、押しつぶされている。一台のMGが重たそうなクライスラーの下敷きになっている。だが、どの車も今は静かだった。ダッジ（「身をかわす」の意）はもう身をかわさない。ホーネット（「すずめばち」の意）はもうぶんぶんいわない。ランブラー（「散歩」の意）はもう二度と散歩しない。

それらの車のなかの人間たちに起こった悲劇は、しかし、この男には、曖昧にしか想像できないのだった。車のもちぬしたちも、もちろん死んでいるのだが、その死はなぜか重要ではないように思われた。この男の考え方にはこの時代の影響があるのかもしれない。人は個人として尊重されることはますます少なくなり、その所有する車の種類によって判断されることがますます多くなっていた。見知らぬ人が通りを行くとき、通行人はその人を一個人としては考えない。直接的な反応はこうである。「あ、フォードだ――ポンティアックだ――ああ、でっかいインペリアルだな」そして人は自分の性格を自慢する代わりに、車の自慢をするのだった。そんなわけで、車の死はその所有者の死よりも重大なことのように思われたのである。これは、町からあわてて逃げようとした人たちの死の風景ではなかった。車たちが最後の自由を求めて突進し逃げ切れずに死んだのである。

男はその道を進み、やがて町に一番近い脇道へ出た。ここでは破壊の跡はいっそうすさまじかった。爆発のもたらした被害は、はっきりと痕跡をとどめていた。郊外では壁からペンキが剝げおちていただけだが、ここでは壁が建物から剝げおちているのである。まっすぐに立っている家は一軒もなかった。何軒かの農家はそれでも辛うじて立っていたが、グレイのフランネルの上衣を着た農夫の姿は見あたらなかった。絵のように美しい白塗りの近代住宅があり、その壁はこわれていなかったが、そこには楽しい郊外生活の片鱗もなかった。テレビは無残に死に絶えていた。

進むにつれて、残骸や破片はふえる一方だった。明らかに爆風がこの一帯をひとなめしたと見える。楽しい生活のかけらが、男の行く手をしばしばさえぎった。男はそれを踏み越えたり、迂回したりした。

クリネックスの箱、むかしステーション・ワゴンの窓にぶらさがっていた模造の生首、くしゃくしゃにまるめた買物のメモ、精神病院を訪ねる約束のメモ。

男は、アイヴィーリーグの帽子を踏んづけ、ひんまがったバーベキュー用の金網を蹴とばし、フォーム・ラバーの乳パッドに足をとられそうになった。下水は、ドラグストアから飛び出たがらくたでいっぱいだった。ヘヤピン、ナイロンの靴下、たくさんの手帳、トランキライザーの箱、日焼けローション、いろんな座薬、防臭剤、そして熱いミルクチョコレートに汚されたハリー・ベラフォンテの切りぬき写真。

婦人用電気カミソリや、全集ものの本や、プレスリーのレコードや、義歯や、実存主義の論文などをかきわけながら、男は前進した。ようやく町が始まるところまで来て、荒廃はいっそうひどくなった。大学の校庭の横を通りすぎて、男はぞっとした。巨大なフットボール・スタジアムの影も形もないのである。そのとなりは小さな美術館だった。これも当然吹っ飛んだかと思ったが、よく見るとのこっていた。もちろん、見るかげもなく傾いて、人の気配はない。

街路には、こわれた車や、吹っ飛んだ材木や、丸ごと倒された建物の前面などでふさがれていて、もうまともな道を進むことはむずかしくなった。いたるところで建物がそっくり吹き飛ばされ、あるいは屋根が飛び、壁が剝がれて、建物の内部がまる見えになっていた。爆風は瞬間的に襲って来たとみえて、街路には歩いていたと思われる人の死体があり、むきだしになった部屋部屋では、死に見舞われた瞬間の日常生活が、そのまま、くりひろげられている。

たとえば、ここ、みすぼらしい地下室では、肥った男が手仕事の机に両手をつき、その見えない目は、マリリン・モンローの魅力を誇示するカレンダーを見つめている。その二階上の、窓枠だけ残った浴室では、男の妻が湯ぶねの中で死んでいる。女の手は、表紙にロック・ハドソンの写真が載った映画雑誌をまだ摑んでいた。あけっぱなしの屋根裏部屋では、二人の若い恋人たちが真鍮のベッドに横たわり、その裸の体はエクスタシーに燃えているように見えるが、近寄ってみると、二人とも頭がない。

男は思わず目をそむけ、さらに歩きつづけながら、もう死体を見ないように努めた。だが、死体の風景はいやでも目に映った。嫌悪はすぐ良心の疼きに変わり、それから好奇心に席をゆずる。

小学校の校庭の前を通りすぎて、男はそれでもほっとした。ここでは死がグロテスクな跡を残していない。このあたりは、麻痺ガスが吹き過ぎたのだろうか。たいていの死体は、自然な姿勢のまま凍りついていた。そこには、子供たちのあらゆる生態が見られた。ガスに襲われた瞬間の姿勢で、大きな子供は小さな子供をなぐりつけようとし、そのまま二人とも垣根に寄りかかっている。黒い革ジャンパーを着た六人の子供が、白い革ジャンパーを着た一人の子供の死体の上に折り重なっている。

その校庭のむこうが、町の中心部だった。遠くから見ると、破壊されたビルディングの群れが立ちならぶところは、狂った植木屋がかきみだした庭園のようだった。あちこちの大きな土くれの割れ目から、小さな炎の花が咲き出し、そのあいだに点在する折れた茎のようなものは、熱核反応の大鎌に上部を切り落とされた摩天楼の残骸なのである。

この気味わるい混乱の中へ入って行くべきか否か、男は立ちどまって思案した。ふと目を転じると、遠くの丘の斜面に、新しい連邦政府の建物が見えた。それは奇蹟的に破壊をまぬがれ、屋根には旗さえひるがえっているのが、霧を通して見えるではないか。あそこには生き残った人がいるに相違ない。それに逢うまでは、前進をつづけようと男は思った。

だが、そこへ行き着かぬうちに、生存者がいることは判明した。廃墟のなかをこわごわ歩いていた男は、まもなく、この混沌に生きながらえているのが自分一人ではないことに気づいたのである。

火災の炎がちらつくところには、その炎に立ちむかう人影が目撃された。男はぞっとした。その人たちは邪魔になる建物の残骸を焼き払って、商店や住宅に侵入し、泥棒を働こうとしているのである。ある者は照れくさそうに物も言わなかった。ほかの者は酒に酔いしれて、騒々しかった。だれもが暗い表情だった。

男はその人たちの運命を知っていたから、あえて干渉しようとはしなかった。好きなだけ略奪し、こそ泥を働くがいい。廃墟のなかで、分け前を奪い合って喧嘩するがいい。あと数時間か数日のうちには、放射能がかれらに恐ろしい裁きを下すのである。

だれも男の前進をさまたげなかった。ヘルメットと絶縁服のおかげで、役人とまちがえられたのかもしれない。男は歩みをつづけ、さまざまな情景を見た。

裸足の男が、ミンクのコートを身にまとい、酒屋の戸口を出たり入ったりしては、四人の子供たちに酒壜を手渡している――

老婆が、ぱっくり口をあいた銀行の金庫から、箒で紙幣の山を街路へ掃き出している。そのむこうの街角には白髪の男の死体が横たわり、差しのべられたむなしい手は、一摑みの小銭を握りしめている。老婆はじれったそうに箒でその男をつつく。男の頭がぐらりと揺れ、一ドル銀貨が男の口から跳び出す――

一人の兵士と、赤十字の腕章をつけた一人の女が、なかばこわれた教会の入口へ担架をはこぶが、入口がさびついて入れない。やむなく二人は担架を運んで横へまわり、兵士はステンドグラスの窓を蹴やぶる――

むきだしになった地下のアトリエ。壁には抽象画が並んでいる。部屋の中央にイーゼルが立っているが、画家はいない。画家の肉体はカンバスのうえに飛び散っている。そのいくつかの汚点によって、ようやくおのれをカンバスに表現することに成功した画家――

このガラス類の山は、かつて化学実験室だった。そのまんなかで、上っ張りを着た一人の男が、顕微鏡をのぞきこんでいる。スライドには、たった一つの細胞が載っている。世界が瓦解するとき、この科学者は一箇の細胞を見つめていた――

ファッション・モデルのような顔をした一人の女が、手足を大の字にひろげて街路に横たわっている。その貴族的なほっそりした手が、まだ帽子の箱の紐をにぎっている。爆風はこの女性の服をすっかり剝ぎとった。高価な愛らしさを白日のもとにさらして、女は横たわっている。その輝かしい骨盤に、一羽の鳩がとまっている――

やせた男が大きなチューバをかついで、質屋から出て来た。となりの肉屋にはいったかとおもうと、チューバの管のなかにソーセージをたくさん詰めこんで出て来た――

完全に破壊された放送局のスタジオ。かつて磨きあげられていた録音ステージには、十五銘柄のしわくちゃになったタバコの箱と、二十銘柄の割れたビール罎が散乱している。そのなかから、有名な司会者の頭が突き出ている。その目は、スタジオの隅の解答者用のボックスを凝視している。そのボックスは今や、一八八二年以来のアメリカン、ナショナル両リーグのあらゆるチームの打撃率を知っていた九歳の少年のお棺に変じている――

狂った目つきの女が、街路にべったり坐り、腕に抱きかかえた仔猫を見つめ、泣き叫んでいる――

デスクにむかったまま動かない株屋。その体にティッカー・テープ（株式相場を打ち出すテープ）が巻きついている――

煉瓦の壁に衝突した乗合バス。乗客たちはまだぎっしり詰まったままで、立っている客は、死後硬直の手で吊り革を握っている――

かつて公立図書館の前に立っていた石造りのライオンの後ろ半身。その前の石段に年配の婦人が倒れ、買物籠の中味がこぼれている。ミステリ小説が二冊、『北回帰線』、それからリーダーズ・ダイジェストの最新号――

カウボーイの帽子をかぶった少年が、妹におもちゃのピストルを突きつけ、「ばん、ばあん！　お前、死んだぞ！」と叫んだ。

（少女はすでに死んでいた）

男はのろのろと歩いていた。その歩みは、物理的にも精神的にも、しばしば妨げられた。反感をふりすて、好奇心を抑え、憐れみを忘れ、恐怖から遠ざかり、ショックに打ち勝ち、男はひどい回り路をして、丘の斜面の建物に近づいた。

町の中心部には、まだ人々がいる。ある者は瀕死の人をみとり、ある者は英雄的な救助作業に没頭している。しかし男は、それを知りながら、それらの人々を無視した。なぜなら、みんな死人なのである。このガスの中では憐れみは無意味だし、放射能からはどんな人を救助することも不可能ではないか。ある者は、男の姿を認めて声をかけたが、男はそれも無視して歩きつづけた。どんな言葉にしろ、つまるところは死人の呼びかけにすぎない。

だが、丘の斜面を登りながら、男は出しぬけに泣き出した。塩辛いあたたかいものが頬を流れ、ヘルメットの内面を曇らせたので、あたりの風景はひどく霞んで見えた。男はこうして町の中心部から、ダンテの地獄圏から逃れたのである。

涙が乾き、風景が戻ってきた。前方には、連邦政府の誇らしげなアウトラインが見えた。その建物はまったく――いや、ほとんど損害を受けていないようである。

近づいて、巨大な階段の下から見上げると、建物の表面には、爆風の襲来を暗示するいくつかの痕跡が認められた。けれども大きなアーチ型の入口は、突出していた彫刻の部分がやられただけだった。象徴的な三つの女神像は、上半分がもぎとられ、ぶざまな姿をさらしている。男は目をしばたたいた。信仰と、希望と、慈悲とが、いずれも内容空虚であるとは、今の今まで知らなかった。

男は建物の中へ入って行った。疲れた兵士たちが入口をまもっていたが、男を引きとめようとはしなかった。男が、自分たちのものより複雑な絶縁服を着ているからだろう。

建物の内部では、一団の役人たちが、蟻のように廊下を行き来し、陰気な顔つきで階段を上り下りしていた。もちろん、エレベーターはない。電気が切れた瞬間から動かなくなった。しかし、男には階段を上る元気は残っていた。

どうしても上へあがりたい。そのためにこそ、ここへ来たのではなかったか。上から、町の全景を眺めたかった。灰色の絶縁服を着て、まるでロボットのような姿の男は、ロボットのようにぎくしゃくと階段を上り、ようやく最上階に達した。

だが窓は見あたらない。事務室の壁が立ち並んでいるばかりである。男は長い廊下のはずれまで歩いた。そのどんづまりに小さな部屋があり、ガラスのドアのむこうから、灰色の光が洩れていた。

一人の人物がデスクにむかい、野戦用の電話の受話器を握って、何か悪態をついていた。男が入っていくと、その人物は珍しそうに男を眺め、絶縁服を見てから、ふたたび電話口にむかって悪態をつき始めた。

そこで男は大きな窓に近づき、見下ろした。

町が、あるいはかつて町であった噴火口が、眼下にひろがっていた。

宵闇が地平線の霞とまじりあっていたが、暗くはなかった。風の動きにつれて、小さな火災の炎がつぎつぎと燃えひろがったらしい。町は一面に火の海だった。折れた高層建築も、つぶれたビルも、まっかな波に溺れていた。この風景を見守るうちに、男の目にはふたたび涙があふれたが、どんなに大量の涙をもってしてもこの火災を消せないことは、男は充分に承知していた。

そこで、デスクの人物のほうに振り向き、このとき初めて、その人物が高官専用の特殊な制服を身につけていることに気づいた。

してみれば、この人は総司令官であるにちがいない。そう、それは確かだった。デスクのまわりの床には、紙屑がたくさん散らばっている。それは役に立たなくなった地図だろうか。役に立たなくなった計画だろうか。役に立たなくなった条約だろうか。なんであろうと、もうどうでもいい。

デスクのうしろの壁には、別の地図があった。これはどうでもよくはない。黒と赤のピンがたくさん突き刺さっている。その意味はすぐ分かった。赤いピンは損害を意味するのだ。この町の上に一本刺してある。それからニューヨークにも、シカゴにも、デトロイトにも、ロサンゼルスにも——重要都市はすべて赤いピンにつらぬかれていた。

男は将軍をじっと見つめ、ようやく言葉が出て来た。

「ひどかったのですね」と、男は言った。

「うむ、ひどかった」と、将軍はおうむ返しに言った。

「何百万、何千万と死んだのですね」

「死んだ」

「町はほろび、大気は汚染され、もう逃げ場はないのですね。世界中、どこにも、逃げ場はないのですね」

「逃げ場はない」

男は振り向いて、もう一度窓の外を眺めた。地獄を見つめた。そして思った。これが行き着くところなのだ、こうして世界が終わるのだ。

また視線を将軍にもどし、溜息をついた。「なんてことだ、こんなふうに負けてしまったとは」と、男は呟いた。

折から火災の赤い光がいちだんと強まり、そのあかりのなかに、将軍の顔が浮かびあがった。上機嫌の、有頂天の顔。

「それはどういうことだね、きみ」と、将軍は誇らしげに言い、炎はひとしきり燃えあがった。「われわれは勝ったのだ！」

ショウ・ビジネス

Show Biz

　フロリアンとカーターは、ヨットの手すりぎわに立って、かなた港のほうをじっと見ていた。お椀のような湾は月光をいっぱいに浴びて輝き、豆粒ほどの黒いものがそのなかで動いていた。

「来たぜ」とフロリアンが言った。「きみは下に行ってかくれててくれ」

「いっしょにいたほうが無事じゃないか？」とカーターは訊いた。「ああいった変人にかかるとどういうことになるか、わかってるだろう。おれは、うしろからぐっさりやるような、いかにも定石通りのやりかたが気に喰わん。やっこさんが夜ひとりでやってくるといってきかない根性が――」

「おれがうまくあしらってやるよ」とフロリアンは言った。「とにかく、文句なんか言わないで、万事こっちにまかしてくれ」

　カーターは去った。フロリアンがじっと見まもるうちに、ボートが近づいてきて、止まった。綱を投げてやって、しばらく待っていると、ボートに乗っていた男がなわばしごをつたってデッキにあがってきた。

　その新来者はずんぐりした白髪の男で、すりきれた革の書類鞄をさげていた。

「こんばんは」とフロリアンは言った。「あなたはプロフェッサー――」

「どうか」と訪問者はつぶやくように言った。「名前を申しあげるのはかんべんしてください」

　フロリアンは肩をすくめた。「それはかまいません。しかし、このヨットに乗っているのは、あなたとわたしだけですよ。あなたが約束の日取りを決める電話をかけてきたときに念を押されたように、今夜は乗組員を上陸させました」

「こんなことをしては、いやに芝居がかってると思われそうなことは、わたしも承知しています」と教授《プロフェッサー》はフロリアンに言った。「でも、事情を説明すれば、ぜったいに秘密を要することが、あんたにもわかっていただける」彼は咳ばらいをした。「わたしは、休暇をとると大学の連中に話しておいた。わたしがここに来たのを知ってるものは、ひとりもいない。きっと、だれひとり知らないだろう」

「わたしを信用しなさい」とフロリアンは言った。「さあ、船室に行って、仕事の話をしませんか？」

フロリアンは来訪者を案内して、船室に行った。船室の内部は重役室に似ていて、インターフォン、テレタイプが完備し、大きなスチール製のデスクにはいく台もの電話がある。フロリアンはデスクのむこうの椅子にさっと腰かけると、手を振って、教授に、革張りの安楽椅子に坐るようにすすめた。「一ぱい召しあがりますか？」と彼は訊いた。

「せっかくだが、けっこうです」と教授はよわよわしく微笑した。「まるまる六カ月のあいだ、なんとかあなたにいちど会ってみようと手をつくしてきたものだから、一刻もはやく話をすすめたくてたまらんのです」彼は書類鞄のジッパーをひいて、なかを開けた。「アメリカ最大のPR会社の長たる人が、大衆に会う暇がないとは、皮肉な逆説《パラドクス》ですな。しかし、わたしは請け合いますが、この会談は重大なものになりますよ——あなたにも、当人のわたしにも、それから国家全体にも」

教授は書類鞄からかさばった原稿をひっぱりだして、デスクの端に置いた。

「これがそうです」と彼は言った。

フロリアンは額にしわをよせた。「本ですか？」

「本にするつもりではじめたものです」と、教授は答えた。「三年前、わたしが書きはじめたころ、政治学にかんするテキストをつくるつもりでした。するうちに、しぜんと例の計画を思いついた」

フロリアンは原稿に手をのばしかけたが、教授は頭を振った。「さわらないでください」彼は言った。「まだ本にはなっていない――これは爆弾です」

「秘密兵器の設計を改良したというわけですか？」

「ある意味でそうです。じつをいうと、新しいことでもないし、また秘密にするようなことでもない――だが、現に用いられているいくつかの方法を論理的な帰着点まで押しすすめた結果、わたしは、兵器といってさしつかえないものを創りあげた。むろん、わたしの専門は政治学だが――」

「そしてわたしの専門はPRです」とフロリアンは教授に言った。「いったい、これが、わたしとどんな関係があるのです？」

教授は身体を前にのりだしてきた。「あんたはアメリカを支配したいと思いませんか？」彼はものやわらかな口調でたずねた。「いかがです――世界をわがものにしては？」

「さあ、いまのところ――」

教授は恰好の悪い人差し指で原稿をたたいた。「これがその完全な計画書《ブループリント》です」と言った。「政治学と、それを応用して効果をあげるPRの完璧な組み合わせです」

フロリアンは、椅子にふんぞりかえった。「残念ながら、あまり感心しませんな」彼は、呟くように言った。「つまり、わたしも二、三冊の本は読んでるわけです。『かくれた説得者』とか、『孤独な群衆』とかいったものはね。広告や群衆心理的なテクニックを使えば有権者を操ることができるというのは、わたしにとって、かならずしも耳新しいことじゃない。じじつ、われわれの会社は、ここなん年かのあいだ、舞台裏の選挙活動《キャンペーン》に積極的でした。わたしも、まるでひとつの商品みたいに、候補者を売る方法はいささか心得ています」

教授はうなずいてみせた。「われわれもずいぶん変わったものです。まだ百年はたってないが、エイブラハム・リンカーンは、無名戦士の墓除幕式の前夜、ペンシルヴェニアのほこりっぽい田舎町にあるウィリス判事の家の自室にこもって、鉛筆で、『ゲティズバーグの演説』の原稿に最後の手を入れていた。こんにち、われわれの候補者や行政官庁の長官たちは、なにをするにも相談相手《スタッフ》がひかえている——ゴースト・ライター、ギャグ・ライター、材料を提供するアイディア・マン、かれらの個性を大衆の理想的な父親の像につくりあげる心理学者、うたい文句《スローガン》をこさえたり、選挙演説のかわりに、テレビのスポット・アナウンスを利用して選挙キャンペーンを推進する広告会社、かれらがいったん長官になると、長官の公式声明を握りつぶしたり、あるいは声明の文案を練ったりまでする広報担当秘書」

「それぐらいわかってますよ」フロリアンはいった。「それなら、おそらくこれもご存じだろうが、旧式の選挙キャンペーンは過去のものだ。演説会や遊説旅行には、無意識から生まれた行為といったものはひとつもないのだ——あらゆる動きがひとつひとつ計画され、下稽古《リハーサル》がおこなわれている。大統領候補を指名する党大会は、ブロードウェイの芝居のように演出されている。テレビに出演するにも、プロデューサー、発声《ボイス》の指導者《コーチ》、カメラと照明のエキスパート、メイキャップ係、小男のプロンプターといった連中の手を借りなければならない」

フロリアンは、あくびをした。「だからどうなんです?」と言った。「いまの世の中で、候補者がどんなふうに選ばれるかは、誰でも知ってますよ。清廉潔白で、穏健な中道の立場をとる男を見つけて、包み紙をかぶせ、試験ずみのテクニックを使って消費者に売りこめばいい。そいつに笑いかたや話しかたを教えてやる。なんのことはない、そんなことは、テレビがはやりだしてからこのかた、アメリカじゅうの宣伝会社がつかってきている手だ。それに、宣伝会社の連中ときたら、ピンは自由主義者に阿諛迎合することから、キリは田舎者どもにコーン・ウィスキーをおごった上、ヒルビリイの楽団《バンド》や踊り子で仕上げをすることまで、ありとあらゆる手を使う」彼は、葉巻に火をつけた。

「あなたが言わんとするところは、政治学は死んで無意味になり、ショウ・ビジネスが政治学にとってかわったということでしょう。そうですな？」

「そうです、だからこそ計画が頭に浮かんできたのです」教授はいった。「いまあんたがおっしゃったことを、わたしが研究しはじめたころでした。どうして芸能界の人間が、顧問、演出家、技術者として徐々に政治に滲透してきたか。どうして、かれらが議員や長官たちを訓練して、いかにも俳優らしく振る舞わせようとつとめたか。そして、そんなときに、ふっと、わたしの頭に浮かんだのです。なぜ俳優を使わないのか、と」

フロリアンはすわりなおした。灰皿に葉巻を置いた。

「それはまた、どういうことです？」

「わたしはこういったのだ、なぜ俳優を使わないのか？　あんたはさっきおっしゃいましたね。清廉潔白で、どっちつかずの立場をとっている人間なら、ほとんどんな人間でも、現代の心理学のテクニックを使えば、政治家にしたてあげることができる、と。その秘訣は、大衆の前に姿を現わしたときの話しかたや適当に芝居をする方法を教えこむことです。だとしたら、くたびれきった老人や自分の役にとけこめない、自分勝手な気難しい女《プリマドンナ》をかついで、なぜ時間を浪費するのか？　政治がショウ・ビジネスなら、なぜ手はじめに、俳優に適役をふらないのか？」

教授は立ち上がった。彼はフロアを行ったり来たりしだした。フロリアンはその姿を眼で追った。

「いろいろな可能性を考えてごらんなさい」教授は切迫した口調で話をつづけた。「そうなれば、もはや行きあたりばったりの選挙キャンペーンなんて不用になる。ちょうど、芝居の役をふるように、長官の役をふるわけだ。問題なのは、いかなる地方にも通用する適当な心理的イメージをつくりあげることだけだ。正確な人物を造型して、〝勇敢な指導者〟〝長老〟〝小数党の闘士〟〝大草原出身の政治家〟〝戦う地方検事〟

〝少年に人気のある政治家〟——といった役どころにぴったりする俳優のタイプをえらびだすのだ」

フロリアンの眼がほそくなった。「そういうことを、あなたは書かれたのですか?」

教授はうなずいた。「さっきもいったように、わたしは計画書をもっている」と彼は言った。「なにからなにまで詳細に書いてある——つまり分析と方法論だ。あなたがたは田舎を歩きまわって、有望な人物をスカウトするわけだ。むろん、金はかかるだろう。それに、予備的な工作はたいがい、極秘にすすめなければいけない——だが、そのときになれば、大政党もそれに慣れる。大政党を握っているものは、もしこちらが成功を保証できるならば、資金の出し惜しみなどしないはずだ。それにまた、よろこんで待ってくれる。当然のはなしだが、一夜にして政府の要職を占めるということは期待できない。われわれはまず無から、つまり無名の人物でことをはじめるのだ。けれども、大事な点は、われわれにははかり知れないほど有利なものがあるということでね。というのも、われわれの無名の人物は、ほんものの役者だからだ。かれらはいかにも政治家らしい様子で、しかも一流のコマーシャル・アナウンサーのように自信たっぷりの話しかたをする。われわれは彼に出世街道を驀進させることができる。市会議員、判事、州議会議員、そしてつぎはいよいよ総裁とか長官とかいった地位に手をのばして、下院、上院、任命制の要職、大統領顧問団、いや大統領の地位さえも——まあ、それぞれに合った地位で働ける過半数の人物を育てあげるまでに十五年はかかるだろう。しかし考えてみなさい、そのころのわれわれがどんな力をもっているか? 実際のところ、そうした行動を起こす機は熟している。その時期が来ているのを、わたしはひしひしと感じるのです——これは避けられないことですよ! 大衆は、ものを合成するようにして創られた型の候補者に、すでに半数以上投票している。われわれはそうした大衆にほんものを与えて、この国をそっくりひきとることだってできるじゃありませんせんか！」

教授は椅子にふかく身をしずめた。「いかがですか？」彼は言った。

フロリアンは頭を振った。「あなたは正気じゃない。まったく手のほどこしようもない、完全な狂人だ」彼は原稿をゆびさした。「そういったことをお書きになったのなら、わたしは忠告しますが、燃やしておしまいなさい」

教授は、かさばった原稿をひったくるように手にとるや、それを書類鞄のなかにしまいこんだ。「よろしい」とつぶやくように言った。「あなたがごらんにならなくても、きっとほかのひとが見てくれるだろう。ほかにもPRの会社はありますからな。あなたの会社ほど大きくもないし、あるいは有力でないかもしれない。しかし、わたしの提案を聞いてくれれば、きっとどこかの会社で見てくれるでしょう」

「そうすると、あなたはこのアイディアをほかのところへ持っていくというわけですか？」

「あたりまえです。聞いてもらえるまでに、また六カ月かかるかもしれないが、わたしとしては、それだけの時間をつぶしても惜しくはない。なぜなら、わたしはこのアイディアを信じているからだ。わたしは、わたしの方法を実地に移してみる夢と冒険心をもった人間なら、この国を制し、ひいては世界を制することができると信じているからだ」

フロリアンは溜息をついた。「わたしがなにをいっても、あなたを思いとどまらせることはできませんかな？　思いとどまるということはぜったいにありませんか？」

「ぜったいにありませんとも」

教授は立ち上がろうとしかけた——が、いつまでも立ち上がらなかった。フロリアンがデスクの引出しを開けて、小型の自動拳銃をとりだすや、教授の額のどまんなかを撃ちぬいたのだ。

カーターが、船室にかけこんできた。「なんてことだ！」と口のなかで言った。「きみがやったんだな！」

「おろおろするんじゃないよ」とフロリアンが言った。「死体をボートに乗っけて港の外海まで曳航しよう。それからおもしをつけて死体を沈めて、ボートを漂流させるんだ。見つかったって、そうすれば事故に見える。ここに来たのを知ってる人間はひとりもいないって断言したんだから、ぼくらがかかりあいになることはないさ」

「危険なことだぜ」カーターはぶつぶつ言った。

「もちろん危険なことさ。でも、しようがないじゃないか」

「やつは知ってたのか？」

フロリアンはうなずいた。「知ってた。その方法にかんする本を書いてさえいたよ——それに、じつに正確に計算していたね。PR会社は、金持ち連中の尻押しがあれば、無名の人間のなかから選んだ職業俳優の連中を十五年で政界の要人にまつりあげられるというのが、彼の考えだったんだ。その方法の大部分に詳しく通じていた。だから、しようがなかった」フロリアンは顔をしかめて自動拳銃をゆびさした。「問題は、そいつをつかわせてもらうか、それとも、きみとぼくもおなじ考えをもっていて、つい二、三年前にその仕事をはじめたことをやつに言って聞かせるかのどちらかだった」

フロリアンは腕時計をちらっと見やった。「うっかりしてたが、ワシントンからすぐにも電話がかかってくるはずだ。ぼくはここに残っていたほうがいいだろう。すまんが、きみひとりで死体を始末してくれないか？」

カーターはいやな顔をした。「そうするか。しかしだね、なぜおればっかりいつも尻ぬぐいをしなきゃならないのだい？」

フロリアンはカーターに微笑をむけた。「それがショウ・ビジネスというものさ」と彼は言った。

名　画

The Masterpiece

名画の話かい、旦那方《メッシユウ》。

そう、わしも、その昔、名画を描いたことがあるよ。

笑わなくたっていいさ。あんたらの考えてることは分かるよ。わしが酔っぱらってると思ってるだろ。あんたら紳士だか芸術家だか知らないが、いたずらを考えついたんだ。「あの爺さんは何者だい。貧乏たらしい恰好をして、毎晩このカフェに現われて、靴紐や造花を売りつけるじゃないか。こっちへ呼んで、酒を飲ませてよ、うんと酔っぱらわして、からかってやろうぜ」

どうだ、図星だろう。でも、わしは腹を立てちゃいないよ。昔、パリの裏町のカフェに、友だちとごろごろしてた時分は、わしもおなじようなことをやったさ。このブエノス・アイレスって町は、戦前のパリによく似てるね。しかし、あの頃のわしは若かった。今のあんたらみたいにな。そして、わしも絵描きだった。

びっくりしてるね。ウソだと思ってるね。わしがこんなに年寄りで、靴紐なんかの商いをして、アルゼンチンあたりに流れてきているんじゃあ、そう思われても無理はない。でも、わしはほんとに絵描きだった。名を名乗れば、あんたも知ってるはずだ。ルーブルにかかってる絵にも、わしのサインがちゃんと入ってるよ。

また笑う。ほんとだってば。わしは、名画を描いたんだ！

どんな絵だって？　それは、わしが最後に仕上げたカンバスで、等身大の肖像画さ。

ああ、そんなに眉毛を動かすなよ！　肖像画なんて時代おくれだ？　それは知ってるよ。それでも、『花を持つ少女』は今でもルーブルにかかってる。描いたときとちっとも変わりない。今でも新鮮で、いい絵だ。ヴィヴィエンヌが言うには――

ヴィヴィエンヌか？　ヴィヴィエンヌ・シュルラックだよ。モデルだ。ボルドーから来た、背の高い、色の白い娘だ。ボルドーワインにそっくりの女だったよ。肉体美で、甘い肌をしていて、付き合いの度をすごすと、たちまち裏切る。

その絵を描き始めた頃は、そこまで知らなかった。そのくせ、ヴィヴィエンヌのことなら、隅から隅まで知っている気だったがね。一人の女と一年もいっしょに暮らせば、三つ四つの秘密は分かるもんだ。左の太腿にホクロがあるとか、子供の頃の病気のせいですこし心臓が弱いとか、キャンデーや菓子類が無性に好きだとか、昆虫が無性にきらいだとか、好きな唄の文句とか――

こんな話は退屈かい。しかし、わしがヴィヴィエンヌと一緒に暮らした一年間は、退屈どころじゃなかった。わしは惚れていたからねえ。あの肖像画も、惚れていたればこそ出来た仕事だ。わしは大まじめに結婚のことを考えていたんだよ。

つまり、その裏切りのことは知らなかったからね。

用事があって、一週間ほどパリから離れたんだ。出掛けるときは浮き浮きしていたし、帰りはもっと浮き浮きしていたね。で、帰ってきてみると、アトリエがからっぽだ。ヴィヴィエンヌがいない。管理人《コンシエルジュ》に訊くと、彼女は出て行くとき一人じゃなかったという。紳士が迎えに来たんだと。紳士！　管理人の話してくれた人相で、すぐ分かった。友だちに訊いたら、わしの推理はやっぱり当たっていたね。彼女はドブリュウと駆け落ちしたんだ。マックス・ドブリュウ、でぶのマックス。小便壺の飾りもロクに描けないヘボ絵描きさ。わしのアトリエに遊びに来て、よくわしの絵を眺めていたが、ついでにヴィヴィエンヌの体も鑑賞していたとみえる。よくシャンパンをおみやげに持ってきたっけ。でぶのマックスは金持ちでね。

だからこそ、彼女は駆け落ちしたんだ。奴の金と、ヴェルサイユ郊外の小ぎれいな別荘とが目当てだったんだ。

それは、ほれ、既成事実《フエ・アコンプリ》とかいうやつで、友だちは一から十まで喋ってくれた。みんなその前から知っていたらしいんだな。知らぬはこのわしばかりさ。恋は盲目というけれど、まったくだよ。

恋だけじゃない、正義だって盲目だし、怒りだって盲目だ。わしはアトリエに帰ると、まず絵をやぶこうと思った。でも、やっぱり思いとどまったな。絵には傷一つつけなかった。さっきも言ったとおり、今でも描いたときのままさ。腐ったところや、ウソのところは、モデルのほうにあるんで、絵じゃない。だから、わしは、愛の名において、正義の名において、ヴィヴィエンヌをほろぼそうと決心したんだ。

ただし、そのやり方だけは盲目じゃない。両方の目をようくあけて、仕事にとりかかった。

まず、くだんの別荘に近づいて、彼女がほんとうにマックスと同棲していることを確かめた。それから、ニセの電話をかけて、兄貴が急病だといつわって、マックスをパリへ発たせた。次にわしは与太者を雇ってでぶのマックスをこてんこてんに叩きのめした。病院で寝ているあいだに、奴さん、胸に手をあてて考えるひまは、たっぷりあったろうよ。

その晩、わしはこっそり別荘に近づいた。ポケットには金具、手にはボール箱を持ってな。胸の中につい

ちゃ言わずもがなだ。

別荘に忍びこむのには、何の苦労も要らなかった。正義は盲目だけれども、くらやみじゃ、よく目が見えるんだ。小さな廊下を通って、わしは寝室へ行った。

彼女は、まるでゴヤの『マヤ』みたいなポーズで、すっぱだかでベッドに寝ていたよ。わしがそっと入って行くと、大きな声で、「マックス、淋しかったわ、待っていたのよ」と言った。

「もう待たせないよ」と、わしは小さな声で言った。わしの声に気づいたかどうか、それはもう問題じゃな

い。まっくらやみのなかで、わしはベッドのすぐそばに立っていたからね。わしは左手ですばやく彼女の両の手首を押さえてから、右手でポケットから金具を出した。そうして手錠をカチャリとかければ、彼女は両手をベッドの頭板《ヘッドボード》につながれて、もう動けない。

　それから電灯《ランプ》をつけた。わしの姿は彼女に見えたわけだ。というより、彼女の姿がわしに見えて——わしは一瞬ためらったね。おびえているヴィヴィエンヌの姿はやっぱり美しかった。その恐怖はほんものだからな。ほんものを傷つけるというのは、楽な仕事じゃない。

　しかし、わしの愛情はほんものだったが、彼女はそれをめちゃめちゃにしたのじゃないか。ベッドの上の壁には、一枚の絵がかかっていた。美しくもなんともない、グロテスクなぬたくり、例の抽象画ってやつさ。マックスみたいな金持ちの馬鹿どもは、真実をえがく肖像画家を軽蔑して、通人きどりで、こういうしろものを買うんだね。わしらは旧弊だから、奴らはわしらの作品を馬鹿にして、わしらが一番大切にしているものを平気で盗み出すんだ。それならよし、奴らに——マックスとヴィヴィエンヌに——わしだってウソをついたり裏切ったりできるんだってことを、見せてやる。

　わしの目つきが凄かったせいか、ヴィヴィエンヌはめそめそ泣き出した。泣かれても構わない。別荘は通りからずっとひっこんだ場所でね。わしがボール箱をおもむろにあけるのを、彼女はじっと見つめていた。わしはそれを彼女の顔の上に持って行って、あかりにかざした。

　ヴィヴィエンヌは、それに何が入っていると思ったんだろう。拳銃か、刃物か、硫酸か。どういたしましてだ。わしほど、美というものを大事にする男が、なんで彼女の肉体を傷つけるものかね。

　中味が見えるように、わしは箱をゆっくりと傾けた。すると、彼女は悲鳴をあげた。

　小さな、毛むくじゃらの猿の手みたいなものが、黒い動くものが、ざわざわと這い出したんだ。そのたくさんの蜘蛛のおなかに、砂時計の目盛りみたいな赤い筋がついていたから、彼女は悲鳴をあげたんだ。

「ブラック・ウィドウ（アメリカ産の毒蜘蛛）！」

聞きとれたことばは、それだけだった。蜘蛛はざわっと落っこち、悲鳴が物凄い高さにまで上昇した。身もだえる彼女のまっしろな肉体に、まるで毒の雲か霞みたいに、蜘蛛の群れは落ちた。そして彼女の上を這いまわり、肌にしっかりと取りついた。

わしはあかりを消した。あとはもう、くらやみと悲鳴だけだった。じき、悲鳴はきこえなくなった。

あかりをつけると、ヴィヴィエンヌは死んでいた。

わしは計画どおりに行動した。ヴィヴィエンヌの手首から手錠をはずし、体に毛布をかけ、うごめく蜘蛛どもを集めて箱に入れた。それから、そっと別荘を出て、まっすぐ飛行場へ行った。だれにも分かりゃしなかったよ。その後も、だれ一人分かりゃしない。今となっちゃ、わしもこんな年寄りだから、知られても構わないがね。それに、このアルゼンチンには、逃亡犯罪人引き渡しという法律がないらしいしな。

ああ、旦那方《メッシュウ》、だいぶおそくなった。もう帰らなくちゃならん。こんな、だれも知らない名画の話なんかして、退屈じゃなかったかい。でも、あんたらも絵描きなら、絵描きのプライドというものを分かってほしいね。

『花を持つ少女』か？　そう、それがわしの絵の題だ。さっきも言ったとおり、今でもルーブルにかかってるよ。あれがほんとの名画なら、よく見てくれ、わしのよく知っていたヴィヴィエンヌは、そういう女だったのさ。ホクロのある、心臓のわるい、昆虫を無性にきらっていた女だ。でも、もちろん、あれはただの肖像画だけれど。

いや、言いまちがいじゃない。わしが名画と言うのはだね、わしが文字どおり最後に描いた、ちょっとしたもののことなんだよ。人に何の害もしないちっぽけな蜘蛛のおなかに、砂時計の目盛りみたいな、ほんもののそっくりの毒々しい赤い筋を描いたことなのさ……。

わたしの好みはブロンド

I Like Blondes

これはもちろん単なる趣味の問題で、それ以上のなにものでもない。わたしの弱点、といえばいえるかもしれない。友人たちにはそれぞれの意見がある。ブリュネットを好きな奴もいれば、赤毛の女を好きな奴もいて、それはそれで結構だろう。批判する気は毛頭ない。

とにかく、わたしの好みは、ブロンド娘だ。背の高いの、低いの、肥ったの、やせたの、頭のいいの、頭のわるいの――タイプや、サイズや、見かけや、国籍を言いだせば、きりもない。ああ、反対意見はさんざん聞かされた。肌が早く老《ふ》けるとか、根性がよくないとか。ブロンド娘は、お調子者で、がめつくて、うぬぼれが強いのだそうだ。それが全部ほんとうだとしても、ちっともかまわない。わたしはブロンドのブロンドたるところを愛しているのだ。こんな弱点を持っているのは、わたしだけじゃあるまい。マリリン・モンローだって、みんなにあれだけ好かれているじゃないか。キム・ノヴァクにしても然り。

まあ、こんなことを言っていても仕方がない。べつに誰に言いわけをする必要もないのだ。わたしがしていることは、これはわたしの勝手なんだから。こうして、夜の八時にリード通りとテンプル通りの交差点に立って、ブロンド娘を拾おうとしていたところで、誰に弁解をすることもあるまい。

わたしの服装はすこし目立ちすぎるのかな。こういう場合にしては派手すぎるかな。それから、ウィンクしたのもまずかったのかな。でも、これだって人さまざまの意見があるじゃないか。

わたしにはわたしの意見がある。他人様には他人様の意見がある。だから、男の子みたいな髪をした背の高い女の子が、いやな目つきでわたしを見て、「気持ちのわるいお爺ちゃんね」と呟いたとしても、それは女の子の勝手さ。わたしはそういう反応には馴れているから、いっこう苦にならない。

ブルージーンズをはいた可愛い子が二人、浮き浮きとやって来た。二人ともミネソタ州の小麦みたいな髪をしていて、おそらく姉と妹だろう。わたし向きじゃない。若すぎる。あんなのとかかわりあうと、面倒なことになる。トラブルだけは御免だ。

晩春の、あたたかい、気分のいい宵だった。カップルがずいぶん歩いている。一人、すばらしいブロンドがやって来て――その子は水兵と一緒だったが――みごとなふくらはぎをわたしに見せて通りすぎた。しかし、水兵と一緒じゃあ、どうしようもない。ほかには、子供連れのブロンドがいた。夜遊びにくりだす速記者の一群のなかにブロンドがいた。それから恰好なのが一人でいるから、話しかけようとしたら、きいッと車がとまり、ボーイフレンドがあらわれた。

いや、まったく、じれったいったらありゃしない！ なんだか、わたし一人をのぞいて、あとの誰も彼もがブロンド娘とデートしているような気がしてきた。だが、ここであせることはない。こういう不漁はよくあることなんだ。

わたしは時計を見た。もう九時近い。かくなる上は、ひとふんばりしようか。「気持ちのわるいお爺ちゃん」だって、窮余の一策や二策は知っているさ。ブロンド娘は、見つかる場所へ行かなければ見つかるもんじゃない。

目下のところ、その場所は、〈ドリームウェイ〉であるとわたしは判断した。そう、安っぽいダンスホールだ。しかし、何も法律が禁じているわけでもなし、わたしがそこへ行っても構わないだろう。

ずかずか入って行って、チケットを買うまえに、しばらく品定めをしたって、わるいことはなかろう。目で見て、よりわけたり、えらんだりする分には、だれも文句を言うまい。

ふだんのわたしは、こういう大衆的なダンスホールはあまり好きじゃないのだ。あの音楽というやつを聞いていると耳が痛くなるし、ダンスそのものの光景が、わたしの繊細な感覚に合わないことおびただしい。性行為を連想させるあの野卑な動きというものは、たまらなくいやだね。まあ、一種の遊びだから、めくじら立てることもないとは思うが。

今晩の〈ドリームウェイ〉は混んでいた。お客はまことにさまざまで、もみあげを伸ばしたガソリン・スタンドの青年がいるかと思えば、若づくりの細いズボンが似合っていない中年の伊達男もいる。物欲しそうな表情の小男のフィリッピン人もいれば、休暇中の兵隊がさびしそうな顔をしている。そういう種々雑多な客にまじって、娘たちがいるのだ。

あのホステスと称する娘たち！　ああいう服はいったいどこで手に入れるのだろう――真紅のガウン、オレンジ色や桜桃色の毒々しいドレス、胸を大きくあけたのや、まっくろなのや、まるで化けものじゃないか。それから、ああいう髪の形はいったいだれが作るのだろう――プードル・カットだとか、ポニー・カットだとか、おだんご型、巫女《みこ》スタイルと、薄気味のわるいこと。そして赤と白に顔を塗りたて、チャラチャラと安っぽい宝石類の飾りをつけているところは、ちょうど、入賞した牝牛の角にピンク色のリボンを結びつけた図だ。

しかし、ここにも一等賞をとりそうな牝牛が何匹かいた。いや、決してさげすんでるんじゃない。正直に言ってるだけさ。安物の香水や防臭剤、おしろいの匂いと、タバコの煙と、音楽と、それらがごっちゃになったこんな薄気味わるい場所にも、ふしぎな美しさが花ひらいていたのだ。

貧弱な詩だって？　いや、これこそ豊かな真理というもの！　たとえば、それ、そこの背の高い女の子は、体つきといったら女王様のよう、まなざしははるか彼方を夢みて、ただ惜しいかな、髪はブリュネットなんだが、わたしはあながち偏見を固執するものでもない。それから、あそこで威風堂々と踊っている赤毛の女。まるで真紅の炎をいただく白いロウソクのようじゃないか。それから、あのブロンド娘——

そう、ブロンド娘がいたのだ！　まだずいぶん若い子だ。赤ん坊のようにぽちゃぽちゃと肉がついていて、疲れやすそうな体つきだが、これこそ、わたしの探していた相手だ。ほんものの、骨の髄までのブロンド娘。わたしが一番いやなのは、にせもののブロンドなのだ。髪を染めたのは言うに及ばず、二十代の終わりになるとブリュネットに化けてしまう半ブロンドというのもある。そういうのには今まで何度かだまされてきた。

だが、これはまちがいなく、ほんもののブロンドだ。まさに収穫の女神。その女神が退屈しきったような顔をして、フロアを動きまわっているのを、わたしはじっと見守った。踊りの相手は、およそパッとしない男で——きっとお上りさんだろう。せっかく金のかかった身なりをしているのに、シャツのカラーのはしにのぞいている赫い猪首のおかげで、素姓は一目瞭然といったところ。そう——しかも、わたしの目に狂いがなければ、おっさん、爪楊枝をくわえて踊っているらしいのだ！

わたしは心を決めた。これにしよう。そこでチケットを三ドル分買った。それから、曲が終わるのを待った。

〈ドリームウェイ〉では、もちろん、そう長い曲を演奏するわけじゃない。一分も経たぬうちに、騒音はしずまった。目指すブロンド娘は、フロアの隅にぼんやり立っている。お上りさんの男は、チケットを補充しに行ったのだろうか、ブロンド娘から離れた。

わたしは娘に近寄って、にぎっていたチケットを見せた。「踊ってくれますか」と、わたしは尋ねた。娘は、ほとんどわたしを見もせずに、黙ってうなずいた。きっと疲れているんだろう。着ているものは、エメラルド・グリーンのドレスで、胸元が大きくあいていて、袖がない。娘のむっちりした腕や、両方の肩や、胸にはそばかすが面白いほどたくさんあった。目は緑色に見えるが、これはたぶんドレスのせいだろう。ほんとうは灰色にちがいない。

音楽が始まった。ダンスホールや踊りがきらいなわたしだから、ダンスもさぞかし下手だろうと思われても仕方がないが、どっこい、それがそうではないのだ。わたしはダンスの名手たろうと努力を重ねてきた。つまり、ブロンド娘に接触するためには、それが絶対に必要と見越した上でのこと。

今夜もその例外ではなかった。

フロアに出てから三十秒も経たぬうちに、娘はわたしを見上げた。まともにわたしの顔を見たのは、それが初めてだった。

「ちょっと、あなたダンスうまいのね！」

その「ちょっと」で、わたしは大いに満足した。その一言と、わりに無邪気な声の質とだけで、わたしはこの娘の性格や経歴などを一瞬にして見抜いたのだ。たぶん田舎町の娘で、学校を中退して、都会へ出て来たのだろう。あるいは男が一緒だったかもしれない。さもなければ、都会へ出て来てから、まもなく男ができただろう。もちろん、その関係は長続きしたはずがない。娘はレストランか、普通の商店か、とにかくどこかへ就職する。それから二人目の男があらわれて、娘はダンスホールへ勤めをかえる。というわけだ。

たった一言の感嘆詞から、これじゃあ読みすぎというものだろうか。しかし、今までずいぶん大勢、似たような事情のブロンド娘に出逢ったが、身の上話はいつも判で押したようにおなじだった。つまり、「ちょっと！」タイプの娘はだ。軽蔑してるわけじゃあない。わたしは「ちょっと！」タイプが一番好きだ。

わたしの踊り方から、こちらの気持ちは娘に通じたらしい。次に予想どおりのセリフが出た。「ずいぶんと元気な踊り方ね」

わたしは上機嫌の笑顔をみせた。「そんな年寄りじゃないんだよ」そしてウィンクをした。「あんたとなら一晩中踊ってもいいな。どうしてか分からないが、そんな気持ちになったよ」

「あら、口がうまいわね」だが、言葉とは逆に、娘はまじめな表情になった。これでいいのだ。わたしを信じ始めている。

　ちょうど一分間だけ、わたしは娘に考える時間を与えた。それから、おきまりのセリフを喋り出した。

「お世辞じゃない。わたしはね、あんたが付き合う男たちとおんなじで――ちょっと人恋しいだけのことさ。どこかへ出掛けて、語り明かそうなんてことは、言いやしないよ。あんたの返事は分かってるからね。あんただって勤めている体だ。でもね、だれかから聞いたんだが、わたしがチケットを、そう、十ドルも買えば、あんたは外に出られるんだそうだね。それだったら一ぱいやるぐらいはいいだろう」わたしはまたウィンクした。「どっかで、ゆっくり、くつろいでさ」

「そうね、わたし分からないわ――」

「もちろん、あんたは分からないだろうさ。でも、これだけは信じてもらっていい。つまり、わたしが怪しからん振る舞いに及ぶとか、そういうことを心配してるんなら、わたしがあんたのおじいさんになれるくらいの歳だってこと、それを忘れないでほしいね」

　それは明らかだった。娘は考えこんだ。ゆっくりくつろぐことは、この娘には魅力なのだ。「オーケーだと思うわ」と、娘はつぶやいた。「じゃあ、行きましょうか、ミスタ――？」

「ビアース（ビールに通じる）」と、わたしは言った。

「え？」と、娘は吹き出しかけて、それをこらえた。

「ウソでしょ」

「ほんとうだよ。わたしの名前はビアース。ただしビールばかり飲むわけじゃないから、あんたも好きなものを飲むといい。あんたはミス――？」

「シャーリー・コリンズ」とうとう娘は吹き出した。

「偶然の一致ね？　ビールと、コリンズなんて」

「話が決まったら、善は急げだ」わたしは娘をフロアの隅まで連れて行き、それから娘がコートを取りに行ったあいだに、チケットを買い、支配人との交渉をすませた。支配人には余分のチップを五ドルやらなければならなかったが、これは止むを得ない出費といえるだろう。だれだって食わなきゃならないのだから。

マスカラを落としたところを見ると、娘はそう不美人でもなかった。目は、思ったとおり灰色だった。腕はやわらかくて、丸みをおびている。近くの酒場へ入り、片隅のボックスに陣取ると、わたしは作法どおり娘のコートをぬがせてやった。

ウェイトレスは、やせて顔色のわるいブリュネット娘だった。スラックス姿で、ガムをくしゃくしゃ嚙んでいる。わたしにはてんで興味ないタイプだが、酒を運んでくれるだけだから文句もいえまい。わたしが、ライ・ウィスキーのオン・ザ・ロックを注文すると、気をきかしてグラスを二つ持って来た。

わたしは代金を払い、チップをやった。なにしろ、こちらの言いつけを即座に聞いてくれないと困るのだ。ウェイトレスは、心得ましたといった表情で、さっさと立ち去った。わたしは自分のグラスをシャーリーのほうへ押してやった。

「どうしたの」と、娘は言った。

「べつにどうもしない。わたしは飲まないだけの話さ」

「あら、いやあよ、ビアースさん。まさか、わたしを酔いつぶそうって魂胆じゃないでしょうね」

「なんということをおっしゃる——誤解しちゃいかんなあ！」わたしは精いっぱい、学校の先生が生徒に訓戒を垂れる口調で言った。「飲みたくないのなら、無理に飲む必要はすこしもないんだよ」

「ううん、飲むわよ。ただ、わたしたちって男の人には警戒する癖がついているでしょ」だが一杯目のライ・ウィスキーを飲み干したあたりは、警戒どころの騒ぎじゃない。第一のグラスをからにすると、すぐ第二のグラスに手を出した。「でも、あなた、つまんなくない、わたしの飲みっぷりを眺めてるだけじゃあ？」

「ああ、わかってもらえないんだな」と、わたしは言った。「さっきも言ったとおり、わたしは人恋しい気分なんだよ。だれか話し相手がいれば、それで充分なんだよ」

「よくそう言って口説く男の人がいるけど、あなたはそうじゃないみたいね。でも、話って、何を話したらいいの」

答えは簡単だ。「あなたの話をしてほしいな」こう言っておけば、あとは手間がかからない。何もかも自動的にすらすらと運んでしまう。わたしはもっぱら相手のブロンドの髪やら、肉づきのいい体やらを鑑賞していればいいのだ。実際、こんなみごとな肉体のもちぬしだもの、脳味噌なんか多くても少なくても構わないようなもんじゃないか。

すくなくともわたしは、そういう考えだ。娘はぺらぺら喋り出し、わたしは計算どおり聴き役にまわって、娘のグラスがからになるたびに酒を注文してやった。

「ほんとよ、経験がない人には絶対分からないわ。こういう勤めって、足がものすごく疲れて――」

「ちょっと待って」と、わたしは言った。「友だちがいるから挨拶してくる」

わたしは酒場の反対側の端まで歩いて行った。その男は、かわいい黒人の女の子を抱くようにして、たったいま、入って来たところだった。普通の場合なら、こんな男とは口もきかないのだが、そいつが同伴の女の子を見る目つきに、なんとなく親近感をおぼえたのだ。

「やあ」と、わたしは低い声で言った。「またわるいことをやっとるね」

「なんだい、きみは！」男は平気をよそおったが、その慌てぶりは目に見えていた。「きみなんか知らんぞ」

「いいや、知ってるくせに」と、わたしは言った。「知ってるくせに」わたしは男の耳に口を寄せた。わたしの囁きを聞くと、男は笑い出した。

「ひどいな、おれをおどかしたりして。まあ、許してやろう。ここできみに逢うとは思わなかったよ。今どこにいる？」

「シェイン・アパートとかいう所だ。きみは？」

「うん、おれはずっと郊外のほうだ。どうだい、おれのガールフレンドは？」男はわたしを肘でつついて、黒人の女の子をゆびさした。

「いいね。しかし、おれの好みは御存知のとおりさ」

わたしたちは声をあわせて笑った。

「さてと」と、わたしは言った。「あんまり邪魔しちゃわるいな。きみのほうは順調にいってるかどうかと思ったもんだからね」

「順調だ。うまくいってるよ」

「そりゃよかった」と、わたしは言った。「このごろは特に気をつけなきゃいかんからな。安っぽい宣伝が行き渡っているだろう」

「分かってるよ」男は手を振った。「じゃ、うまくやってくれ」

「きみもな」と、わたしは言い、ボックスへ戻った。実に愉快な気分である。

シャーリー・コリンズも御機嫌だった。わたしが席をはずしたあいだに、もう一杯注文していた。わたしは金を払い、ウェイトレスにチップをやった。

「まあ、あきれた！」と、ブロンド娘は大げさに言った。「あなたって、お金を湯水のように使う人ね」

「わたしには、お金なんぞ何の意味もない」と、わたしは言い、二十ドル札を五枚見せた。「さあ、とっときなさい」

「まあ、ビアースさん！　そんなこと、わるいわ」

実はヨダレが出るほど欲しいくせに。「とっときなさい」と、わたしはうながした。「うちへ帰りゃ、いくらでもあるんだ。あんたに喜んでもらえれば、わたしは満足なのさ」

娘は金を受け取った。なに、いつもこうなのだ。そして、シャーリーほど色気のある娘なら、反応はいつも決まっている。

「ちょっと、あなたって、すてきな人ね」娘はわたしの手を握った。「あなたみたいな人、逢ったことないわ。親切で、けちんぼじゃなくて、しかもお色気ぬきじゃないの」

「そうだ」わたしは手をひっこめた。「色気ぬきだ」

これで娘はなおさら分からなくなったらしい。「あなたって人、わけが分からないわ。それはそうと、こんなたくさんのお金、どこから持って来たの」

「拾ったのさ」と、わたしは言った。「やり方さえ分かれば、簡単に拾えるんだ」

「そんな冗談ばっかり。まじめな話、あなたの商売はなあに？」

「言ったらびっくりするだろうな」と、わたしは微笑した。「まあ、正直に言うと、もう仕事からは手を引いている。道楽三昧の生活というところかな」

「じゃあ、本を読んだり、絵を描いたり、そういうこと？　何かのコレクションをしてるの？」

「そのとおり。あんたも、わたしのコレクションを見たら、よろこぶんじゃないかな」

娘はくすくす笑った。「銅版画《エッチング》を見においでって招待して下さるの？」

わたしはすかさずこの機をとらえた。「そうだ、それがいい。わたしが招待したら、もちろん来てくれるだろうね」

「ええ。うかがいますわ、よろこんで」

五枚の二十ドル札をバッグにしまうと、娘は立ちあがった。「行きましょ、おじさま」

この「おじさま」は、わたしにはちっとも気にならなかった。だって、この娘のブロンドぶりときたら、すばらしいのだ。ほろ酔い加減の今でも、実に美しい。

若い連中がよく言う「いい玉」というやつだ。

わたしたちが連れ立って酒場を出て行くと、五、六人の視線がわたしの背中を突き刺しているのが、はっきり感じられた。かれらの考えていることはよく分かる。「あんな爺さんが若い娘を連れてあるいてる。いや、まったく、途方もない世の中になったもんだね」

そう考えてから、もちろん、かれらはただひたすら飲むだけなのだ。というのは、その途方もない世の中をどうしようという気は、かれらには全然ないんだから。水爆が落ちるかもしれないし、空飛ぶ円盤が現われるかもしれないのに、人間たちは酒場に坐って、とりとめもない考えにふけっているだけなのさ。それはそれで、わたしには好都合なんだが。

シャーリー・コリンズも、いまのところ、まことに都合よく反応してくれた。タクシーをとめて、娘を乗せるのには、何の苦労も要らなかった。「シェイン・アパート」と、わたしは運転手に言った。シャーリーは体をちぢめるようにして、わたしに寄りかかってきた。

わたしは体をズラして、娘から離れた。

「どうしたの、おじさま――わたしのこと、きらい？」

「いや、好きだよ」

「じゃあ、逃げたりしないで。嚙みつきゃしないから」

「そんなことじゃない。でも、さっきも言ったように、つまり、その――そういうことは抜きにしたいからさ」

「ええ、そりゃそうよ」娘は、満足そうに体の力をぬいた。「じゃあ、あなたの銅版画《エッチング》を楽しみにしてるわ」

車がとまり、その建物には見おぼえがあった。わたしは、運転手に十ドル札を渡し、お釣りは要らないと言った。

「ほんとに、どうしてなの、ビアースさん」と、シャーリーは真顔で言った。「どうしてそんなに無駄遣いばかりするの」

「これが遣いおさめだからね。もうじきこの町とお別れするんだ」わたしは娘の手をとり、二人でロビーへ入った。セルフ・サービスのエレベーターはあいていた。わたしは最上階のボタンを押した。エレベーターはゆっくり上り始めた。

シャーリーは急に真剣な表情になって、わたしの両肩に手をかけた。「ねえ、ビアースさん。今ふっと思い出したんだけど、いつか見た映画で――あなたみたいにお金をじゃんじゃん遣って、この町とお別れだなんて言う人が出て来たわ。あなた、病気なんじゃないの？　もうあんまり寿命がないって、お医者さんに宣告されたんじゃない？」

その推理は感動的だったから、わたしは笑いもしなかった。「いいや」と、しずかに言った。「あんたの心配はまったく事実無根だよ。安心しなさい。わたしはとても健康なんだ。まだ当分はこの健康がつづくと思うね」

「そう。じゃ、安心した。あなたっていいひとね、ビアースさん」

「あんたもいいひとだ、シャーリー」ここで抱擁になりそうになったのを、わたしは上手に逃げた。エレベーターがとまり、わたしたちは外へ出た。わたしは先に立って、ホールを通りすぎ、階段に近づいた。

「分かった、あなたの家って屋上邸宅《ペントハウス》なのね！」と、娘は黄色い声をあげた。もう、すっかり、わくわくしているらしい。

「あんたが先に行きなさい」と、わたしは呟いた。

娘は先に立って歩き出した。階段を上りきると、呆気にとられて立ちどまった。「でも、ここ、ドアになってるわよ。このむこうは屋根かなんかじゃないの」

「いいから、どんどん行きなさい」と、わたしは指図した。

娘は屋上に出た。わたしも、それにつづいた。わたしたちの背後でドアがしまり、あたりは静まりかえっていた。

屋上は夜半の静けさに満ちていた。何もかもが夜半の美しさに満ちあふれていた。眼下にはこの町の暗い肉体が横たわり、ネオンのネックレスや、蛍光灯の腕環や指輪のたぐいをきらめかせていた。この景色は、空中や屋上から何度も眺めたわけだが、何度見てもスリルにあふれた光景だ。わたしの故郷の風景は、これとは全然ちがう。といってもケチをつけたいわけじゃない。この町もときどき来るにはいい所さ。でも、ここに永住する気にはなれない。

わたしは見つめ、ブロンド娘も見つめた。ただし、娘が見つめていたのは、眼下の光景じゃない。

娘の視線は屋上の隅の暗い所に向けられていた。そのくらやみのなかで、何か円型のものが玉虫色に光っている。それは、まわりの建物の蔭に隠れ、屋上の入口からもすぐには見えない場所に置かれていた。けれども今、娘はそれを発見して、「ちょっと！」と言ったのだ。

娘は言った。「ちょっと！　ビアースさん――あれを見てごらんなさい！」

わたしは見た。

「なあに、あれ？　飛行機？　それとも――ひょっとしたら空飛ぶ円盤じゃないかしら」

わたしは見た。

「ビアースさん、どうしたの。あなた、びっくりしないのね」

わたしは見た。

「あなた――知ってたの？」

「そう、わたしのだからね」

「あなたの？　空飛ぶ円盤が？　まさか。だって、あなたは人間だし――」

わたしはゆっくり頭をふった。「そうでもないんだ、シャーリー。わたしのほんとの姿は、こんなじゃないのさ。わたしの故郷ではね」わたしは自分のくたびれた肉体をぽんと叩いた。「これは実はリルから借りたんだ」

「リル？」

「そう。わたしの友だちだ。リルも、コレクションをやっていてね。わたしたちはみんなコレクションをやっている。それが道楽なんだ。地球までやって来て、いろんなものを集める」

わたしが一歩近寄ると、娘はしりぞいた。その顔の表情は読みとれなかった。

「リルの道楽は、ちょっと変わっていてね。Bのつく人間しか集めないんだ。いや、リルのコレクション・ルームを一度見せたいよ！　ブロンソンが一人、ベイカーが三人、それからビアース――今わたしが使っている体はそのビアースなんだ。アンブローズ・ビアースとかいったな。だいぶ前に、メキシコで手に入れたんだそうだ（アメリカの怪奇小説家アンブローズ・ビアースは一九一三年にメキシコへ行き消息を絶った）」

「狂ってるわ！」と、シャーリーは囁いたが、わたしが喋りつづけると、魅せられたように耳を傾けるのだった。耳を傾けながら、すこしずつ、しりぞいた。

「コアという友だちは、各国の人間のコレクションをつくっているよ。さっき酒場で逢ったマーは、メラネシア人専門だ。わたしたちはたびたびここへ来るんだよ。最近、妙な宣伝をされて、危険なんだけれども、こんな面白いひまつぶしは、ほかにちょっとないからなあ」わたしは娘のすぐ前にせまり、娘はもううしろにさがれなかった。屋上の端っこに来たのだ。

「それから、たとえばヴィスは」と、わたしは言った。「赤毛しか集めない。そして集めたのを剝製にして、きちんと整理してあるんだ。リルは標本を剝製になんかしない。だから、こうして旅行のときにみんなが借りてくるんだがね。いや、まったく、こんな面白いことはほかにないよ！ リルは集めてきたのを保存タンクのなかに浸けておくし、ヴィスは赤毛のを剝製にしちまうしね。わたしが集めるのは、ブロンドなんだ」

娘は、目を皿のようにして、喘ぎ喘ぎ、ようやく言った。「あなた――わたしを――剝製にするの？」

わたしは思わず笑ってしまった。「とんでもない。そんなことはしないから、安心しなさい。剝製にもしないし、保存タンクにも入れない。わたしのコレクションの目的は全然ちがうところにあるのさ」娘は横に逃れて、玉虫色に光る物のほうへ近づいた。それ以外に逃げる場所がないのだ。わたしは、じわじわと寄って行った。

「そんな冗談――よして――」と、娘は喘いだ。

「冗談なんかじゃないよ。そりゃあ、友だちに言わせると、わたしのやり方は変わってるんだそうだがね。でも、わたしはこれでいいんだ。ブロンド娘くらいいいものは、すくなくともわたしはほかに知らないね。

コレクションはすでに百を突破したんだ。あんたは第百三号さ」

　何をする必要もなかった。娘は失神し、わたしはその体を支え、これで万事順調だった。このきれいな屋上を汚さずにすんだのは大助かりじゃないか。あとは、娘の体を宇宙船に運び、わたしはすぐ出発した。

　もちろん、みんなは、ダンスホールからシャーリー・コリンズを連れ出した老人のことを思い出すだろう。しかも、わたしは町中にわたしの金をばらまいている。警察は調査を始めるだろう。いつだって、調査だけはあるのだ。

　しかし、そんなことはすこしも苦にならない。このビアースというのは何者だったのか知らんが、このほかにも、リルのところには体がたくさんあるのだ。次のときは、もっと若い体を借りることにしよう。何事もバラエティということは肝心だからな。

　そう、まったく愉快な一夜だった。帰るみちみち、わたしはずうっと鼻唄を歌っていた。これほど面白いスポーツをやって、おまけに真の楽しみはこのあとにあるのだから、こたえられない。

　わたしはよほどブロンド娘が好きなんだな。ほかの奴らは笑わば笑え——どんなときだって、わたしの好みはブロンドだ。さっきも言ったように、これは単なる趣味の問題、味の問題なんだから。

　ブロンド娘は、なんともいえず、おいしいんだ。

あの豪勢な墓を掘れ！

Dig That Crazy Grave !

ジョジョ・ジョーンズが町に来ると聞いて、タルメイジ教授はわくわくした。そして、さっそくドロシーに電話をかけた。

「あしたの晩つきあってくれ」と、教授は言った。「ジョジョ・ジョーンズが、ミラー・クラブに出るんだ」

ドロシーもわくわくしたらしい。「まあ、すてきね！ 本を書くのにちょうどよかったわね」

「まあね。とにかく見に行こう」

九時ごろ、タルメイジはドロシーを迎えに行き、二人は車で出掛けた。噂はぱっとひろまったらしく、大勢の人たちがつめかけていた。タルメイジは、見おぼえのある学生が大勢来ているのに気がついた。学生たちも教授の姿を見つけたらしい。すぐ、「こんばんは、先生！」と呼びかける者もあったし、ぎょっとした顔になって、連れにひそひそ耳打ちする者もあった。教授がこんな所に来ているのを見て、だれもがびっくりしたらしい。タルメイジがジャズの本を書いていることは、もちろん、まだだれも知らないのだ。

ドロシーは例外である。二人はこの秘密を抱いて、フロアのはずれの席についた。もう十時十五分前になろうというのに、バンド席はがらんとしていた。客たちの落ち着かぬ気持ちがタルメイジにも感じられ、教授とドロシーもその雰囲気に巻きこまれていった。

すると、とつぜん、コンボの一団が入って来た。ミラー・クラブの支配人がマイクロホンに近寄って、簡単な紹介をすませ、ジョジョ・ジョーンズと交代した。

クラブ中の人たちがいっせいに視線を集中したが、音楽家たちは視線を返さなかった。かれらは——ブレザー・ジャケットを着た六人の男は――腰をおろし、疵だらけのケースからおもむろに楽器を出した。クラリネット、トロンボーン、トランペット、ベース。一人がふらふらピアノのほうへ歩いて行って、ぽつんぽつんと二つ三つキーを叩いた。ジョジョ・ジョーンズはドラムを据えた。

六人のバンドマンは、みんな蒼い顔をして、うんざりしたような表情を浮かべている。聴衆のことも、お互いのことも、まるで頭にない様子である。

ドロシーは頭を振った。「あれがほんとにジョジョ・ジョーンズなの？」とドロシーはタルメイジに訊ねた。「ずいぶん若いみたいじゃない」

「この道にはいったときはまだ子供だったんだ」と、タルメイジが教えた。「連中はみんなそうだよ。ビックスも、テシュも、シカゴ派のほかの連中も、B・Gも、みんなそうだ」ここでドロシーが実はジャズ・ファンでもなんでもないことを思い出した教授は、「ビックス」はビックス・バイダーベック（シカゴ派のコルネット奏者。一九三一年没）のことで「テシュ」とはフランク・テシュメイカー（おなじくシカゴ派のクラリネット奏者。一九三二年没）のことであり、B・Gとはもちろんベニー・グッドマンのことだなどと解説した。その喋り方には無意識的に教授口調が出ていた。タルメイジは、ジャズ・ファンでもなければ、ジャズ狂でもない。単なる研究家なのであって、この人にとっては正確な資料ということが何よりも大切なのである。マグシー・スパニア（一九〇六年生まれのコルネット奏者）の本名はフランシスというのだ、とドロシーに教えるタルメイジの口ぶりは――ユリシーズ・S・グラント将軍（南北戦争中、北軍の総司令官、のちに第十八代大統領）の本名がハイラムであると教えるときの口調とまったくおなじだった。

ドロシーはくすくす笑った。「ジョジョ・ジョーンズは髪の毛を染めてるのかしら。白い髭を長く垂らしたお爺さんだとばかり思ってたわ。別の人がおなじ名前をかたってるんじゃない？」

「演奏を聴いてみないと、なんとも言えない」と、タルメイジは言った。「そろそろ始まるらしいよ」

六人が支度を終わって着席すると、ジョジョ・ジョーンズが、ドラムのスティックを振りあげた。と、ドラムが鳴りわたり、あとの楽器がそれに応えた。

そう、まちがいなく、あのジョジョ・ジョーンズだった。最初の乱れ打《パラディドル》ちから、紛れもないほんものだ。協演者は変わっても、スタイルや編曲は変わっていなかった。これこそ、狂熱の二十年代のジョジョ・ジョーンズ。オーケー社や、ヴォカリオン社や、もっと古いブランズウィック社のレコードに入っているジョジョ・ジョーンズその人だ。

タルメイジは、そのレコードを持っている。ドロシーはそれを何度も聴いていたから、曲に聞きおぼえがあった。ほかの聴衆もそうらしい。みんな踊ろうとはしなかった。このリズムは、足にではなく、頭につたわってくる。聴衆は耳を傾けるだけで満足していた。タルメイジは満足そうに一人うなずき、たった六人のコンボが《ハイ・ソサイエティ》とか《ノボディズ・スウィートハート》とか《マスクラット・ランブル》とか、そういう古い曲に与える迫力のすさまじさに感動していた。ジョジョのドラムは、年代ものの編曲を縫うように進行し、目をとじると、タルメイジの体は圧倒的な音量《ヴォリューム》に満たされるのだった。やっと曲が終わり、突然の沈黙はまるでシンバルの強打のように聴衆を叩きのめした。

タルメイジはまばたきして、ドロシーを見やった。

「すごい！」と、ドロシーは言った。「やっぱりほんものだったわね」

「気に入った？」

「すごく」

二人の声はあたりの会話の騒音にかき消された。タルメイジは微笑した。学生たちが何を喋っているか、よく知っていたのである。この学生たちがジャズを語ることは、フランスの学生が政治を語るのとおなじくらい真剣そのもので——またおなじくらい、さまざまな党派がある。「シカゴ・ジャズ」のファンは、デイブ・ブルーベック（モダン・ジャズのピアニスト）の崇拝者たちと議論し、ディジー・ガレスピー（トランペット奏者）の使徒たちは、ジェリー・マリガン（バリトン・サックス奏者）の追随者たちと衝突する。このジャズ崇拝熱というものは、興味ある社会的現象であり、タルメイジはこういうことをすべて自分の本に書くつもりだった。

ざわめきのなかを、クラリネットの音が響きわたり、二曲目の演奏が始まった。音は微妙に変化していた。いまジョーンズは三十年代のジャズを演奏しているのである。ドーシー兄弟や、アーティ・ショーや、デューク・エリントンのジャズだ。それに、デキシーをすこし、そして、かつて「スイング」と呼ばれていたものをどっさり。緊張感は容赦なく会場ぜんたいをゆさぶった。

聴衆はくちぐちに叫び、バンド席の蒼白い顔々に活気がさしそめた。ジョジョが合図し、かれらは予定の休憩をとばして、すぐ次の演奏に移った。

今度は四十年代だった——グレン・ミラーと、スタン・ケントン、それから《ニュー・サウンド》。みるみるテンポが速くなり、ソロのあとにソロがつづき、拍子も小節もどんどんズレ、演奏は《バードランドの子守唄》で最高潮に達した。ジョジョは、バンドマンたちを、四十年代から五十年代へと、そのドラムで導いていた。そして容赦ない時間の旅につれて、演奏のテンポはますます速くなった。

タルメイジは、その蒼ざめた顔を見守っていた。内面の集中で、ほとんどうつろになったその顔から、なんとか表情を読みとろうとつとめていた。あの表情はどこかで見たことがある。あれはエクスタシーに達した女の顔にあらわれる表情だ。夢のなかで、彫像が生きて動き出し、空からのびてきた大きな手があなたの内臓をかきむしり、まるでベースのように内臓を弾く。そんなときにあらわれる表情だ。あなたの目に、トランペットの朝顔型が押しこまれ、弁《バルブ》はその調子からズレて、あなたの脳髄を吹き鳴らそうとする。そんなときにあらわれる表情だ。

それが今、起こっている。タルメイジは、自分の背骨にそって、トロンボーンのスライドが上ったり下ったりするのを感じていた。ピアニストの左手が残酷に頭蓋のなかの海綿体に触れると、頭の内部でピアノがひびきわたった。そしてジョジョは、タルメイジの鼓膜をがんがん叩いていた。ジョジョが奏でているのは、タルメイジそのものなのだ。バンドは聴衆を楽器のように奏でていた。聴衆は楽器だった。金切り声をあげ、叫び、涼しいトタン屋根の上の猫のように唸る、巨大な楽器。

　髭剃りと調髪で二十五セント。

　もう終わったのか。

　そう、ジョジョのジャケットは汗に濡れ、てのひらは爪が喰いこんだあとがあかく、脚は緊張にこわばっていたが、音はもう止んでいた。

　プレイヤーたちは、一列になってバンド席から下り、「イカすわあ！」とさけぶ女学生たちや、ダウンビート誌のグラビア頁をひらき、万年筆を差し出す熱心な青年たちの群れを、すりぬけるように進んだ。

　タルメイジは、ジョジョ・ジョーンズがすぐそばを通り、バーのほうへ歩いていくのを見守った。引きとめたいのは山々だが、今はちょっとまずいだろう。だが、ドロシーはお構いなしだった。手をのばして、音楽家の袖をひっぱった。

「一ぱいお飲みにならない？」と、ドロシーは尋ねた。

ジョジョは彼女を見おろした。ドロシーが気に入ったらしい。うなずくと、椅子を引いた。

　ドロシーは、自己紹介をした。「ドロシー・ダニエルズ。こちらはタルメイジ教授。前からあなたに逢いたがっていたのよ。ジャズの本を書いてらっしゃるの」

「お手やわらかに頼みます」

　ジョジョ・ジョーンズは手を差し出し、タルメイジはそれを握った。その手は冷たかった。ジョジョは微笑を返さず、じっとドロシーを見つめていた。

「……もちろん、あなたの昔のレコードはみんな聴いたわ」と、ドロシーは喋っていた。「でも、さっき、演奏が始まるまでは、あなたかどうかあやしいもんだと思ってました。だって、そんなにお若いんですもの」

ジョジョは肩をすくめた。「ぼくは四十八です。クルー・カットや、角縁の眼鏡にだまされちゃいけない。フィギーなんか、五十をこえてます」

タルメイジが口をはさんだ。「フィギー？　まさかトランペットのフィギー・ニュートンのことじゃないでしょうね」

「それですよ」

「演奏のスタイルは似ていたが、まさかと思っていました。わたしも、クルー・カットにだまされたらしい」

「これがトレード・マークみたいなもんでしてね。クルー・カットの頭と、角縁の眼鏡。こういう恰好じゃないと、組合に入れないんだ」

ウェイトレスが来て、注文を聞いた。二人の少年が来て、サインをせがんだが、長居はしなかった。飲みものが運ばれると、ジョジョがタルメイジのほうに向き直って訊ねた。「本とか言いましたね。どういうものなんですか」

タルメイジは微笑した。「このごろは、猫もシャクシも、ジャズの本を書いているでしょう。それに便乗しようと思いましてね。ふつうの歴史じゃなくて——社会学的な面からジャズを考察しようというわけです」

「ほう、すごいじゃないですか」

「またいつかお目にかかれませんか。二、三お訊きしたいことがあるんです」

「いいでしょう」

「あすは、あいてますか。昼間でも」

ジョジョはかぶりをふり、「この猫（ジャズマンの隠語で、ジャズ演奏家のこと。以下おなじ）は寝床が好きでね。涼しい夜が来ないうちは、鳴いたり、歩きまわったりしないんです」

ドロシーが身を乗り出した。「失礼かもしれませんけど」とドロシーは言った。「あなたたち、音楽をやってらっしゃる方は、どうしてそういう喋り方をなさるの」

「ただの習慣ですよ。サングラスやヘアスタイルなんかと同じことだ。堅気の人と区別がついて便利でしょう」ジョジョはドロシーの目を見つめた。「ぼくの言うこと、掘った（「よく理解できた」）?」

「掘った」と、ドロシーは言った。「うんと掘ったわ」

「調子いいぞ」

「よく分かったわよ」と、ドロシーは言った。「これは何もかもくだらない馬鹿げたお芝居だってこと、よく分かったわ。あなたは一人前の大人で、立派な音楽家でしょう。派手なジャケットを着たり、髪を刈りあげたり、角縁の眼鏡で表情を隠す必要ないじゃありませんか。それから、そんな不良少年の使うみたいな隠語を使って、御自分の考えを隠す必要もないと思うわ。どうしてそんなことなさるの」

「刺激のため。単なる刺激のため」ジョジョはもうにやにやしていなかった。「しかし、あんたは刺激なんぞ欲しくないって言うんだろう。コロンブスはまちがってたよ——世界は四角四面《スクエア》（「堅気」の意味もある）なんだな」

タルメイジは咳ばらいをした。「ええ、そういうことも、いろいろ伺いたいと思いますね。ジャズ音楽家やファンたちが、独得の語彙と言いまわしを使って、非常に閉鎖的なグループを形成しているということ」

「なんだか頭の痛くなる話だね」ジョジョは立ちあがった。「酒《ソース》をどうもありがとう。さあ、また一ちょう、みなさんのために演奏するか。終わるまで待ってませんか。一緒に飲みましょう」

タルメイジはこの招きに応じようと口をひらきかけたが、ドロシーが割って入った。「いいえ、けっこうよ。もう帰りますから」

ジョジョはおとなしくうなずいた。「ジュークボックスが嫌いなら、何もお金を使うことはないね」そして歩み去った。

ドロシーは立ちあがり、タルメイジはそのあとを追った。

「何か、気にさわった？」と、タルメイジは訊ねた。

「いいえ。煙がもうもうとしていたから、頭が痛くなっただけ」ドロシーは立ちどまった。「よかったら、あなたは残っていらっしゃれば」

「いや、また別の機会もあるさ。来週の土曜にでも、また寄ってみよう」

「そうね」だがドロシーの声には、あまり元気がなかった。帰りの車のなかで、タルメイジは訊ねた。

「どうして急に怒ったの」

「怒ったんじゃないのよ。でも、あの人には、どうもわたしをいらいらさせるところがあるわ。だって、いんちきじゃないの。三文映画の主人公みたいなお芝居をしているのを見ると、むかむかするわ」

「その理由をちゃんと説明してくれたじゃないか。結局は、客の要求なんだよ」

「ウソよ！　ベニー・グッドマンに逢った晩のことをおぼえてらっしゃる？　グッドマンはあんな喋り方をしなかったわ。立派なジャズ音楽家は、あんな喋り方をしないのよ——全部が全部、麻薬患者や変人であるはずがないじゃないの。それにファンのほうだって、変人でも奇人でもないわ。さっきサインをもらいに来た男の子だって、ぜんぜん正常で、お行儀がよかったでしょう。ところが、ジョジョ・ジョーンズは一から十までお芝居ね。ふんぞりかえって、わたしたちをあざ笑っているような感じだったわ」

「彼を見くびっちゃいけない。今晩の、あのジャズの歴史みたいな演奏を聴いただろう。キング・オリヴァー（ジャズ創成期のコルネット奏者）から未来に到るジャズ史をやったじゃないか。あの実力は大したものだよ」

「じゃ、なおさら偽善者だわ」

「じっくり腰を落ち着けて語り合えば、彼の人物はよく分かると思うよ」

「わるいけど、わたしはもうたくさんね」タルメイジのかたわらでドロシーはふるえていた。その声もふるえていた。「あの人は、どこか狂ってるわよ」

「しかし、彼の演奏が、この世のものとも思えないほど上手いことは、認めるだろう」

「この世のものじゃなさすぎるわよ」ドロシーはまた身ぶるいした。「お願い、何かほかの話をしてくださらない」

二人は話題を変えたが、ドロシーは帰りのみちみち、ずっと身ぶるいをつづけ、タルメイジがおやすみのキスをしたときも、くちびるはまだふるえていた。

次の土曜日、ミラー・クラブに入って行くとき、タルメイジのくちびるはふるえた。ちょうど午前一時をまわったところで、予想どおり、その夜のバンド演奏が終わった直後だった。最後の曲を終えて、一休みしているジョジョ・ジョーンズをつかまえるには、この時刻が一番だろうと思ったのである。果たせるかな、ドラマーはバーのストゥールにすわっていた。

だが、ドロシー・ダニエルズが、そのとなりにすわっていようとは、タルメイジは夢にも予想しなかったのである。

この週は、三度も電話をかけて、デートを申しこんだのだが、そのたびに、ふられたのだった。今晩も電話をかけて、いつもの土曜の晩のように外出しようと言ったが、ドロシーはまたもや肩すかしを喰らわせた。頭痛がするから家にいたいというドロシーのことばを、タルメイジはまともに受けとっていた。

ところが、ドロシーはここにいて、ジョジョ・ジョーンズのそばにすわっている。そして微笑している。上半身を乗り出している。タルメイジがよく知っているしぐさで、ジョジョの腕に片手をのせている。タルメイジは彼女のブルーのドレスに気がついた。椅子に深く腰掛けないと、とても恥ずかしい思いをすると言っていた、あのローカットのドレスである。そう、今、ドロシーはストゥールに浅く腰掛けている。

タルメイジはくちびるをふるわせた。そのまま回れ右して、だれにも気づかれぬうちに帰ろうかと思った。だが、時すでにおそく、ドロシーが、ジョジョの言ったことに笑い声をたて、あたりを見まわした拍子に、タルメイジの姿を認め、手を振ったのである。

タルメイジは、バーのカウンターに歩み寄った。

「やあ、おっさん！」とジョジョが言った。

タルメイジはうなずいた。「景気はどうです」と訊ねたが、それは声の調子を確かめるための方便だった。ことばの内容はどうでもよかったのである。

「最高だね！　ここはいい酒場だよ。毎晩のように幽霊どもが壁に現われる。なあ、お砂糖ちゃん？」

「そうよ、お父ちゃま」

これはドロシーが言ったのである。ローカットのブルーのドレスを着て、上半身を乗り出し、みんなの目に自分の肉体をさらしている娘。厚化粧をして、猫の爪のように長いとがった爪をまっかに染めている。この見知らぬ女が、ドロシーなのである。まるで狂った猫だ。

タルメイジは、喋っている自分の声を聞いた。「毎晩なんだね？　そうなんだな、ドロシー？」

「この人の言うこと、聞いたでしょ。そのとおりよ」

ジョジョは、タルメイジにむかって、にやりとわらった。「誤解しないでくれよ、おっさん。あんたのソロをぶちこわしにする気はないんだ。この娘さんに刺激を味わわせているだけさ。ぼくらが演奏すると、この娘さんは舞台に上がってくるよ。そのほうがフィーリングが分かるんだな。今じゃ、とことんまで理解できるそうだ。なあ、赤ちゃんや」

「最高よ」と、ドロシーは言った。「あなたもいつか試してみたらいいわ」

タルメイジはうなずいたが、返事をしなかった。すると、ジョジョが立ちあがった。「すわって、酒《ソース》をやってろよ。すぐ戻る」

ジョジョは、トイレの方角へ歩いて行った。タルメイジはストゥールに腰をおろし、ドロシーのドレスの胸元を、わざとじろじろ眺めた。

「毎晩ここへ来ていたのか」と、タルメイジは呟いた。

「だから、どうなのよ」ドロシーは、タルメイジの顔を見なかった。「わたし、まちがっていたような、あの人にわるいことをしたような気になったのよ。それで、また聴きに来たの。あの人はわたしを見つけて、寄って来て、話をした。それが始まりよ」

「何の始まりなんだ」

「なんでもないわ。あなたが考えているようなことじゃないわ。ただ話をしただけよ。あの人は、一人でいると別人みたい。隠語なんかぜんぜん使わないの。音楽のことや、感覚のことや、それがどんな影響を人にあたえるか、どんなに役に立つか、そういう話をしてくれたわ。でも、あなたには分からないでしょうね。あなたには理解できないのよ、舞台でバンドのすぐそばにすわって、心を奪われなきゃ駄目。お客が心を奪われていくのを感じなきゃ駄目。すごい刺激よ」

タルメイジはまたうなずいた。「じゃ、きみも刺激が欲しくってたまらない口だな」

「ただそれだけよ。ただ耳を傾けて、お客の感動を受けとめる。バンドのうしろにすわっていてごらんなさい、お客はありったけのものを発散するわ——それが舞台に立ちのぼってきて、波みたいにぶつかるのよ。あらゆる感情ね。あらゆるエネルギーね。欲望のすべて、不満のすべて、疼きのすべてが発散するの。味まで分かるようだわ」

「なんだか習慣性のあるものらしいね」

タルメイジは冗談を言ったつもりだが、ドロシーはまじめだった。「これはジョジョが言ったことなの。あの人はもう三十年間これをやっているんですものね。これのおかげで命と若さをたもっていられるんですって」ドロシーは微笑した。「わたし、音楽家という人種がすこし分かりかけてきたような気がするわ。商売にやっている連中じゃなくて、ジョジョたちのような本物の音楽家がね。こんな田舎町でも喜んで演奏したり、ネブラスカのフォールン・アームピットで一晩だけ演奏するために、おんぼろバスに乗って出掛けたりする人たちのことよ。お金には目もくれず、大きなバンドや、レコードの仕事をやらない人たちよ。ジョジョが言うように、そういう人たちは刺激だけが目的なの。一度でもそのすごい刺激を味わえば、なるほどと思うわよ」

ドロシーは顔をあげて、ふいに話をやめた。ジョジョが戻ってきたな、とタルメイジは思った。ジョジョは二人のうしろに静かに立っていた。ほかのバンドマンたちも一緒だった。

タルメイジは認めた。近くで見ると、顔の皺や、目の下の青黒い隈が、年齢をはっきりと語っていた。そしてまた、一同のまわりにただようツンと強い臭気もかぎわけられた。かれらがトイレのなかで何をしていたか、タルメイジは分かったと思った。一番若い、ピアノを弾いていた青年などは、まだ口に吸い殻をくわえていたのである。麻薬の一服といっしょに、騒々しい音を立てて空気を吸いこむと、青年は吸い殻を踵で踏み消した。

ジョジョは、ドロシーの肩に手をかけた。「これから、ちょっと田舎へ行ってくる」と、ジョジョは言った。

「フィギーの泊まってるとこへ行くのさ。今夜は大騒ぎのパーティになるぜ」ドロシーが立ちあがり、音楽家はタルメイジのほうに向いた。「あんたも来ない？」

タルメイジはドロシーの顔を見た。ドロシーは顔をそむけ、バッグをとりあげた。

「いや、ありがとう」と、教授は言った。「もう帰らなくちゃならない。また、いつか付き合いましょう」

「残念だな、おっさん」と、ジョジョは愛想よく手を振った。

「あした電話するよ」と、タルメイジは言った。ドロシーは返事をしなかった。タルメイジは、そんなことを言った自分が腹立たしかった。しかし、言わずにはいられなかったのである。何事もなかったのだ、自分は平気なのだというふうをよそおって、出て行くよりほかどうしようもなかったのである。

翌日、またさりげない声を出そうと身がまえて、ドロシーのアパートに電話をかけた。だが、身がまえる必要はなかった。ドロシーは不在だったのである。

朝も、午後も、夜になっても不在。深夜になっても帰らなかった。タルメイジは、ドロシーのアパートの前に五時間も車をとめて待っていたのである。

決着をつけようと意気ごんで、月曜の朝、ドロシーの勤め先に電話をかけたが、これも無駄だった。電話に出た女の声は、ミス・ダニエルズはもうこの会社にいらっしゃいませんと言った。

そこでタルメイジは、月曜の夜、ふたたびミラー・クラブに出掛けて行った。ドロシーの言ったことは、ウソではなかった。娘はほんとうにバンドのうしろにすわっていた。

タルメイジは、バンドのすぐ下に席をとり、ドロシーを見守り、バンドマンたちを見守り、聴衆を見守り、音楽が流れ落ち、感動が流れ昇るのを感じていた。しばらくして、タルメイジは、ドロシーの顔だけを見守っていた。化粧も部分的にしか隠せない蒼白さ、その蒼白な顔を見守っていた。その目つきがガラスのようにとろんとしていること、コンボの連中にそっくりであることは、どんな厚化粧も隠せるものではなかった。

みんな麻薬を用いているためか、それともほかに理由があるのだろうか。昼間はねむって夜起きているという生活のせいかもしれない。何も食べずに飲んでばかりいるためかもしれない。それとも、長時間あのバンド席にすわり、演奏に精を出し、これだけの量の生《なま》の感動を飲みつくしているためか。刺激の夜また夜また夜。強い刺激。それがこのバンドマンたちを捉え、ドロシーを捉えている。

休憩になり、タルメイジはドロシーが舞台から離れるのを待たなかった。ずかずか歩いて行って呼びかけた。

「やさしい言葉の一つもかけてくれないのかい」と、タルメイジは言った。

娘は顔をしかめた。「あっちへ行って」

「でも、ドロシー、きみに話したいことが――」

「そんなセリフ、病気のお友だちにでも言いなさい」

ドロシーは立ちあがって、一列になって下りて行くジョジョたちのほうへ歩き出した。そしてフィギー・ニュートンの脇腹をこづき、何かタルメイジに分からないことを囁いた。ニュートンはげらげら笑って、横目でタルメイジを見た。ほかの者はタルメイジには目もくれない。

タルメイジは人ごみを通りぬけて、スタンドの反対側へ出た。そして、ちょうど出て来たドロシーの腕を摑んだ。ドロシーはくるりと振り向き、タルメイジの顔を見た。娘の顔のクローズ・アップは、まるで目をくまどった道化役者の顔だった。

「ドロシー、どうしたんだ。会社をやめたって聞いたけど――」

「このバンド演奏は今夜でおしまいなの。みんなバッファロウへ行くわ」

「きみも行くのか」

「だから今言ったじゃないの。みんな行くのよ」

「いつそんな決心をした？　ドロシー、一体全体どうしたんだ」

ドロシーは甲高く笑い出した。麻薬の匂いがぷうんと伝わってきた。この娘は麻薬に酔っているのだ。

「ドロシー、一緒にうちへ帰ろう。一緒に問題を解決しようじゃないか」

「もう解決してるわよ。解決しちゃってるわよ。ちゃんと解決ずみよ。ごめんなさい。わたし、これから飲みに行くの」

娘はタルメイジの手をふりほどき、ほかの連中を追って、横手のドアから出て行った。

車のある所へ行くんだな、とタルメイジは思った。麻薬を打つか、酒を飲むか、さもなきゃ、うしろのシートでてっとりばやい刺激のやりとりか。熱いイメージが波のようにタルメイジを襲い、眼球を焼いた。

タルメイジは思わず腰をおろした。カウンターにむかって腰をおろし、いつのまにか酒を注文していた。

一ぱい、ぐいと飲む。二はい目をぐいと飲む。もう一ぱい飲めば、駐車場へ行って、ドロシーを探す勇気が出るだろう。今こそ。今こそ対決のときだ。

　いや、おそかった。ドラムの音が聞こえて、タルメイジは目をぱちぱちさせた。ジョジョ・ジョーンズとそのコンボは、バンド席に戻っていた。ここからは姿は見えないが、演奏は聞こえた。いななく音、きしる音、たたく音、チリンという音、どすんという音。遠くから聞くと、ただそれだけのものだった。単なる騒《ノイ》音《ズ》、動物の鳴き声、野蛮で無気味な音だ。そして壁と床は、どんどんと鳴るドラムの音に震動した。

　ドラムを叩いているのは、あのジョジョだ。どん、どん、どん。ジョジョのドラムと、彼の心臓だ。

　リズムは無意味だったが、それはもともと意味をもつ必要はないのである。それは心をもたなかったが、心に達する必要もないのだった。それが行き着く場所は別のところだ――肉体、神経、血が迅速に流れる暗い場所。血液は服従した。肉体は服従した。心臓の鼓動は速くなり、あらゆるものがほとばしり始める。ドラムの強打はあなたの体に喰いこみ、音が流れこむ穴をうがつ。音が流れこむと、あらゆるものが流れ出して行く。単純な置換作用である。あなたは両方を入れておくわけにはいかない。そこで、音を取り入れ、あなた自身をゆずりわたす。

　それはむろんドラムの仕業だった。タルメイジは思い出した。ドラムはあらゆる儀式の、あらゆる魔術の土台ではないか。ドラムは、焚火のまわりの未開人たちを踊らせる。ドラムは、戦場でかれらを死におもむかしめる。ドラムが丘に鳴りとどろくと、かれらはぞくぞく集まり、夜の魔神を呼びよせる。どんな時代でも、どんな文化においても、ドラムは支配した。ドラムは支配し、ドラムは鳴りとどろき、ドラムが時を創った。

　それは魔術だった。

　タルメイジは立ちあがって、戸口に近づき、会場をのぞいた。バンド席では、ジョジョがトムトムの上にかがみこんでいた。ジョジョの顔は、まるで魔術師が使う仮面だった。それは緊張病《カタトニア》の恍惚状態《トランス》だった。その状態は、さまざまな名前とレッテルで呼ばれるが、要するに一つのことで――魔術師が崇拝者たちと完全に一心同体になったときの永遠の法悦《エクスタシイ》である。一心同体、そして統制。ジョジョはドラムを支配し、ドラムは聴衆を支配していた。聴衆は人形のように、ぎくしゃくしたロボットのように踊っていた。

　タルメイジは、頭を振った。その目がドロシーを探した。バンドのうしろにはいない。まだ戸外の車のなかにいるのだろうか。

　タルメイジは、戸口を出た。涼しい《クール》空気が（クールだよ、きみ、クールが最高だよ）タルメイジをつよく打った。ドライブウェイを歩いて行って（刺激だよ、おっさん、刺激！）とまっている車を一々のぞきこんだ。車の列の端に近づくと（とっくに行っちまったよ、猫め）ドロシーの白い顔が見えた。その顔は、建物の壁にぴったりくっついて停まっているオンボロ自動車のうしろのシートに、ぐったりともたれかかっていた。

　タルメイジは呼んだが、答えはない。

　車のドアをあけたが、身動きもしない。

　タルメイジは車に乗りこみ、ドロシーのそばにすわったが、娘は目をひらかない。顔を上げもしない。抱きよせても、手を握っても、息を殺して掌を胸にあてても、微動だにしない。

　娘の心臓には異常があった。リズムがおかしい。鼓動が弱々しい。どうしたのだろう。（起きろよ、お人形さん、一ぱいやろうぜ！）

　だが人形は目をさまさなかった。白い人形はもう二度と目ざめないだろう。それはタルメイジの腕のなかで、ぐんにゃりしているだけだった。力のぬけた女の腕を撫でていたタルメイジは、ふと明かりにその腕をかざし、魔術師の一人が針を突き刺した痕を発見した。その針の先には、適量をわずかに超えたヘロインが含まれていたのかもしれない。この人形の心臓が弱っていたのかもしれない。これはよくあることだ。時たま起こることなのだ。

タルメイジはごくりと唾を呑んだ。それから、窓から半身を乗り出して、吐いた。気分がおさまると、永いあいだ、人形をかかえたまま、そこにすわっていた。よく考えなければならない。魔術師のことを。いや、これは魔術師の仕業なのか。かれらの生き方——音楽に身も心も捧げ、刺激のためにのみ生きているかれら。

しばらくしてから、タルメイジは分かったと思った。すでに音楽はやみ、駐車場のいたるところから車が動き出していた。今夜の演奏が終わったにちがいない。

中へ戻って、かれらに言ってやろう。

タルメイジは、ドロシーを車のシートに置き、ミラー・クラブに歩み入った。

バーの明かりが消え、バーテンは上衣を着ているところだった。会場では、たった一つだけ残った電灯がバンド席を照らしていた。

バンドマンたちが楽器をしまっているところへ、タルメイジは近寄って行った。フィギーと、トランペット奏者と、トロンボーン奏者は、黒い小さなケースを——お棺そっくりの小さな黒いケースを閉めていた。ジョジョはドラム・セットを運び出そうとしていた。

明かりの下で、一同の蠟のような顔色は相変わらずだったが、そこには何かほかの表情があった。今のタルメイジには、それが何であるか分かる。それは充足感であり、満足感である。かれらは今夜たっぷり飲んだのだ。たくさんの感動を、たくさんの生気を、たくさんの刺激を飲んだのだ。それらのものを聴衆から奪い、ドロシーから奪った。だからこそ、彼女にヘロインを注射し、活力をよみがえらせて、もう一度それを飲もうとしたのだ。連中はこうして刺激を手に入れる。聴衆を飲み、人形たちを飲み、ほかに栄養をとる相手がいなければ、仲間を飲み、ついには自分まで飲んでしまう。

かつて身をほろぼした音楽家たちは、みんなそうなのだ。麻薬を用い、死にいたるまでおのれを飲んだのである。刺激を求めて死んだかれらは——細く生き、盛大に死んで行った。

タルメイジは目を上げた。どうやら、かなり永いあいだ、こんな意味のことを口走っていたらしい。寄ってきたジョジョ・ジョーンズは、しきりにタルメイジを暗いところへ引っ張っていこうとしている。だが、タルメイジは憑かれたように喋りつづけた。

「……ドロシーも言っていたが、きみらがどうしてこういう閉鎖的なグループをつくっているのか、わたしは不思議だった。服装もおなじ、顔つきもおなじ、生活もおなじだ。日の光を嫌い、麻薬とアルコールとセックスとスリルにうつつをぬかしているのに、何年経っても、きみらは若々しい容貌をとどめている。それも魔術のせいだということに、どうしてもっと早く気がつかなかったんだろう。きみらのつかうことばも魔術の一部なんだ。昔の魔術師たちが信者に教えた秘密の暗号とおなじことだ。そこに気がつけばよかったんだけれども、まさかドラキュラが角縁の眼鏡をかけているとは思わなかった」

「落ち着けよ、おっさん、興奮するなよ」ジョジョは笑顔を、白い笑顔をみせた。

タルメイジは頭をふった。「これから興奮するのは、きみらの番だ」と、タルメイジは言った。「ドロシーが死んだよ」

「ドロシーが——？」

「車のなかにいるのを見つけた。だれかが麻薬を打ったんだろう。ドロシーの心臓は丈夫じゃなかった」

「殺しじゃないか、おっさん！」

「そのとおり。殺人だ。警察もそう言うだろうよ、ジジョ。しかし、きみらとわたしはもっと深い事情を知っている。そうじゃないか。きみらのしたことを、ほんとうは何と呼んだらいいか、それを知っている。きみらの正体は——きみらは生きていくためには、あいう刺激が必要なんだ。お伽話にでてくるきみらの同類みたいに、血を飲んだりはしない。きみらが飲むのはエキスだ、生命力だ」

いつのまにか、ほかの連中がテーブルをとりまき、暗やみのなかで白い顔の円陣をつくっていた。その連中の囁きが、タルメイジの耳に聞こえた。

「どうしたんだ、このおっさん？　猿を背中にしょってるのか（「麻薬にイカれている」の意）」

「猿どころじゃねえ、ゴリラだぜ」

「こいつの言うこと、掘ったか、ジョジョ」

　ジョジョは立ちあがった。その声は低かったが、がらんとした会場のなかでうつろにこだました。「とんでもないニュースを持ってきたんだ。ドロシーが死んだとさ」

「あのスケか？　でも、さっきの休憩のときは、車んなかできゃあきゃあ笑ってたぜ——いい調子でよ」

「麻薬《ヤク》がすぎたかな」

「えれえことになったじゃねえか！」

「このおっさんは殺しだとわめいてる。警察《サツ》へ知らせるつもりらしいぜ」

「そりゃまずいぞ」

「それだけじゃねえ。いいか、よく聞け。こいつはおれたちのことを吸血鬼だと思ってやがる」

「吸血鬼？」

「知ってるだろ。ほれ、棺桶に寝ていて、夜になると出てくる連中よ」

「いやあ、ひでえもんだ！」

「どうする？」

「そうだな、こんなことを喋られちゃまずいな」

「この町を出る前に、あのスケはどっかへ捨てていこうぜ」

「こいつも捨てたらどうだ」

「今すぐか」

「今すぐだ」

　タルメイジは立ちあがろうとしたが、ジョジョ・ジョーンズに押し戻された。すると、だれかがうしろにまわって、タルメイジの両腕を捉えた。別の一人が大きな冷たい手でタルメイジの口をふさぎ、そのまま離さなかった。だが、目はふさがれなかったので、ほかの連中が楽器のケースを構えて近づいてくるのが、タルメイジには見えた。近づくにつれて、麻薬の匂いが鼻をつく。

と、一同がなぐりかかった。タルメイジは身をふりきろうとしたが、無駄だった。音を立てずに、だが力まかせに、バンドマンたちはなぐった。気絶する直前、タルメイジは何かするどいものが喉の脇に突き刺さるのを感じ、遠くの声を聞いた。「こうやるのも面白えじゃねえか。ちょっとその吸血鬼の真似をしてみようぜ」

そのあとは、永い空白の時間だった。ときどきタルメイジは意識をとり戻し、自分の身に何が起こっているのかを辛うじて知った。かつがれているかと思えば、車のなかで揺れていることもあり……

タルメイジが、最後に聞いたのは、ジョジョの声だった。ジョジョは含み笑いをしながら呟いていた。

「あの豪勢な墓を掘れよ！」

野牛のさすらう国にて

Where the Buffalo Roam

二年前だったか、三年前だったか。おれは数の勘定に弱いんだ。ドックは、そうじゃない。小屋に本をたくさん積んでいる。鉄頭《アイアン・ヘッド》の奴まで本を二、三冊持っている。でもおれは、インジャン（インディアンの訛り）ならもちろん、白人だって、本に書いてあるような言葉で喋る奴は嫌いだ。

おれは、なあに、頭の皮を剝がされずに、そこにふさふさ毛が生えていて、いい鉄砲があって、罠の材料に困らなけりゃ、それで充分楽しく暮らせるんだ。プラット河のむこうに行ったら、頼りになるのはライフル銃だけだからな。むろん、冬が来りゃ、獲物をかついで河に戻って来て、ぬくぬくと小屋にこもって、女房が服を縫ったりするのを眺めてる。それもまたわるくはないものさ。しかし、いくらドックにすすめられたって、どんな事件が起こったって、おれは本に頼るのはまっぴらだよ。

だいたい、本じゃ獣は獲れないし、病気だって治らない。本なんて、そんなに便利なもんじゃないんだ。そもそも世界中がこんな有様になっちまったのは、本のせいじゃないか。奴らは本をいっぱい持っていた。だけど、これからする話は奴らのことなんだ。さっきも言ったとおり、二年前だったか、三年前だったか。とにかく毎日暑い時分だった。そのとき奴らがやって来た。

その晩のことはようくおぼえている。新しい銃や火薬を持った行商の連中が来ているはずだというんで、ドックと鉄頭《アイアン・ヘッド》とおれは河まで引き返して来たんだ。思ったとおり行商人が来ていて、おれはまずピカピカのライフル銃を買い、それから毛布や何か、しまいにはタッフィのよろこぶ飾り物まで買いこんだ。タッフィはおれの女房だった女さ。今でも女房にはちがいないが、お産のときに死んじまった。タッフィの髪も、おれとおなじ黄色だったよ。普通のインジャンより色の白い女だったが、なあに、要するに女房は女房だ。

　とにかく、その行商の連中が来たんで、いつものように、おれたちは二日間にわたって集まりをひらいた。ジェドとハックの奴は、例によって、旅の話を、あることないことおっぱじめた。いつでも、河むこうの話となるとホラをふくんだ。ホラじゃないと、ドックは言うけれども、おれは今でもデタラメの話だったと思ってる。

　それからおれたちは四組にわかれて出発した。二組は上流《かみ》のほうへ罠を仕掛けに行った。一組は行商人といっしょに下流《しも》へ下りて、鉄砲や火薬の商いをしに行った。おれとドックと鉄頭《アイアン・ヘッド》は西のほう、野牛のいるあたりへ出掛けた。ちょうど夏草は今を盛りとのびているから、野牛はそのあたりに現われるはずだった。野牛の大群にぶつかったら、それを河のほうへ追ってくる。河に着いたら援軍が――女房子供や爺さん婆さんまで出て来て、いっせいに鉄砲をぶっぱなし、一冬を越すだけの肉や皮を手に入れるというわけだ。

　そういう全体の計画で、牛を追って来るのに、すくなくとも二、三日はかかる予定だった。

　ところが野牛にぶつかったのは、最初の日の昼すぎだったんだ。太陽はギラギラ照りつけ、おれたちは平原から、ちょっとした丘にのぼり、その丘のてっぺんから、むこう百マイルもつづく背の高い草の生い茂った野っ原を見渡した。

　でも、おれたちに見えたのは草じゃなかった。何もかもまっくろなんだ。黒いものが動いている。

「わあ！」と、鉄頭《アイアン・ヘッド》が叫んだ。「野牛だ！」

「野牛？」と、ドックは眼鏡のうしろの目を細くした。「ほんとだ。でも、この数を見ろよ！　こんなにいっぱいいるのを見たことあるか、ジェイク？」

　見たことない、とおれは言った。物心ついて、ライフル銃をようやく持てるようになって以来、おれはこのあたりをずいぶん歩いたが、こんな光景を見たのは、ほんとに初めてだった。

　まるで大きな黒雲が地面にべったり垂れこめたみたいに、見渡す限り、野牛ばっかりなんだ。若いのもいれば年寄りもいる、生まれたばかりの仔牛も、一人前に角をふりたてている。

「ぐるっとまわって、むこうへ出るか」と、おれは言った。だが鉄頭《アイアン・ヘッド》はにやっと笑って言った。「まっすぐ行くべ。まわったら二日か三日かかるぞ」

「牛に襲われたらどうする」と、ドックが言った。

「音を立てりゃいい」と、鉄頭《アイアン・ヘッド》が言った。そのとおりなんだ。野牛というやつは、音を立てると、びっくりしてすぐ走り出す。河まで追って行くのも、野牛のその性質を利用して、鉄砲を撃ちながら行くつもりだった。しかし、その前に、まず向こう側へ出なきゃ、河の方角へ追うことはできない。

　そこでおれたちは一団にかたまって、まっすぐ野牛の大群のほうへ歩き出した。ドックは唄を歌おうと言った。

　それがよかろうと、おれたちはめったやたら、あたまに浮かんだ唄を、片っぱしから歌い出した。《二人でお茶を》だの、《ころがせころがせビール樽》だの、《シグマ・カイの恋人》だの、ことばなんかもうデタラメに歌った。

　それがけっこう役に立ったんだ。おれたちは難なく野牛の群れのなかに入ったが、さて、しばらく経つと、いったいここから出られるものかどうか、おれは心配になってきた。いったいこの野牛の群れに果てしがあるんだろうか。むこう側まで行き着かないうちに、おれたちの声がつぶれてしまうんじゃなかろうか。

　だって、そう思わせるほどのどえらい大群なんだ。ドックは数に強いから、おれは訊いてみた。「何頭いると思う？　百万頭ぐらいかな」

「落ち着けよ」と、ドックは言った。「もう三時間は歩いたかな。無限に湧いてくるみたいだな、こいつらは」

「変だと思わないか」と、おれは言った。「おれが今までに見たのは、たいてい二、三千頭ぐらいなもんだったよ」

「毎年ふえてるんだ」と、ドックは答えた。「昔に似って来たよ。今晩話してやる。忘れていたら、話せと言ってくれ。それにしても、こんなにたくさんかたまってるのは、何か起こったせいかもしれん」

「日照りだ」と、鉄頭《アイアン・ヘッド》が言った。「むこうじゃ雨がふらないんだべ。だから移って来たのよ。野牛はそういうことに敏感だからな」

そのとおりだった。西のほうに太陽が傾くと、そのあたりの雲の具合から、平原が乾ききっていると知れた。だから牛どもはかたまって、草のある東のほうへ移って来たのだ。こうやって群れのまんなかへ入るとよく分かるのだが、この牛たちは一つの団体じゃなかった。二、三千ずつの小さな群れがかたまって、これだけの数になったのだ。一つ一つの群れに、親牛と仔牛がいる。ほかに群れを離れた迷い牛や、脚の悪い牛がいる。

おれたちは歌いっぱなしなので、ろくに喋るひまもなかった。いや、まったく、角の鋭い牛どもが何万何十万とうようよしているなかを歩いて行くのは、冷汗の出る仕事なんだ。牛どもにもそれぞれの縄張りがあって、ほかのグループの牛が寄ってくると、怒って唸ったりしている。ときどき喧嘩をしているのにも出っくわした。牛どもの匂いはものすごく強いが、風のせいか、ハエはそんなにたかってこない。これには大助かりだった。時によると、息ができないほどハエがたかってくるからな。

おれたちは注意しいしい、歌いながら歩きつづけた。「あの牡牛を見ろ」と、ドックが言った。「年々大きくなるみたいだな」まったくだ。若い牡牛には、六フィートから、十フィートぐらい、角の長さが二フィート近い奴がいる。一頭、横幅だけで三フィートもありそうなのがいた。重さはきっと一トンもあるだろう。

一トンといえば、二千ポンドだぜ。

こんなにそばで見ると、色もさまざまだった。普通の茶色のほかに、黒や、ビーヴァ色のや、鹿革色みたいなのや、青色のまでいる。鉄頭《アイアン・ヘッド》も目を細くして眺めていた。奴の狙いはよく分かる。白い牛がいないかと探しているんだ。白いのは一番珍しい種類だ。これを仕留めれば、石油から女に至るまで、たいていのものと交換できる。

しかし、かりに白い牛が見つかったとしたって、鉄砲は撃てないんだ。一発撃ったら牛どもは大騒ぎを始めるからね。おれたちは唄を歌いながら歩きつづけるよりほか、どうしようもなかった。そうやって歩いているうちに、日はとっぷり暮れてしまった。

おれたちはそこでようやく牛の群れをぬけて、野宿の場所を決めた。牛どもは夜のあいだは動かないので、あしたの朝になったら、河の方角へ追えばいいのだ。

おれたちはまず火を焚いてから、荷物をおろし、寝床をつくった。

鉄頭《アイアン・ヘッド》は口にパイプをくわえると、寝袋のなかにもぐりこみ、死んだみたいに目をつぶった。こいつは野宿となると、いつもこうなんだ。

おれとドックはひとまず腰をおろした。

「どうも分からない」と、おれは言った。「数えきれないくらい、あんなにたくさん集まるなんてさ」

「動物ってやつは殖《ふ》えるもんだよ」と、ドックが言った。

「そうかもしれないね」と、おれは言った。「けものは殖えるからなあ。ビーヴァ、鹿、大鹿《エルク》、魚。ハエや、野鳥や、ダニだってそうだ。あそこでだって」おれは空をゆびさした。「あのキラキラ光ってる白い星の群れをごらんよ。ドック、星っていうのも番《つが》うものかね」

「知らないね」と、ドックはつぶやいた。「知りたくもない」

「おれが一つだけわからないのは」と、おれは言った。「おれたち人間はさ、やっぱり動物だろ。それなのに、どうして、あんまり殖《ふ》えないんだ」

「プラット河のほとりには五十五人住んでる」と、ドックは言った。「下流《しも》には四十人ほどいるし、そのむこうにもまた四十人ほどいる。そんな具合に、ほうぼうにいるんだよ、ジェイク。全部で何千人かな」

「でも、そんなの、ほかの動物とくらべれば、ほんの一握りじゃないか」と、おれは言った。「何百万も何千万もいたってよさそうなもんだぜ」

　ドックは溜息をついた。「昔はそれくらいいいたんだ」

「本に書いてあるみたいにかい？　町とか大都会とか、そういうことかい」おれは大げさな声を出した。「またそんなデタラメを話のたねにする気かい」

「ほんとうなんだよ、ジェイク。本だって事実がなけりゃ書けないからね。それに行商の連中だって、あの銃や火薬は、町の兵器庫から取ってくるんだぜ。何もない所から持ってくるはずがないじゃないか」

「そりゃそうだけど、ただ納得がいかないんだよ」と、おれは、言った。「行商の奴らはいつもホラをふいてるんだと思ってた。一ヵ所に石の小屋が何千何万もあるとか、馬を使わずに走る車があるとか――あんまり自然にそむく話じゃないか」

「だから、何もかもこんなふうになったんだよ」と、ドックが言った。「人間は自然にそむいちまったんだ、ジェイク。おれは本を読んで分かったんだがね。おやじはおじいさんから聞いた話を聞かせてくれた。おじいさんは子供の頃ほんとに見たらしい。町とか大都会とかいうやつは、到る所にあったんだとさ」

「じゃあ何が起こったんだ」と、おれは訊ねた。「その頃の人たちはどうしちゃったんだ」

鉄頭《アイアン・ヘッド》が薄目をあけて呟いた。「死んだんだよ。核爆発とかいう毒にやられてな」

「そうだ」と、ドックは言った。「戦争があって、兵器でもって殺し合った。原子爆弾とか、神経ガスとかね。町はこわれたし、人々はちりぢりばらばらになった。逃げた人たちもじき死んだ。こういう所じゃ暮らせない人たちだったんだ。病気で死んだし、冬は凍えたし、腹はへったし。

「さっぱりわけがわからない——」

「その戦争のことや、殺し合いのことは、まあ大体分かる。でも、腹がへったなんて——これだけたくさん、動物がいるのに、どうして腹がへって死んだりしたんだろうね」

ドックはわらった。「きみが読む気にさえなりゃ、みんな本に書いてあることだよ」と、ドックが言った。「鉄頭《アイアン・ヘッド》なら、この話は知ってるな?」

インジャンはまた薄目をあけた。「話じゃない」と、インジャンは言った。「自然のバランスをとるための生物学的必然性にすぎねえんだべ」

ときどき鉄頭《アイアン・ヘッド》の奴が本の言葉で喋り出すと、おれはげっそりしちまうんだ。けれども、ドックは面白そうに勢いこんで話し出した。

「そういうことかもしれないね」と、ドックは言った。「つまり、ジェイク、こういうことだ。初め、このあたりは、今とおなじように、動物に満ちあふれていた。それから人間がやって来て、定住した。人間たちはビーヴァを殺した。魚を釣った。野牛を撃ち殺した。やがて動物はほとんど絶滅状態になった。やさしくいえば、残った動物の数がひどく少なくなった。

だから戦争がおわった時分には、この野っ原には、鹿や、野牛や、熊が、ほんの何頭かずつしかいなかった。ビッグ・リバーの東側になんか、動物はぜんぜんいなかった。乳牛や、羊や、豚や、馬や、そういう人間に飼われていた動物たちも、ガスや爆弾に殺されて、ほとんどいなかった。現に、ここにだって、馬は二、三頭しかいないだろう。まあ、今に殖えるだろうがね。そしたら鋤《すき》をひかせることもできる」

「鋤というのは、女子供でも操れるのだべ」と、鉄頭《アイアン・ヘッド》が呟いた。「農業の堕落だ」

「心配するなよ」と、ドックが言った。「まだ当分は、鋤をひかせるほど殖えやしないんだ。それに、いやなら無理に鋤を使うこともないしさ」ドックはおれのほうに向き直った。「それはそうと、昔の話だったたな。そういうわけで、動物が減っていたから、人々は腹をへらして死んだ。われわれ少数の者だけが、生きのびた。少数の狩人や、罠が得意の猟師や、インディアンだけがね」

ドックはいつも「インジャン」と正しく言えないで、「インディアン」と本の喋り方をする。それは、ともかく、今の話はどうやらおれにも納得できた。

「そのうちに人間たちは小人数ずつグループを作った。自衛のためにね。そして、昔の狩のやり方や、昔の言葉や、昔の生活様式が復活した。そういう暮らし方が、二世紀にわたるいわゆる文明のあとにまで生きのびたんだ」

「文明ってのは、町の暮らし方のことかい」と、おれが訊いた。

「町の死に方だ、暮らし方じゃなくて」と、鉄頭《アイアン・ヘッド》が言った。ドックはまたうなずいた。

「われわれは生き残った。生き残った動物たちは、自由に、のびのびと殖え始めた。昔そのままに、すごい勢いで殖えた。植物もすくすく育った。町のほうはいまだに廃墟だ。生活は単純になった。粗野ではあるけれども、平和な生活だ」

ときどきドックの言う一つ一つの言葉の意味は分からなくても、全体の意味がようよう分かることがある。今もそれだった。おれは仰向けになって、キラキラ光る星の空を眺めた。

ドックも寝そべった。遠くでコヨーテが吠えているほかは、しんと静まりかえっていた。

「星のことはまだ教えてくれないぜ、ドック」と、おれは言った。「星も番《つが》うと思うかい？　だれか、星のそばまで見に行った奴はいないのかい」

ドックは、顔をしかめた。「なぜそんなことを言うんだ」

「なぜでもないさ。ただ、ほら、いつか本に出ていた絵を見せてくれただろう。あんな器械があれば——何ていったっけ、ラケットだったたか」

「ロケット」とドックは言った。「いや、人間は星には行けなかった。月まで行く準備はしていたらしいがね。話によれば、戦争が始まったとき、ほんとにロケットで出掛けたとか、出掛けなかったとか――」

ドックは急に口をつぐんで、上半身を起こした。

おれも起きあがった。鉄頭《アイアン・ヘッド》はもうライフル銃を構えて立ちあがっていた。

じゃあ、気のせいじゃない。おれたちは、みんな見たし、音を聞いたんだ。

東のほうの空で、大きなオレンジ色のものが光ったんだ。そして雷みたいな音が聞こえた。あれは稲妻じゃない。何かが河の近くに落ちたんだ。

「隕石か！」と、ドックが呟いた。

「隕石って何だ」と、おれは訊いた。

「説明してるひまはない。行こう」

「どこへあわてて行くんだい」

「探しに行くんだ」ドックはもう荷物をかついでいた。鉄頭《アイアン・ヘッド》が焚火を踏み消した。

「そうかい」と、おれは言った。「むずかしい言葉は、おれには分かんないが、耳だけは自信がある。さっきの音はだんだん近づいてくるようだぜ」

「待て！」と、ドックは片手を上げた。「ほんとうだ！」

「ほんとうだとも」と、おれは言った。「おれの耳に狂いはないよ。あんたらもすこし耳の掃除すりゃいいんだ」

雷のような音がだんだんちかづいてくるのが、もうだれの耳にもはっきり聞こえた。鉄頭《アイアン・ヘッド》が目を細めて遠くの様子をうかがったと思うと、急に振り向いてどなった。「野牛！　さっきの音で、野牛どもがこっちへ駆けてくるぞ！」

まちがいない。大群が走ってくる音が聞こえた。気がくるったみたいに凄い勢いで、押し寄せてくる黒い塊がもう見え出した。

おれたちはここですこしもあわてなかった。一列に並んで膝をつくと、すぐライフルを撃ち始めた。

「同時に撃つんだ！」とドックがわめいた。「牛どもに聞こえないから！」そこでおれたちは、一、二の三で撃った。牛の波はどんどん迫ってくる。星明かりに角がきらめいた。もうもう鳴く声や、はあはあ息を切らす音が聞こえた。おれの体は変な具合に硬くなった。牛どもに銃の音が聞こえなければ、おれたちは必ず死ぬ。それが分かっていたからだ。

やれ嬉しや、牛どもに聞こえたらしい。先頭の牛どもが立ちどまり、うしろから来た連中とぶつかって、しばらくごたごたした。土煙があがった。やがて波がしずまるみたいに、騒ぎがみるみる静かになって、牛どもは眠そうな顔つきになった。

ドックが膝をはたいて立ちあがった。「あぶないところだったな。もう、こいつらの中を歩いて行ってても大丈夫かね」

鉄頭《アイアン・ヘッド》はうなずいた。「行くべ。《進め、キリストの兵士たち》を歌おうよ」

そこで、おれたちは牛の群れをかきわけて進みながら、《進め、キリストの兵士たち》や、《クローバー畑に寝かせてね》や、《ショウほどすてきな商売はない》や、そのほか春の集まりで歌う唄を洗いざらい歌った。

この進軍は昼間より薄気味わるかった。まわりのくらやみに、角や目だけがキラリキラリと光っているんだから。それでもおれたちは進んだ。どんどん。どんどん。

そしてようやく、今日の午後、牛どもを初めて見たあの丘に着いた。その上から見おろした。それが見えた。

「ああ！」と、ドック。

「あれは！」と、鉄頭《アイアン・ヘッド》。

「ありゃなんだい」と、おれは訊いた。

だが二人とも返事をせずに、ただまじまじと見つめている。おれも見つめた。いろんな景色を見たことのあるおれだが、この景色ばかりは生まれて初めてだった。おれたちの小屋を全部つなぎあわせたよりも大きな、あんな光るかたちのものは初めて見た。

　あんまり一生懸命眺めていたもんだから、そいつがおれたちのうしろに忍び寄って来たのが分からなかった。あかりをパッとつけられるまで分からなかった。

　まぶしくて、目がくらんで、銃を構えるひまもなかった。すると、男の声が聞こえた。

「撃つな」と、その男は言った。「われわれは友だちだ」

　鉄頭《アイアン・ヘッド》もとたんに銃を構えたらしい。奴にはインジャンの眼力がある。

「銃をおろせ」と、男は言った。「われわれは友だちだ。分からないのか」男は顎をしゃくった。すると男のうしろから、ほかの男たちがぞろぞろ出て来た。

「この連中は英語が分からないのかな」

　おれにはすぐ分かった。光は、その男が持っている小さな棒から出ているのだ。それは松明《たいまつ》ではないし、石油ランプでもないし、おれのぜんぜん知らないものだった。とにかく、それはえらく明るい光で、男のうしろに三人いることは、ちょっと経ってからようやく見えたくらいだ。その連中は上から下まで一つながりのダブダブした服を着ているが、帽子はかぶっていない。髪は子供みたいに短く切って、髭は全然生やしていない。そう、四人ともまるで育ちすぎた子供みたいなんだ。

　おれは、こんな奴らにうしろを見せるような卑怯者じゃないし、鉄頭《アイアン・ヘッド》だってそうだ。おれたちは銃をおろした。

「それでよし」と、明かりを持った男が言った。「言葉がまんざら分からんわけでもないらしい」

「もちろん分かるよ」と、ドックが言った。「ただきみらにおどかされただけだ」

「われわれがきみたちをおどかしたって？」男は笑顔になった。「そりゃ面白い。しかし、こんな初対面はいかんな。なんといっても歴史的瞬間だ。すくなくとも『ドクター・リヴィングストンとお呼びしてよろしゅうございますか』（一八七一年、アフリカ奥地で消息を絶ったリヴィングストンを発見したとき探険家スタンリがこう言ったといわれる）ぐらいのことは言わなきゃいけなかった」

「じゃあそう呼んで下さい」と、ドックは男に言った。「幸か不幸か、わたしの名前はドクター・リヴィングストンなのでね」

またまた本の喋り方が始まったが、おれには何のことか分からなくても、一つ一つの言葉くらいはおぼえてるんだぜ。おれは物おぼえはわるくないんだと思うよ。

ドックがおれたちをゆびさした。「これは鉄頭《アイアン・ヘッド》。こっちはジェイク」

「わたしはバックトン大尉」と、育ちすぎた子供がおれたちに言った。「こちらは、ソーン中尉、ウィンタース少尉、テイラー少尉」それから顎でおれと鉄頭《アイアン・ヘッド》を指した。「そのインディアンたちは英語が分かるのですか」

「ちょっと待ってくれよ」と、おれはでかい声で言った。「おれはインジャンじゃないぜ。鉄頭《アイアン・ヘッド》はまじりっけなしのインジャンだけど、あんた方より英語は上手に喋ると思うな」

「気をわるくしないでくれ」と、バックトン大尉は言い、ドックの腕をとった。「ここであなた方に逢えて非常に嬉しい。われわれはここのことは何一つ分からなかった——人が住んでいるのかどうかすら分からなかった。ごらんのとおり、ついさっき着陸したばかりです。ロケットはあそこにあります」

ドックはうなずいた。「見ていましたよ。しかし、わたしは自分の目を疑った。噂には聞いていたが、地球脱出に成功した人たちがいたとは、夢にも思わなかったのでね」

「お訊きになりたいことは、なんでも話します」と、バックトン大尉は言った。「しかし、まず船へいらして下さい。くつろぎましょう」

ドックの顔を見ると、ドックは行こうと言うようにうなずいたから、おれたちは歩き出した。お喋りはもっぱらドックとバックトン大尉の役目だった。

皮も脂肪も内臓も取ったあとの肉みたいな、まさにさわりをバックトンは喋ってくれたんだ。ドックが言っていた戦争やなんかの話は、ウソじゃなかった。空へ飛び出そうと思った人たちは、砂漠でこっそりロケットを作ったんだそうだ。そして戦争が始まったとき、今こそ地球を脱け出すときだといって、何台ものロケットが月へ飛んだ。

月へは着いたロケットもある。途中で落っこったのもある。バックトンの話だと——ドックもウソつきじゃなかった——月での生活はとても変わっているんだ。目方が変わっちまうし、息ができないし、動物は一匹もいないんだそうだ。でも月に着いたロケットは、おれにはよく分からないんだが、空気を作る器械を持っていて、それから住居は地面の下に作った。なんでも地球に昔あったのとおなじ大都会を、そっくり地下に作って、モグラみたいに暮らしてるんだそうだ。そして初めのうちはずいぶん苦しい暮らしをしたが、そのうちにいろんなものを作って、食物まで作るようになった。水耕法《ハイドロポニックス》でやったとか言ったが、おれには何のことやらさっぱり分からない。水を作る方法も発明したそうだ。ドックはいろいろ訊いてたが、おれにはそんなことはどうでもいい。要するに、いろんなものを作ったってことさ。

そして地球にはもう帰らないつもりだったそうだ。ところが、だんだん人数がふえてくるうちに、なんとなく地球へ帰る話が出るようになった。

バックトンの話によれば、帰りのロケットを作るのはむずかしかったそうだ。ただ帰りたい一心で作ったと言っていた。

その辺になると、ドックがまたもやむずかしいことをいろいろ訊いていたが、おれはみんなきれいさっぱり忘れちまったよ。とにかくロケットを作って、地球へ出発した。一行はバックトンのほか六人で、その後の地球の様子を見に来たそうだ。月から地球まで、ちょうど一カ月かかってやって来た。

「で、ここはどこなんです」と、バックトンが訊いた。

「プラット河の西」と、ドックは教えてやった。「われわれの仲間は、河むこうの、東側に住んでいます」

　そしておれたちの人数や、ほかのグループのことや、おれたちの毎日の暮らしや、狩のことや、罠のことや、行商人のことや、何から何までドックは喋った。

　バックトンは次から次へと質問をして、ドックがなにか言うたびに、「信じられない」と言った。これは、おれにもしばらくして分かったんだが、「こりゃぶったまげた」という意味らしい。

　そのうちにおれたち一行はロケットにたどりつき、今度はおれたち三人がその「信じられない」を言う番だった。宇宙船といっても、それはおれたちのボートとは全然ちがうかたちをしていた。ドックの本に出ていた宇宙船にも似ていない。そう、ライフル銃の弾丸をとてつもなくでっかくして、それに鰭《ひれ》をくっつけたと言えばいいかな。それが地面におっ立っていて、下の所に入口があって、そこから中へもぐるんだ。中のことは——喋ってもしようがあるまい。どうせだれも本気にしてくれないからね。でも、おれはこの目で見たんだ、断じてウソじゃないよ。

　さて、おれたちはロケットにいたほかの三人と逢い、みんなで腰を落ち着けて喋り出した。連中は床にじかに坐らない。変な金属《かね》で作った仕掛けがあって、そいつに坐ると尻が楽なんだ。それから、連中の出した飲みものときたら！　コーヒーだと言われたが、そいつは、おれ、とうとう飲めなかったね。金気《かなけ》くさくて、やけに熱いばっかりで、ドックも一口しか飲まなかったようだ。

　しかしドックはこういうことをぜんぶ知っていたとみえて、そんなにびっくりしちゃいなかった。鉄頭《アイアン・ヘッド》も固くなっていたが、やはり知ってたらしい。おれは何も言わず、事の起こるのを待っていた。それがとうとう始まったんだ。

　バックトンが言った。「これはすばらしい！　お話の様子だと、さしたる困難もなさそうです。この宇宙船はまだまだ航続距離がありますから、もっといろいろな場所を、できるだけ見てまわるつもりでしたけれども、あなたのお話をうかがって、その必要はないと判断いたしました。このまま帰って、報告しまして、ほかの船をぞくぞく到着させるようにしましょう」

「おっしゃる意味がよくわからない」と、ドックが言った。

「お分かりにならんですか。つまり、われわれは帰ってくるのですよ！　最近の調査によると、われわれは四万名ばかり人口過剰なのです。そのなかには技術者も大勢おります。地球上のデータは、マイクロフィルムに撮ってありますしね。あとは廃墟に入って、再建作業を始めるばかりなのです。工場を再建し、交通機関や通信機関をととのえます。あなた方のグループにも大いに協力していただきましょう。人力はいくらでも必要です。もちろん、これは組織的に、つまり国家機関の管理の下に行なわれます。あなたのように充分な教育を受けられ、知性をそなえた方は、ほかの地域にも散らばっておられるのでしょうね。そういう方々に大いに力添えしていただきます」

「力添えできますかね」と、ドックが言った。

「もちろんですとも。全地球は、ちょうど新たな開拓時代の様相を呈するわけです。われわれには現代技術の力が味方ですがね。せいぜい一世代のうちに、世界は戦前の姿に復帰するでしょう」

「わたしらの仲間が、そうしたくないと思ったら、どうなります」と、ドックが言った。「今のままのほうがいいと言ったら、どうなります」

「心配無用、われわれはそういう人たちを教育してあげますよ」と、バックトンは言った。「それに野蛮人を扱うには、いろんなやり方があります。もちろん、われわれは原水爆を持ちませんが、ほかに兵器は充分ある。この次に来る宇宙船は、いろいろな細菌類を運んで来る予定です——むろんこれは非常手段ですけれども」

「なるほど」と、ドックは言った。そして大きな溜息をついた。

「いや、そうがっかりなさらんで下さい」と、バックトンは言った。「今日はすばらしい日です。地球再出発の日じゃありませんか。この事業に参加できることを、あなたも誇りに思って下さい」

　本みたいな喋り方のおかげで、おれは頭がいたくなっていたが、ドックもあんまり楽しそうな表情じゃなかった。「たった一世代かそこらで、戦前の状態にもどるのか」と、ドックは呟いた。「しかし、その状態にとどまっていられるということは、何か保証がありますか。この地方は今や豊かなのです。豊かな自然に恵まれているのです。材木もあり、動物もいるし、鉱物資源も豊富です。きっとまたそれがトラブルのたねになるのじゃないかな」

　ソーン中尉は笑った。「きちんと管理すれば、決してトラブルにはなりません」と、ソーンは言った。

「過ちは繰り返してはならんのです。われわれは民主主義のまちがいを知りました。人間はついに真の文明に到達したのです」

「ふしぎだ」と、バックトンは頭を振った。「われわれは月で三世代を経たのみで、ここまで進歩したのに、あなた方はかえって未開の状態に逆戻りしている。山男やインディアンみたいな暮らしを続けるとは」バックトンはちらりと鉄頭《アイアン・ヘッド》の顔色を見た。「いや、つまり――」

「つまり、こうおっしゃりたいのでしょう」と、鉄頭《アイアン・ヘッド》は言った。「人種の差別もない。宗教もない。貨幣制度もない。税金もない。戦争もない。経済上の問題もない。貪欲な不寛容の精神はない。ドルや器械の物神崇拝はない。ただ自由、万人の自由あるのみです。それがあなたの言う未開の状態です。それがまた幸福というものです」

「なかなか語るじゃないか！」とソーン中尉が言った。

「そう、語りますよ。わたしは標準語も喋るし、インディアン語も喋ります。わたしが生きているのはこの世界だが、よその世界のことも本で読んで知っています。知っているからこそ、この世界をえらぶのです」

バックトンはおれに顎をしゃくった。「きみは？　きみの意見は？　いいかい、きみは白人なんだよ——野蛮人じゃないんだよ」

おれは頭を掻いた。「白人でもインディアンでも大差ないと思うがなあ。どっちにしたって、鉄頭《アイアン・ヘッド》の言うとおりだよ。おれたちは楽な暮らしをしてるんだ。面倒なことは何もありゃしないんだ」

バックトンは肩をすくめた。「どうしても理解できない」と、ドックにむかって言った。「どうしてこんな状態を放任しておくのですか。あなたのような人が、ほかにも方々の集落に散らばっていると言いましたね。書物を持ち、教養を身につけ、理解力をそなえたあなたのような人は、この状態にたいして何らかの働きかけをしなければいけません。教育と教化が必要です。鉄道は、電信は、電話は、ラジオは、いったいどうなったのです。なぜ都会へ行って、再建の仕事をはじめないのです。なぜ、こういう——こういう——」

バックトンは、まるでスズメ蜂でも呑みこんだみたいに、顔がまっかになった。ドックはちょっと笑顔になった。

「ほかの集落の連中とは連絡をとっていますよ」と、ドックは言った。「鉄頭《アイアン・ヘッド》やジェイクは知らないでしょうが、われわれは季節に一度ずつ、定期的に会合をひらいています。いろんな可能性はすべて検討しつくしました。鉄道線路はここにもありますが、もう草に覆われて使えません。電信柱は十年も昔に倒れたままです。町は廃墟です。ときどき元の兵器庫へ火薬を取りに行きますが、それだけの利用価値しかありません」

「それでわかった」と、バックトンが言った。「あなた方に必要なのは、装備なのだ。技術能力なのだ。よろしい、それを提供しましょう。おどろくほど短期間のうちに、文明を復活させてみせましょう」

「しかし教育は」と、ソーン中尉が口をはさんだ。「なぜあなたはこういう未開人の心と戦わなかったのです」

「それが生きながらえたからですよ」と、ドックが説明した。「教育のある人間は、世界に戦争をもたらして、みずからもほろびました。ここにおいて、隔世遺伝的な社会秩序の下では、放浪者といわれ、アウトサイダーといわれ、社会の屑といわれていた人たちが、その適応性を証明したのです。そういう人たちは自然と調和を保って暮らしてきました。それからというもの、われわれはそういう傾向を大事にしています。鉄《アイアン・》頭《ヘッド》のような男が本を読みたいと言えば、大いに読ませますし、ジェイクのような男が、本なんか読みたくもないと言えば、それもまた自由です。要は鉄《アイアン・》頭《ヘッド》とジェイクとわたしが、そしてまたわれわれに似た連中、似ていない連中が、なんとか平和共存を保って来たということなんですよ。わたしの考えでは、それこそがまことの進歩というものなんだ」

バックトンは立ちあがった。「じゃあ、あなたはわれわれの計画に共感しないということですね？　この世界の改善に協力する意志はないのですね？」

「だれも、この世界を改善しようとは思っちゃいないんだ」とドックは言った。「なぜかというと、だれにも、この世界をわがもののように云々する権利がないからです。どんな政府にも、宗教家にも、金貸しにも、科学者にも、技術者にも、そんな権利はありゃしない。世界は万人のものです。これがわたしの考えだし、鉄《アイアン・》頭《ヘッド》の、ジェイクの、われわれ全部の考えです。ほかの集落の連中もみんなそう考えている。ウソだと思うなら、調べてみなさい」

「調べてみますとも」バックトンは、ソーン中尉やほかの連中にうなずいてみせた。「あした河を渡って、あなたの集落の人たちと話してみよう。それからほかの集落にも行ってみる。東のほうの都会も調査します。感情面では、あなたの言うとおりかもしれない。しかしそんなことは問題じゃない。われわれは帰って来ます。正しい人々と正しい武器をたずさえて帰って来ます。

時計の針を逆に進めることはできないのですからね。

昔、ここは野蛮な開拓地だった。その後、進歩があった。そのときどんなことがあったかは御存知のとおりです」

「そう」と鉄《アイアン・ヘッド》頭は立ちあがった。「野牛が死んだ。おれの祖先も死んだ。白人以外はみな死んだ。そして白人もしまいには殺し合いをやった。進歩なんて、きたないもんだ！」

するとバックトンが癇癪を起こした。「よし。現状はよく分かった。ということは、きみらの集落の調査がすむまで、止むを得ん、きみらを拘留しておくということだ……」

ドックは肩をすくめた。「そうくるだろうと思った」

「何て言ったんだい、ドック」と、おれは訊いた。

「おれたちをつかまえておくとさ」と、ドックが解説した。

それでようやく分かったと思った矢先、バックトンが合図した。連中は二人ずつ、おれたちに近づいて、へんなちいさな拳銃を構えやがった。

ドックはおれを見た。おれは鉄《アイアン・ヘッド》頭を見た。鉄《アイアン・ヘッド》頭は言った。「一汗かくべ」

そこでおれはそばにいた男の腰骨を蹴とばし、拳銃を取り上げて、そいつの頭に一発ブチこんでやった。もう一人がおれを狙って撃ったが、弾丸はそれたので、そいつをヨイショと持ちあげて、ソーン中尉とガツンと鉢合わせさせた。バックトンに襲われたドックは、ライフル銃を構えたが、それより早く、鉄《アイアン・ヘッド》頭が一発でバックトンの拳銃を撃ちおとした。あとは二人だ。これは簡単にライフル銃で始末した。

事が終わると、いちめんの硝煙だった。鉄《アイアン・ヘッド》頭は連中の頭の皮を剝がしにかかり、ドックにとめられると、ここで初めてプリプリ怒った。

そういうわけで頭の皮は剝がさずに、おれたちはその場から離れた。

宇宙船だかロケットだか知らないが、そいつは月あかりのなかで、えらく平和に見えた。おれは、じっと眺めた。

「ほんとに月から来たのかね」と、おれはドックに訊いた。

「そうだよ、ジェイク」

「またべつの船が来ると思うか」

「これが戻らなきゃ来ないだろう」

「河むこうの連中は、この器械を見つけたら、なんて言うだろうね。おれたちのやったことはよくなかった、なんて言い出す奴がいるんじゃないかな」

鉄頭《アイアン・ヘッド》が唸った。「見せなきゃよかんべ」

ドックとおれは顔を見あわせた。それはインジャン訛りだが、えらく率直な言葉だった。

方法は簡単だ。

おれたちはまた西へ進み、また野牛の大群にぶつかった。また唄を歌いながら、えんえんと歩いた。《アイルランドのひとみが微笑むとき》や、《アレクサンダーズ・ラグタイム・バンド》や、それからおれにもよく分かる歌詞のついた《峠の我が家》を歌った。今回は、その唄を何度も何度も歌った。

そうやって、くらやみを手探りするようにして、牛の群れのむこう側へ出た。

それから一直線に並んだ。

そしてブッぱなした。何度も弾丸をこめて、牛がみんな走り出すまで、何度でも撃った。牛は一頭残らず、鉄砲の音におびえて、東のほうへ走り出した。何百万頭もの牛だ。

おれたちはあとを追った。

しかし何百万頭もの牛が、丘を越え、谷めがけて、すさまじい勢いで走って行くのには、とても追いつけたもんじゃない。ロケットが突っ立っている谷めがけて、牛どもはなだれこんだ。

おれたちはようやく丘の上まで走った。牛どもはもちろん、ロケットにはおかまいなく駆けつづけた。月が明るいので、何もかもはっきり見えた。牛どもがロケットにぶつかるのを、おれはこの目で見たんだ。

牛どもの足音はまるで雷のようだった。それがロケットの横腹にぶつかって千倍にふえ、ロケットを踏み越えて一万倍にふえた。

ロケットは大きな弾丸みたいな姿で突っ立っていた——と思ったとたん、爆発した。これにかなう音や景色は見たこともない。空がぐらぐら揺れるみたいなんだ。

ドックと鉄頭《アイアン・ヘッド》とおれは、目をとじて、地面に伏せた。野牛の肉と、金属の切れっぱしが、雨みたいに降って来た。

「奴ら、火薬を運んで来たんだ」と、ドックが言った。

「そう」と、鉄頭《アイアン・ヘッド》が唸った。「白人はいつだって火薬を運んできたべ」

おれは立ちあがった。生き残りの野牛どもは、まだ河のほうへ走って行くところだった。

「行こう」と、おれはどなった。「みんな肉を取りに河へ出てくるぜ。早く行って手伝おう」

おれたちは手伝った。これでこの話はおしまいだ。

ドックと鉄頭《アイアン・ヘッド》とおれは、隕石が落ちたということにして話の辻褄を合わせた。だれもこの話を疑う奴はいなかった。だって、ロケットは完全に消えちまったからね。草っ原に大きな焼け穴が残っただけさ。

さっきも言ったように、これは二年前だったか三年前だったか。こないだ河を渡ってみたら、草はちゃんと元どおりに生えていた。来年はもっときれいにのびるだろうよ。

それから野牛どもも、昔どおりに、草をくっている。なんともいえず平和な眺めなんだ。

ベッツィーは生きている

Is Betsey Blake Still Alive?

四月、スティーヴは海岸の小さな別荘《コテイジ》を借りた。厳密にいうと、そこは「海岸」ではなく、きりたった断崖の縁に建った別荘で、四分の一マイルも歩いたころ、やっと別荘にいちばん近い階段にたどりつく。が、スティーヴは不便を感じなかった。泳ぐために海浜に来たのではなかった。

ここに閉じ籠ったのも二重の目的があったからだ。自分が受けたかずかずの痛手を癒やしたいことがひとつ、もうひとつは小説を書きたいためだった。この一年、スティーヴは不遇だった――一流会社のひとつに、かけ出しのシナリオ・ライターとして六週間足をはこんだが、結局、契約してもらえなかったし、小さな独立プロが選択権《オプション》をとった二篇のオリジナル・シナリオも、誰ひとり感心してくれるものもないうちに、その選択権《オプション》は消滅してしまった。そのためにスティーヴは、「ハリウッドなんかくそくらえ！」といった例の捨てぜりふをのこし、エイジェントと喧嘩別れして、海岸に引き籠ったのだった。そこにいると、アメリカ文学史にのこる大傑作を書こうかと思うことがあった。また霧がまいてくるときなど、窓ぎわに立って、眼下の水にじっと眼をこらしながら、飛びおりることがどんなに簡単かと思ったりするのだった。

そんなときジミイ・パワーズに会って、ますます悪いことになっていった。

ジミイ・パワーズは、スティーヴが借りた別荘を下ったところに別荘を持っていた。一週間に四晩か五晩、大型の新しいビュイックのコンヴァーティブルに乗ってやって来る。イタリアン・シルクの背広を幾着も持っているのだが、海岸に来たときは、ポケットに名前のイニシアルのモノグラムがついている、調和のとれたショーツにシャツという軽装で出歩くのを好んだ。車の荷物入れ《トランク》にシャンパンの箱を積んで、よく週末にやって来る。そんなとき、ジミイは、自分が宣伝係として勤めている映画会社専属の女優をたいてい連れてきた。

　スティーヴをがっかりさせたのは、ジミイ・パワーズ（ビュイック、イタリアン・シルクの背広、モノグラムのはいったシャツ、シャンパン、それにスターの卵）が年齢《とし》がまだ二十三だということだった。

「どうして奴にあんなことができるのか？」とスティーヴは幾度か自問してみた。「ぜんぜん無能な男じゃないか。シナリオを書かせたって、ろくなものが書けまい。ましてや立派な表看板になるという男でもない。魅力、個性、美貌、とにかくそういったものじゃない。とすると、奴の秘訣はなんだろうか？」

　しかしジミイ・パワーズは、映画会社での自分の仕事を決して口にしなかった。そしてスティーヴがその話をもちだすと、きまって相手はほかの話題に切りかえてしまうのだった。が、ある宵のこと、二人がほろ酔い機嫌になったとき、スティーヴはまたその話をもちだした。

「いまの仕事をやるようになってから、どれぐらいになる、ジミイ？」

　こんどは相手も話にのってきた。

「そろそろ三年になるかな」

「じゃあ、二十歳《はたち》のときに、今の仕事についたわけか？　いちばんでかい映画会社のひとつにのこのこはいって行って、ＰＲの仕事を手に入れたってわけか？」

「そんなところだね」

「キャリアもなくて？　しかもすぐに、会社がトップ・スターの宣伝をきみに担当させたのかい？」

「そう、とんとん拍子というところだった」

「ぼくにはふにおちないんだがねえ」スティーヴはじっと彼を見つめた。「いったい、どうしてそんな地位につけるんだろう？」

「なに、じっさいには、大したことじゃないさ」ジミイは彼に言った。「週給たった三百ドルですからね」

「たった三百ドルか」スティーヴはやっかんで言った。「きみのような若造に？　ぼくは三百ドルなんて週給はいまだかつてもらったことがないし、なん年となく映画界に仕事の口を求めてきた。どういうわけだ、ジミイ？　ほんとうのことを言えよ。死体が埋められているところでも知ってるのか？」

「そんなところだね」ジミイはそうこたえた。彼はスティーヴに一種なんともいえない奇妙な表情をしてみせると、急いで話題を変えてしまった。

　その晩以後、ジミイ・パワーズはあまり親しみをしめさなくなった。調度のすばらしい別荘に招待されることもなくなった。が、それから三週間ほど過ぎたころ、ジミイはスティーヴの別荘に立ち寄った。こんどはスティーヴもじっさいに仕事にかかっていて、創作に懸命だった。

　六月のその夜、仕事に油がのっていたとき、ジミイ・パワーズがドアをノックしたのだ。

「やあ、きみ《スイートハート》、はいってもかまわないかなぁ」

　最初スティーヴは、ジミイが酔っぱらっているのかと思ったが、いっこうに要領を得ない話しぶりから、相手がひどく興奮しているのがわかった。パワーズはやがて父親になる若者のように、室内を行ったり来たりしながら、指を鳴らした。

「まだ大傑作を書いてるのか、ええ？」ジミイは、言った。「完成してくれ、あんた《チャム》。ひょっとしたら、現《げん》金《なま》にきみを案内してやれる」

「週三百ドルみたいな現金《げんなま》かね？」スティーヴは、訊いた。

「それじゃ、はした金だ。ぼくが言ってるのは大金なんだ。こんどの事件にぶつかった瞬間、ぼくはきみのことを考えた」

「それはご親切さま。で、ぼくはなにをするんだね——

——アメリカ銀行襲撃の片棒をかつげってのかい？」

ジミイはそんな駄じゃれの相手になっていなかった。

「ぼくがいまどこから来たのか知ってるのか？　社長のオフィスさ。そうなんだよ――この五時間、社長《ミスタ・ビッグ》のオフィスでみっちり福音を説いてきたんだ。結局、手のほどこしようがないというところに話は落ちついた。いずれにしろ、そこがこっちの狙いだった」

「いったいなんのことだ？」

ジミイは椅子に坐って、また話を始めたが、こんどは口調も前よりおだやかだった。

「ベッツィー・ブレイクがどうなったか知ってるね？」彼は訊いた。

スティーヴはうなずいた。ベッツィー・ブレイクの事件ぐらいは彼も承知していた。アメリカ全土の男女、いや子供までが、この二週間、ベッツィー・ブレイクの悲劇にかんするニュースに攻めたてられていたのだ。

それは異常な事故に属する事件だった。映画界にただ一人存在する謎の女《ミス・ミステリ》、映画界のブロンド・ベビイ――ベッツィー・ブレイクは六月二日の黄昏時、カタリナ海峡の外側でスピードボートを操縦していた。新聞の報道によれば、彼女は四連勝をめざして、翌日の土曜日におこなわれる例年のレース大会に出場するため、練習していたのだった。目撃者がいなかったため、誰ひとり事件の模様を知るものはなかったが、彼女が乗ったスピードボートがもう一隻のボートに正面衝突して、パサデナのミスタ・ルイス・フライヤーなる男を殺してしまったらしい。むろん、本人の彼女も死んだ。

二隻のボートは、あっという間に沈没し、潜水夫たちは、波荒い海峡の外側の深海に沈んだ二人を発見しようと、だらだらと捜索をつづけていたが、二日後、フライヤーの死体が人里離れた海岸に打ちあげられた。その翌日、ベッツィー・ブレイクの死骸がおなじ場所にお別れの登場をした。

ベッツィーの死体検証は、当局を満足させるに足る確証があがるまで、なお、二、三日を要したが、その点について不審なところはひとつもなかった。ブロンドのベビイは死んだのだ。

それが大きなニュースになったのは、ブロンドのベビイとして永いあいだ映画界に君臨してきたからだった。〝ミス・ミステリ〟のレッテルは、初めて映画スターの地位にのしあがったときに、彼女にはられたものので、以来そのレッテルにふさわしい生活を送り、私生活を秘密にすることにかけては異常なまでに気をつかってきたのだが、いろいろとご乱行を重ねても、そのどれもが悲劇に終わるという噂が流れていた。

で、各新聞は好機到来とばかりに、彼女の過去をあばきたてた。過去二十年間の有名男性スターのほとんどの名を結びつけることまでやってのけた。スキャンダル紙のなかには、その二十年間の映画会社の大道具、照明係のチーフやトラックの運転手の名前の大部分を挙げることもできると、暗に書きたてたものもあった。

「なにがあったんだ？」スティーヴは、パワーズに訊いた。「社長が心臓発作でも起こしたのか？」

ジミイはうなずいてみせた。「そんなところだ。彼女の死で、われわれは土壇場に追いつめられることになる。前の金曜日、『スプレンダー』の自分の出場《でば》を撮りおえた。映画はぜんぶ撮りおわったが、天然色、スーパー・シネマスコープ、それにトップ・スターを三人も並べた、四百万ドルの金がかかってる大作だ。ぜんぶ撮りおえたんだから、もはや撮り直しはきかないし、セットもとりこわされ、フィルムはフィルム罐におさまった。そしてそんなときにベッツィーがくたばったんだ」

「それで？」

「それで？　社長は困りはてて頭をかかえている。もっともなことさ、もしいますぐに『スプレンダー』を公開すれば、すこしは新聞を利用できるだろう。しかし、こいつは、われわれが今年いちばん力を入れた大作だからね。すでに、秋の後半の、だいたい十一月公開を目標に、休日の客を集め、アカデミイ賞の票を得る計画が決定していた。痛手がわかってきたかい？　十一月になれば、ベッツィー・ブレイクは死んで六カ月たってる。そのころには、騒ぎはすっかり終わっている。いったい誰が、ただ飯をウジ虫にふるまう人間を見るために一ドル二十セントを投げだすだろう？　社長としては、収支トントンまでもっていくために、すくなくとも五百万ドルの収益をあげなければいけない。それにはどうすればいいか？　だからこそ、この二週間、社長はほんとうに痛い頭をかかえているわけさ。こんな頭痛をなおすには、アスピリンをうんと飲まなきゃならない」

「しかし、きみの出る幕はどこなんだ？」

「米国海兵隊の登場といったところだ」とジミイは言った。「社長はじめ重役連中はなんとか打開策をひとつ見つけだそうと頭をしぼっている――当然、連中は宣伝そのものを断念せざるを得ないからね――しかも、なにをやったって骨折り損のくたびれ儲けだ。さて、そこでぼくは忙しくなった。そして今日、ぼくは社長のオフィスに行って、五百万ドルに相当する計画をたててやった――ひょっとしたら七百万か八百万かもしれない」

「解決策を見つけたんだね！」スティーヴは訊いた。

「そのとおり、解決策を見つけたのさ！　その答えは社長室に鎮座していつも連中の顔を見てたんだ。なにね、社長室の壁にかかってたのさ。ぼくはそこまで歩いていって、その写真をゆびさした。それだけのことだったんだ、きみ《ブラザー》」

「壁の写真がかね？」スティーヴは言った。「誰の写真だい？」

ジミイは芝居がかったポーズをとって言った。

「ヴァレンティノ」

「もう一度言ってくれないか？」

「ルドルフ・ヴァレンティノ。聞いたことがあるだろう？」

「そりゃあ、ヴァレンティノのことは知ってるさ」

「そうだろう。でも、もし相当に頭の切れる男が一九二六年におなじ離れ業をやってのけなかったら、あんたもヴァレンティノのことは知らずにおわったかもしれないよ」

「離れ業ってどんな？」

「ヴァレンティノは花火のようにのしあがったが、落ちるのも早かった。そんなとき、『熱砂の舞』を撮りおえた――そのとたん、彼は盲腸炎かなにかにかかって、死んでしまった。で、映画会社はあっても――死《デ》ん《ツド》だスターともうからない《デッド・フリッカー》映画をかかえている。そのとき、天才が帽子からうさぎをとりだすようなあっといわせることをやってのけた」

ジミイはまた指を鳴らした。「映画会社は、いまだかつてないほどのセンセイショナルな告別式を演出した。スクリーンの〝最大の恋人〟の死について、大々的な宣伝をした。新聞や雑誌をそんな記事で埋めさせ、ヴァレンティノをアメリカ全土に氾濫させた。映画のなかの彼を攻撃してきたご婦人がたは、彼が死んだいま、涙でハンカチを濡らしているといった話をでっちあげた。映画が公開されるころには、誰もがそれを見たがって、抑えようにも抑えられないまでにもっていった。その映画と旧作の再上映で莫大な金がはいってきて、おかげでヴァレンティノの遺産管理人も負債を払い、利益にあずかった。どうしてそんなことができたか？　墓場で泣き伏す女たち、ルディはまだ生きているといった、ふって湧いたような噂――宣伝だ。宣伝さまさまというところさ」

ジミイ・パワーズは、歯をみせてにやりとした。「さあ、これでぼくの狙いもわかったろう。もちろん社長はそれにとびついてきた！　で、われわれにはもっとうまい手があることを教授してやった。なぜって、こっちは例の〝ミス・ミステリ〟というトリックを使えるし、それにまったく謎に包まれた死に方をしているからね。ベッツィー・ブレイクはまだ生きている――といった話をひろめることだってできる」

「でも彼女の死は確認されている――」

「わかってる、わかってる！　エドウィン・ブースだって、マタ・ハリだって、それから、あのアナスタシアとかいう――名前なんかどうだっていいが――ロシアの女だってそうだったんだ。しかし、馬鹿な連中は、そういう話にのってくる。″ベッツィー・ブレイクは生きている″。われわれは、ありとあらゆる新聞、雑誌に記事をのっけさせる。特別な記事があるんだったら、金をはらいさえもする。雑誌『ザ・ベッツィー・ブレイク・マガジン』あのエルヴィス・プレスリーやほかの連中にやってやったのとおなじ手をつかうわけさ。若いものをやとって、ベッツィー・ブレイクのファン・クラブを作らせる。売れっ子の俳優をなん人か使って、婦人雑誌にお涙頂戴の文章を書かせる。ベッツィー・ブレイクはアメリカの少女のシンボルであったというふうな文章をね」

「でも彼女はシンボルじゃなかったぜ」とスティーヴは反対した。「それに、娘とはいえない」

「そりゃそうだ、四十をすぎていたからね。それに、ぼくは偶然知ったんだが、社長は、契約が切れしだい、彼女をお払い箱にするつもりだった。しかし、人気があったことは認めざるを得ないし、若いものたちは依然として彼女のファンだった。われわれはその人気を盛り返すことができる――嘘じゃない。ほんとうに盛り返すことができるんだ！」

　それについては、みじんの疑いも抱かず、ジミイ・パワーズはすっかり興奮していた。「それに、われわれが彼女の過去をどう扱うかを考えてみたまえ！　彼女の本名や、一九三〇年代にショウ・ビジネスの世界にはいった事情を知ってる奴なんか、ひとりもいやしない。だから、″ベッツィー・ブレイクの真実″や″誰も知らないベッツィー・ブレイク″を書きたてることだってできるんだ」

　この興奮は伝染した。われにもあらず、スティーヴはしゃべっていた。「ねえ、それはひとつの可能性じゃないのか？　なるほどあらゆる種類の事実や噂を明るみに出すことはできるだろう。ぼくは前に、彼女にはあるプロデューサーとのあいだにできた私生児がいるって噂を聞いたんじゃなかったかな？　それから一度結婚したことも――」

　ジミイ・パワーズは頭を振った。

「いや、そういった材料はぜんぜん不要なんだ！　映画スターなら誰だって、そんな噂をたてられる。だから、ぼくはいかなる調査も止めるよう厳重に命令するつもりさ、わかるかね？　こっちでいろんな話をつくりあげる。ちかごろの神秘めかした宗教に関係させたりもするだろう。ぼくがなにを言ってるか分かるだろうね。また、いかがわしい事実もそれとなく知らせてやる。そうさ、おれたちはでかい仕事をするんだ！」

「おれたちだって？　ぼくは、きみの赤ん坊《ベイビイ》だと思ってた」

「それは——社長はなんでもぼくに委せるという青信号を与えてくれた。でも大仕事だからね、スティーヴ。きみのことを考えたわけもそこにあるんだ、きみ《スイートハート》。きみはこういった——高級なことをやる——そうだね、たとえばさっき言った婦人雑誌に書いたりするような仕事にはうってつけのひとだ。で、どうだい、スティーヴィ・バーガー？　どう、どえらい伝説をつくる偉大な人間になりたくないか？」


　スティーヴはしばらくじっと坐ったまま、口を開かなかった。そしてやっと口を開いたとき、なにを言いだすか自分でもわからなかった。

「きみは、生きていたころのベッツィー・ブレイクを知ってるのか？」と彼は訊いた。

「もちろん知ってるとも、彼女の宣伝はほとんど扱ったからね——実際は、ストールズバックの担当だったんだが、大部分の仕事はぼくがやった。きみは知ってるかと思ったがね」

「はっきりとはわからなかったんだ」スティーヴはためらった。「彼女はどんな人間だった、実際は？」

　ジミイ・パワーズは、肩をすくめた。「変わった女だった。そんなことは重大なことかい？」

「ひとなつこい女だったかね？　親切な人間だったと言えるかい？」

「ある意味でね。たしかに、親切な女だった。だのに、なぜ、地方検事はかみついてきたんだろう？」

「死んだからだよ、ジミイ。痛ましい事故で死亡したからさ。それに死んだ以上、安らかに眠らしておくべきだよ。まさかその墓石の上で余興をやるなんてできないことだぜ」

「できないなんて誰が言うもんか？」

こんどはスティーヴが肩をすくめる番だった。「わかった。きみならできるだろう。それに、ぼくがいくら言ったってきみは止めない、そうだろう？」

「もちろん、そうだ！」

スティーヴはうなずいた。「じゃあ、やりたまえ。でも、古風なせりふだが、ぼくを除外してくれ。ぼくを誘ってくれたことには感謝しているがね。ぼくは食《グ》屍《ー》鬼《ル》にはなれないよ」

ジミイは彼をじっと見つめた。「それなら、ぼくは食屍鬼だってのか、ええ？」と、つぶやくように言った。「まあ、ぼくはきみに耳よりな話をもってきてやった。ぼくが食屍鬼なら、あんたは馬鹿だよ。底抜けの阿呆だ」

「たのむから、話にきまりをつけてくれ」

「オーケイ」ジミイはドアのところで立ち止った。「この商売でどうやったらうまくやれるかってことを、あんたはいつも訊いてきた。ねえ、スティーヴ、要は度胸だよ、度胸がいるんだ。大きなチャンスがやってきたのを見つける度胸、それから、そいつをあくまでものにする度胸さ。きみには度胸がないんだ、スティーヴィ・ボーイ」

「おそらく育ちがちがうんだろう」

ジミイはかすれた笑い声をたてた。「もう一度そのせりふを言ってみろ！　育ちがどんなにちがうか、あんたに分かったら、とても言えないことだぜ！　ぼくは、この仕事では特別の教育を受けてる、嘘じゃないよ。だから、ぼくの成功するのを見ていたまえ」

それから彼が去ると、スティーヴはふたたび創作の仕事にもどろうとした。

ジミイはながいあいだ——ちょうど夏の盛りのあいだ——海岸から遠ざかっていた。スティーヴは、宣伝の仕事をしているのだろうと思っていたが、ジミイからはなんの連絡もなかった。

やがていろいろなニュースがしずくのように伝わってきた。そのしずくはひとつの流れになり、流れはやがて洪水になってしまった。

ベッツィー・ブレイクの伝説は八月の後半にはアメリカの大衆にせきを切ったように押しよせた。九月になるころには、勝手に作りあげた記事をのせた雑誌の創刊号が新聞スタンドにならんだ。十月には特別号が出る有様で、ファン・クラブが結成され、テレビ放送局はファイルをあさって、ベッツィー・ブレイクが出演した数すくない、むかしのキネスコープを捜しだす始末だった。

万事ジミイ・パワーズがざっと話したとおりだった、いやそれを上まわってさえいた。〝私はベッツィー・ブレイクの最後の友人だった〟は注目をひいた点で〝ベッツィーの恋の遍歴〟といい勝負だった。それから〟――についての真実〟、〝知られざる――〟、〝発表されなかった――〟など、そのほか幾百もの記事が出た。その間、映画会社のほうは『スプレンダー』の売込みに精力的な努力をつづけていた。ベッツィー・ブレイク、畢生《ひっせい》の演技！　アメリカ映画史上最高の女優！

一方、べつのところでは、〝知られざる女――ベッツィー・ブレイク〟の手が使われた。このシリイズで一般に知らされたのは、ベッツィー・ブレイクは無声映画時代に君臨した有名スターの娘だとか、ヨーロッパのある王室の血をひいているとか、あるいはまた、ハリウッド・ハイスクールを出て、自力で映画スターになろうと心を決めた若い娘にすぎない、といったことだった。

彼女の恋愛生活については、やはり無数に、矛盾した記事がこまごまと出た。また、私生活にあれほど秘密を保ってきた理由にも、さまざまの推測がくだされた。彼女は熱心に教会に通う女だった、彼女はこと宗教については自由な考えかたをする女性だった、彼女はじつは悪魔主義者だった、彼女は趣味で占星術に凝っていた、彼女はハイチ島のヴードゥー教の儀式に参列した、彼女は実際は、永遠の若さを保つ秘密を発見した老女だった。彼女はじつはインテリで、現代の有名な文学者の大部分が彼女の愛人だった。彼女はじっさいは、内気な、羞恥心の強い女性で、スクリーンにうつった自分の姿がまともに見られなかった。彼女は演劇の熱心な研究者で、映画界から引退したら、自力でレパートリイ劇場をつくろうという計画をもっていた。彼女は子供好きで、六人ほど養子にしたがっていた、彼女は娘時分に失恋したが、それでもたった一度の純な恋の思い出を懐しんでいた。彼女は神経衰弱気味だったため、精神病院に有り金をはたいた……。

　どんな読者でもこれだけにとどまらず、それ以上の伝説を初秋のあいだに、知ろうと思えばできた。

　しかしジミイ・パワーズは、謎こそ伝説のなかでもいちばん興味をひかれるものだと語ったとき、将来を正確に予言していたのだった。〝ベッツィー・ブレイクは死んでない！〟という説があったのだ。それは、事件をめぐる「奇妙な状況」や、二隻のボートの「消失が説明されてないこと」や、一般人参加の告別式に死体を公開する際、映画会社が「難色を示したこと」を利用していた。

　こうした見かたは、真実であれ、噂であれ、「証拠」として提出できそうな、ありとあらゆる事実を活用したわけだ。

　十一月が近づくと、記事の調子やテンポは最高潮《クレッシエンド》に近くなった。いまやベッツィー・ブレイクの伝説は大衆のものと化し、インチキのファン・クラブはほんもののファン・クラブにとって代られる有様だった。スキャンダル紙のなかには——ベッツィー・ブレイクは娼婦だった、彼女はアルコール依存症だった、彼女は、「芸術づいて」気どるようになり、かえって悪くなった——といった「内幕物」や「実話記事」を発表したものもあったが、こうした主張も伝説にはなんの影響も与えなかった。どちらかといえば、伝説を強固なものにするのに役立った。しだいにふえていく彼女の熱愛者はティーン・エイジャーたちで、それこそ最後の勝利だった。八歳から八十歳までの誰もが、自分たちの町の映画館に『スプレンダー』がかかる日を、かたずをのんで待っていた。

十一月のある宵、スティーヴが小説の第二稿をタイプで打っていたとき、ジミイ・パワーズがまた姿をあらわした。

こんども戸口からスティーヴに大声をかけてきたので、またスティーヴは、酔っぱらっているのじゃないかと思った。

しかし、こんどはそう疑ってもいい理由があった。ジミイが部屋にはいってきたとき、アルコールのにおいがぷうんとにおってきたのだ。

「元気かい?」と彼はどなった。

スティーヴは口をひらきかけたが、パワーズはじっさいは耳をかさなかった。

「ぼくがどうしてるかなんて、あんたに言わなくたっていいだろう」と、彼は叫んだ。「来週、全国いっせい封切りだ。全国だぜ、おい。試写会もやらないし、批評家招待の試写もやらないし、ニューヨーク封切りもやらない——だいたいにおいて堅実一方の座席指定制にする。主な都市はひとつも洩らさない、そして、うちがこれまで映画を売ったうちで、最高のパーセンテイジの収益をあげる! しかも誰がそうしたか、スティーヴィ・バーガー? おれだよ、ぼくが当のご本人さ」

スティーヴは煙草に火をつけて、なにか言わなければならないのを避けた。

「それに、映画界がそいつを知らないと思っちゃいかんよ! 申込み《オファー》が殺到しているんだからね。もちろん、社長は抜け目のないじじいだ——おれを逃がすまいとしている。週二千ドル、むこう五年間契約を解除しない。しかもそれだけじゃないんだ。映画が公開されたら、ボーナスをもらう。だまって五万ドル。わかるかい？　現金《げんなま》で五万ドル、こいつは誰も知らない。税金もなにもないんだ。まあ社長は誠意の示しかたを心得ているわけだ。むろん、社長ならそれだけのことはしてもいい。ぼくはこんどの仕事で血のにじむ思いをしたからね、スティーヴ。どれだけ苦労したか誰も知るまい――」

「まさか」スティーヴは言った。

「まだ青くさい考えをしてるんだね、ええ？　まあ、ぼくはかまわんよ、べつに悪くは思ってない。ただ、あんたが絶好のチャンスをのがしたってことを教えてやりたかったんだ。こいつは世紀の大成功だった」

「もう一度おっしゃってごらんなさい」

ジミイ・パワーズとスティーヴの二人は、戸口に立ったその女を凝視した。着ているかなり泥でよごれたコンビネイションのスラックスとセーターがはちきれそうなほどふとった、小柄な、栗いろの髪の女だった。素足だが、脚がしびれているらしく、ちゃんと立っているのが相当苦しそうだった。

「いったい――？」ジミイが言いかけたとき、女は気取った笑顔を彼にむけてきた。

「あたしが来たときちょうど、あんたが別荘を出るところを見かけたのよ」と彼女は言った。「それで、勝手に別荘にはいりこんで、すこしお酒をいただいてきたわ。ここへ来れば、あなたのお話が聞けるだろう、というわけで、来て、お仲間入りする気になったのよ」

「失礼ですが、どなたですか？」スティーヴはある予感が内部でしだいに大きくなるのをおぼえながら、そう訊ねた。

女は歯をみせてわらうと、ジミイ・パワーズを指さした。「彼にお訊きなさい」と言った。

ジミイ・パワーズは立ちつくすだけで、その顔は赤から蒼白に変わっていった。

「ちがう」と彼は言った。「まさか――そんなはずはない――」

「たしかにそんなはずはなくてよ」と女は言った。

「首尾よくやろうとすることよりも、あなたにはよくわかっていることだけど」

「でも、どうしたんだ？　どこに行ってたんだ？」

「ちょっと旅行してたのよ」女はくすくす笑った。

「話せば長いけど」スティーヴに顔を向けた。「なにか飲物がございます？」

スティーヴが返事しないうちに、ジミイが前に進みでた。「もうたくさんじゃないか」と言った。「手短に話してくれないか」

「わかっててよ、わかってるわ、短気を起こさないで」女は安楽椅子に倒れこむように坐ると、しばらくはフロアをじっと見ていた。

「もちろん、新聞は見たわ」と彼女が言った。「みんなまちがってたわね」

「だったら、どうして手を打たなかったんだ？」ジミイは不満そうに文句を言った。

「旅行していたからじゃないの？　たしかに新聞を読んだことは読んだけれど、みんな、二、三カ月前のだったわ」彼女は言葉を切った。「あたしが勝手に話してもいいの？」

「どうとでも」

「たしかに、あたしは、新聞が書いたとおり、あのボートに衝突したの。ライトをつけずに、全速力で走らせていたから、なにも聞こえなかったわ。そのルイス・フライヤーというひとは、新聞なんかが書いてたとおり、ボートに乗ってた――あたし、ずっとむかしからルイス老人を知ってたのよ。ただ、新聞が知らなかったのは、もちろん彼がひとりではなかったってことね。きっと、あのひと、海岸でいかがわしい女をひろったんだわ、ヨット・クラブあたりにいるようなブロンドの娼婦だったわ。とにかく、衝突したとき、その女も乗ってたのよ。これは考えられないことじゃないでしょ、すくなくとも。彼女が乗ってたからこそ、死体があがったとき、それをあたしと決めてしまったのよ」

「で、それからどう――？」

「これから話すところよ。たぶん、あたしは気を失ってしまったのね。でも、ボートにしがみついてるだけの意識はあったの」

「ボートは沈んじゃったぜ。まだそれが発見されてない」

「ボートは沈んだんじゃないのよ。まだ見つからないのは、その夜のうちに拾われたから。あたしとボートがよ。メキシコの小型貨物船が海峡の沖であたしたちを発見して、船に乗せてくれたの。あたしとボートをよ。あたしはすっかり凍えて——きっと脳震盪を起こしてたんだわ。意識をとりもどしたときは、チリへ行く途中だった」

「チリだって？」

女はうなずいた。「そう、チリよ。南米にあるわ、ご存じでしょ？　バルパライソ、サンチャゴ——行かないところはなかったわ。その小型貨物船の船員さんはみんな気ままだったから、航海するにも、のんきなものだったわ。おまけに、あたしは高い値でボートを売っちゃった。旅費が出て、まだ、テキーラのためにとっておけるぐらい、たくさんのお金になったわ。船長はあたしの親友だったわ。その点では、船員ぜんぶが友だちだった。あたしが何者かなんて、結局知られずじまい。あのひとたちにわかったのは、ブロンドだってこと。それも、あたしが毛染めの壜をとって、ちょっと髪に手を加えたあとではじめてみんなにわかったのよ」女は乱れた髪のほうに手をやった。「ああいったひとたちはブロンドにはよわいのよ」彼女はまたくすくす笑った。

ジミイ・パワーズは立ちあがった。「つまり、五カ月間も貨物船で、脂ぎったエテ公みたいなメキシコ人と暮らしてきたというのか？」と彼はわめいた。

「なぜそれがいけないの？　なん年ぶりかで、はじめてほんとうの休暇をとったのよ。それにじつのところ、この休暇はひとつの長いパーティだったわ。サンチャゴで事件の模様を知ったとき、かまいやしない、勝手に困るがいい、と思った。これこそ、しばらくのあいだ束縛から抜け出して、ちょっぴり人生をたのしむ、またとないチャンスよ。だから、あたしはその人生をたのしんだ。でも、あたしたち、お金を使い果たしちゃったので、今月ロング・ビーチに入港すると、あたしは上陸してきたの。いまごろあたしがのこのこ出てったら、社長がかんかんに怒ることは、あたし知ってるわよ。だからまっさきにあなたに会おうと思った。たぶん宣伝でごまかせるでしょうから、そうしたら、社長に会っても、そんなに怒らないかもしれないわ」

女はスティーヴに顔をむけた。「ほんとにお酒はないの?」と訊いた。「まあ、この髪をごらんなさいな。すぐに美容院に行かないといけないわ。誰だってあたしだとわからないでしょう。そうじゃない、あんた?いさぎよく白状なさい——最初見たときに、あたしがわからなかったんでしょ、そうでしょう?　体重が十五ポンドふえたし、髪だって伸びほうだい。それに映画が封切られるのは来週だし——」

「そうだ」とジミイ・パワーズは言った。「来週、映画が公開される」

女はふらふらしながら、立ちあがった。「あんたに言うことがひとつあるのよ」と言った。「すばらしい宣伝の仕事をしたものね、あんたは。チリでだって、みんな知ってたわよ。それに、今日街に来て、あたしがまずなにをしたかっていうと、雑誌売場を見てあるいたことよ。どこへ行っても、あたしがいたわ。見事な仕事ぶりね」

「そうさ」とジミイは言った。

「ねえ、そんなとこに立ってないで。これから、あんたはもっともっとすばらしい仕事をやってのけなきゃならないのよ。あたしが帰ってきたんだから。それこそ一流の仕事じゃなくって?　こんども善良な昔気質の大衆を参らせるのよ!」

「そうだね」とジミイは言った。

「もちろん、こんどは、あたしがいるから手をかしてあげる。あの船長さんならなにもしゃべらないわ——明日の朝またメキシコにむけて出港するから。こちらの好きなように扱えるってわけね。ルイス・フライヤー老人の奥さんの顔が眼に見えるようだわ。ご亭主がボートにブロンドの女を連れこんでたことが分かったときの！　それにしても、すてきな話ね。映画のためにも大いにいいわ」

「そうさ」ジミイは言った。

彼女は顔をうごかして、またスティーヴのほうにむけた。「お酒はどうしたの？」

「ぼくが一ぱい飲ましてやる」とジミイ・パワーズが言った。「ぼくのところにある。これからいっしょに行こう」

「そうするわ」

彼は女に腕をまわすと、ドアのほうへ連れていった。と、立ちどまって、スティーヴを見た。「出かけないでくれないか」と言った。「あとで、あんたに話があるんだ」

スティーヴはうなずいて承知した。

彼は、二人がジミイの別荘にはいって行くのを見送った。その別荘だけが、海岸でただ一軒、明かりがついていた――十一月は季節はずれなのだった。

耳をすますと二人の会話がときどき聞こえてくるほどだった。しかしスティーヴはそこに集中できなかった。自分自身をこきおろすことに忙しかった。

あれが、自分があまりにお上品すぎて、伝説のでっちあげに手をかせなかった女なのだろうか？　彼女の評判はおれの未来を犠牲にしても守ってやる値打ちのあるものなのか？　ジミイが言ったとおりだ――おれの困ったところは、度胸がないことだ。チャンスが来たのに、おれはそいつをつぶしてしまったんだからな。なんのためだ？

スティーヴは自分の悪口を並べることに夢中になりすぎて、ジミイとあの女がなん時ごろ出て行ったのか気がつかなかった。やっと道路のむこうに眼をむけたときには、別荘の明かりは消えてしまっていた。

ジミイ・パワーズは、また来ると言ってた。あいつはどこにいるんだろう？　スティーヴはドアのほうに行きかけた。ジミイはきっと別荘から車で出かけてはいないと思った。そうだったら、車の音がするはずだ。

と、そのとき、ジミイがよろよろしながらやってきた。かなり酒を飲んでいるらしい。

スティーヴは言った。「どうしたんだ？　どこにいるんだ、ベッツィー・ブレイクは？」

「誰のことだ？」ジミイは戸口でよろめいたが、すぐに網戸のわきによりかかって身体をささえた。「ここにとびこんできたあのばばあのことかい？　あんな女がぬかす、くだらない話にひっかかっちゃこまるなあ」

「でも、そうじゃないか、ジミイ。調べてみたら——」

「そんな必要はないよ。ぼくのところへあの女を連れてってから、二つ三つ質問してみたら、泥を吐きやがった。こっちにたかろうって寸法だったのさ——なにもかも作り話でね。あの女がベッツィー・ブレイクならあんただってベッツィー・ブレイクになれる」

「まさか！」

ジミイ・パワーズは額をぬぐった。「あの女はゆすりを働こうとしてたんだ。いいかい——映画がいよいよ公開されるというちょっと前に話をもってきて、会社が金を払わなければ、こっちの邪魔をして失敗させようとおどすつもりだった」彼は頭を振った。「どっちみち、もうどうってことないよ」

「あの女を追いはらったのか？」

「いや」ジミイは唾をのみこんだ。「へんに気をまわさないでくれよ。誰が追いかえしたりするもんかね。ご自分の自由意志で元気よくお帰りあそばしたんだぜ。これだけはそのまま信用してもらおう。なぜってぼくは——事故があったらしいんだ」

「事故？」

スティーヴの態度が硬化するや、ジミイのそれまでの元気もどこかへ行ってしまった。

「まだはっきりとはわからん。だから、ここに来たんだ。あんたにいっしょに来てもらって、見て——」

「なにを見るんだ？　彼女はどこにいる？」

「きっと、あんたも気がついたろう、あの女は衰弱してたんじゃないかな？　女が帰ったあと、なんの気なしに裏側の窓の前に立って見てると、崖っぷちをよろよろしながら歩いて行く姿が眼にはいった。ぼくはよほど声をかけてやろうかと思った――いいか、ぼくの言うことをよく聞いてくれ、スティーヴィ・ボーイ、これだけはわかってもらいたいんだ――こっちから声をかけてやろうかと思ったとたんに、女は落っこっちまったらしい。そんな具合に、消えちまったんだ、女は」

「というと、彼女は……でも、あそこなら下まで六十フィートもあるんだぜ！」

ジミイはまた唾をのみこんだ。「わかってる。ぼくは見てなかったんだ。こわかったよ、ひとりだったから」

「警官を呼んだほうがいいね」とスティーヴは言った。

「そりゃもちろんだ。しかし、ぼくはまっさきに、きみと話をしたかったんだ。たったふたりきりでね、いいかい？　つまりだ、警察を呼べば、すぐに連中はやたらと質問を浴びせてくる。女は何者か？　どこのものか？　ここでなにをしようとしてたのか？　なんてね。警察なんてそんなものだ」

「ほんとうのことを言うんだ」

「映画を失敗させようとしたことをか？」

「でも、きみに言わせると、彼女はベッツィー・ブレイクじゃなかったぜ」

「それはそうだが、あの女がベッツィー・ブレイクであることを主張したのが警察にわかれば、その瞬間に、これまでの作戦全体に支障をきたす。わからないか、スティーヴ？　大衆は疑いをもちはじめるんだ――はたして彼女はベッツィー・ブレイクなのか、そうでないのか？　ぼくがせっかく苦心さんたんして伝説をつくりあげたのに、それが、老いぼれの密告者《いぬ》が崖から落っこちたために、すべて水の泡になりかねないんだぜ」

スティーヴはジミイ・パワーズの視線をこちらにむけさせようとしたが、その血走った眼は方向が決まらなかった。「ぼくが言おうとしているのは」と彼はつぶやくように言っていた。「なぜ、いっさいを忘れてしまわないかってことなんだ」

「しかし、われわれは警察に届け出なけりゃいけないんだよ。誰がわかるものか？　もしかしたら、崖の下でまだ生きているかもしれない」スティーヴは電話のあるほうへ行きかけた。

「わかる、わかってる。警察に報告するがいいさ。でももう生きてはいないぜ、あの女は生きているはずがないんだ。だから、ただぼくとしては、彼女が今夜ここに来たことを、きみの口から言ってもらいたくないんだ。それから彼女が話した内容もね。なかったことにしてもらいたいんだよ。ぼくがベッドにはいる前に窓から外を眺めていたら、あの浮浪者が崖から落っこっていくのが眼にはいった。そうすれば、なんのあとくされもないだろう、スティーヴ？　つまり、危険を知ればいいんだ」

「知ってるさ」とスティーヴは言った。「考えてもいるさ」彼は電話のあるところまで行くと、ダイヤルをまわした。「もしもし、警察本部につないでください。事故の報告をしたいんで……」

彼は無駄なことを言わなかった。詳しい話はやめた——これこれの場所で、女が崖から落ちたらしい。警察の到着を待っている。

スティーヴが電話を切ったとき、ジミイ・パワーズは深く溜息をついた。

「そうこなくちゃいけない」と彼は言った。「うまくやったよ。きみのことは忘れないぜ、スティーヴィ・ボーイ」

「ぼくはまだ考えるのをやめたわけじゃない」とスティーヴは言った。「警察が来たら、なんて言うか腹を決めよう」

「まあ、いいから——」

「こっちの言うことも聞いてくれ。あの女が、主張したとおりの人物じゃないってことに、きみはどうして確信があるんだね？　いや、例の脅迫云々はもうよしてくれ。酔っぱらって、ゆすりにくるやつなんてどこにもいないよ」彼はジミイ・パワーズのほうまで歩いていった。「もうひとつ質問させてもらおう。かりに彼女がほんとうにベッツィー・ブレイクだったとしよう。すると、どうなる？　なぜきみは明日、公表できないのだ、あの女が言ったように？　それが起こす波紋を考えてみたまえ、映画に及ぼす影響を」

　ジミイはドアのほうへ後ずさった。「映画なんかくそくらえさ」彼は言った。「おれが考えているのは自分のことでね。それがわからないか、あんた？　こいつはこのおれの宣伝なんだ。あくまでもおれのなんだ。おれがお膳立てしたものだ。おれが育てた。おれの赤ん坊だ。ハリウッドの連中はみんなそのことを知っている。映画が大当たりをとる、すると、誰にハクがつく？　このおれさ、誰かっていうとね。

　あんた式の考えかたをして、成り行きを見よう。そうするとあの女は話を発表する、当然、反響はある。もしかしたら、もっとすごい反響を呼ぶかもしれん、かけ値なしの大当たりさ。しかし映画のためにはならないだろう――ちゃんとお膳立てしたいまとなっては。だからベッツィー・ブレイクが生きてることがわかれば、どうなる？　やっぱり老けたばばあじゃないか――もはや主役はできまい、しわがうつらないように、紗をかけて撮ったって、もう不可能だ。生きていたら、図々しい中年の売女《ばいた》だ。死ねば、伝説になる。ちょうどヴァレンティノやジーン・ハーロウやジェイムズ・ディーンと肩を並べる。彼女が出た、むかしの映画は、再上映権で一財産の値打ちが出てくる。いいか、それで帳尻が合うんだ！

　おまけに、もしあの女が話を公表すれば、このおれはどうなる？　おれは、いまは前途有望の青年でいられる。しかし、もし彼女がおれを出し抜けば、あいつが勢力を得る。あんたも、あの女が自分の口から言うのを聞いたろう、『あたしたち』がいっしょになって解決の道を見つけるかって話を。その『いっしょになって』ってせりふは、おれは、ずっとむかしから知ってるんだ！　彼女だけが尊敬を受け、舞台をさらってしまう。嘘じゃない、スティーヴ、ぼくは知ってるんだ！　いつだってそんな女だった、ほかの人間といっしょにスポットライトを受けるのが我慢できない女だった。はじめからしまいまで徹底的にベッツィー・ブレイクだった。おれと二人でやったことまで、自分ひとりでやったような顔をした！　おれは一生、宣伝課に埋もれてたことだろうよ、こんどのチャンスがめぐってこなかったらね。ハリウッドでは、こういった機会は、しょっちゅうあるわけじゃないよ、スティーヴ。ぼくはそいつをつかまえ、活用した。だから、ぼくはぜったいに、ひとに盗られたくない。彼女にだって――」

　スティーヴは、相手の肩に手を置いた。「きみは、ぼくの知りたかったことを話してくれた」と言った。「彼女はベッツィー・ブレイクだったんだろう、そうじゃないか？」

「そうは言ってやしない。それに、きみはなにも言わなくていい、警官が来たって。スティーヴ、情ってものを持てよ――なんでもないじゃないか？　自分はなにも知らない、警察にはそう言うだけでいいんだ。ぼくは明日の朝ここへ五千ドル持ってくる。なにも知らないと言えば、現金で五千ドルだ。いや、一万ドルだ。それから映画会社に仕事の口も――」

「やっぱりベッツィー・ブレイクだったんだな」とスティーヴはつぶやくように言った。「それが、きみの別荘から出てって、崖から落ちたんだ」

「そういうこともあるさ、あんたも、そういった事情がわかるだろう、酔っぱらった女が足をすべらせるってやつさ。事故だったんだ。ほんとうに！　よし、どうしても知りたいなら言うが、おれは彼女といっしょだった――そこのところは、きみに話したくなかった。女といっしょだったんだ。車で家へ送り返すつもりだったんだ。ところが、ぼくから逃げだして、つまずいた」

「砂浜に足跡が残ってるだろうぜ」とスティーヴは言った。「それに、いずれにしろ、警察は調べるだろう、警察ならかならずそうするからね。それにとことんまで調べあげる。過去を洗うだろうし――」

　ジミイ・パワーズはがっくりした様子だった。スティーヴが支えてやらなければならない始末だった。

「一度も考えてみなかったよ」と、彼は言った。「そうだ、むかしのことをぜんぶ洗うだろうね」

「きみは殺すべきじゃなかった」

「それを言うな、スティーヴィ！」

「ほんとのことじゃないか、ええ？　きみが彼女を殺したんだ。きみは、彼女がベッツィー・ブレイクだということを知っていたのに、とにかく彼女を殺してしまった。なぜなら、きみは、きみが賭けた一か八かの大勝負を台無しにされると思ったからだ」

　ジミイは返事しなかった。そのかわり、スティーヴをはげしく殴りつけ、スティーヴは身体をよじらして、相手の攻撃を防いだ。ジミイは力がなかった。スティーヴはそんな彼をそのままにして、遠くから聞こえてくるサイレンに耳をすました。

「五万ドルだ」とジミイはささやくように言った。「さっきも言ったように、そいつを持ってきてやる。五万ドル、ぜんぶ現金だ。誰も知らない金だ」

　スティーヴは溜息をついた。「おれは金のことを聞いたとき、自分を蹴とばしたかった」と彼は言った。「おれは、自分がとんでもない馬鹿だと思った。きみのような度胸がなかったからだ。しかし、度胸があるってことがどういうものか、いまわかった。途中で止《よ》すってことがない、人殺しだってやめられなくなる――そういうものなんだ、度胸って」

「あんたにはわからん」ジミイは泣き声で言った。「おれは浮かびあがりたかった、大立物になるチャンスが欲しかったんだ。あの女は、生きてるあいだ、おれにはそのチャンスをくれなかった。だから彼女が姿を消したとき、やっとでかいチャンスがめぐってきたと思った。でも、いまとなっては、それがなんの足しになる？　あんたが言うとおり、警察はおそかれ早かれ真相は突きとめるだろう。おれは逃げようったって逃げられない。そうなれば伝説も消えてなくなるわけだ」

「伝説なんてどうだっていいじゃないか」とスティーヴは言った。「きみはひとりの女を殺したんだ」サイレンが近づいてきた。タイヤをきしませながら停車する音が聞こえてきた。「解せない点があるんだ」とスティーヴは言った。「きみのような卑劣漢は、おれには理解できない。大物の宣伝マンと自称するのか、きみは？　おい、きみは、ひとつの物語をつくるために、自分の母親を殺す男なんだぜ」

　ジミイ・パワーズが奇妙な表情を彼にむけたとき、警官がなん人かはいってきた。「おっしゃるとおりだ」と彼は低く言った。「どうしてわかった？」

本　音

Word of Honor

九月十九日の午後二時二十七分、ドクター・サミュエル・ラヴァティは、椅子から立ちあがって、窓をあけた。寝椅子に横たわった患者が、自由連想の波をつぎつぎと送り出すのを妨げずに、そうしたのである。

約一分間、ドクター・ラヴァティは窓辺に立ち、深く息を吸いこんだ。患者は——ミセス・アメリア・スタウトン、五十三歳——独白をつづけた。

「みんなあの人の責任です」と夫人は喋っていた。「あの人はわたくしを理解しようとしません。それに子供たちも思いやりがなさすぎます。どの子もひどい利己主義で、わたくしというものをちっとも——」

ドクター・ラヴァティは振り向いて、患者の顔を見つめた。それから、まばたきをし、顔をしかめ、頭を振った。

「あんたは要するに」と、医者は大声で言った。「自己中心のくそばばあだ。精神分析の必要なんかありゃしない。だれかに思いきり尻《けつ》を蹴とばしてもらえば、それですむことなのさ。おれがその療法を試みないうちに、さっさと出てったほうが身のためだよ」

ミセス・スタウトンは寝椅子から起きあがり、ぽかんと口をあけた。

それから突然、息を深く吸いこみ、顔をあからめた。

「あの、先生、わたくし考えてみましたけれど」と、夫人は溜息をついた。「先生のおっしゃるとおりだと思いますわ」

二時二十八分、冷房のきいたスタジオで、テレビ・アナウンサーが洗剤の箱を構え、わざとらしい笑顔をつくった。

「御家庭のみなさま」と、アナウンサーは言った。「ここ数年来、家庭用品は日に日に改善されておりますが、その最先端を行くのが、この新製品、ミラクル・ワンダー・フレイクでございます。この驚異的な新しい洗剤は、布地を決して痛めず、きれいの上にもまたきれい――」

　アナウンサーはことばを切り、洗剤の箱を置いた。顔の微笑が消えた。「こりゃ一体、何のことでしょうね」と、アナウンサーは訊ねた。「きれいの上にもまたきれい？　この意味が分かりますか。宣伝文句を書いた奴も分かってないんじゃないかな」アナウンサーは頭を掻いた。「それに、驚異的だなんて、人をからかうにも程があるじゃありませんか。洗剤はただの洗剤なんで、布地の汚れが落ちたからって、べつに驚異でもなんでもない。おどろくにはあたらんでしょう。それに、こいつは新しくはないんだ。ワンダー・フレイクのこのコマーシャルは、もう何年も前から全然変わってないんですよ。まるでキリストの再来かなんかのように、年がら年じゅうこういう誇大広告をやるのは、もううんざりしちまった」

　スタジオのドアの上の赤ランプが、ぱっと消えた。アナウンサーは、ぎょっとして、こわごわ調整室を見あげた。だが技術者たちはにやにや笑いながら、アナウンサーを見おろしている。ディレクターは、親指と人差し指でOKのしるしの環をつくった……

　ちょうど二時二十九分に、ホーマー・ガンスは、ファースト・ナショナル銀行の頭取の部屋へ入って行った。この小男の出納係は、いつものとおり控え目な物腰で、声も呟くように小さかった。

「お話ししたいことがございます」と、ホーマー・ガンスは呟いた。「わたくしは銀行のお金を四万ドルばかり持ち出しました」

「なんだって」と、頭取は吠えた。

「使いこんだのでございます」と、ホーマーは言った。「数年前からやっておりました。まだだれも気づいてはおりません。持ち出しましたお金は、一部は競馬につかい、あとの大部分は、ある女性の住宅費にあてました。わたくしはブロンド女を囲っておくような男には見えないかと思いますが、もし本気でそうお思いでしたら、あなた様はこの道の機微を御存知ないのでございます」

頭取は顔をしかめた。「いや、そうは思わんよ」と、頭取は答え、深く息を吸いこんだ。「実をいうと、わしも、ブロンド女を囲っておるのだ。ただし、正確にいえば、本物のブロンドじゃないのだがな」

ホーマーは、すこしためらったが、溜息をついて言った。「実は、わたくしのほうも、本物のブロンドではございませんのです」

二時三十分から四十五分までのあいだに、さまざまの事件が発生した。模範的な甥が、その金持ちの叔父にむかって、人の生活に干渉するのはいい加減にしやがれと言った。聖者のように辛抱強い六人の子の母親が、失業中の料理人の夫に、あんたぼやぼやしてないですこし就職運動をしたらどうと言った。腰の低いので有名なセールスマンが、お客の前でいきなり立ちあがり、そんなでっかい足に合う靴なんてありゃしないよ、いっそ靴をはくのはあきらめなと言った。大使館主催のガーデン・パーティで、外国から来た外交官が乾杯の音頭をとりかけて、ふとそれをやめ、シャンパン・グラスの中味をアメリカ大使の顔にひっかけた。

それから――

「なんたることだ！」と、デイリー・エクスプレス紙の編集主任ウォリー・ティベッツが大声で叫んだ。「みんな狂ったのか」

記者のジョー・サタリーは肩をすくめた。

「ここ八、九年のあいだに、『ちょっと待った！』となったのは今日が初めてだよ。これがいったい何事か分かるまでは、待機せんわけにはいかんじゃないか。記事はあり余るほどあるのに、どれもこれもわけの分からん話ばかりじゃ、手がつけられん」

「たとえばどんな記事ですか」と、ジョー・サタリーは冷静に主任の顔を見つめた。

「どれでもいい。上院の議長が、ついさっき辞表を出した。健康上ノ理由ニヨリなんてもんじゃない。仕事に不適任だというんだよ。マーティ・フラナガンはもっと徹底していて——新築したばかりの組合本部のロビーで拳銃自殺をやった。もう警察からの電話は鳴りっぱなしさ。殺人からかっぱらいに至るまで、いろんな犯人がひきもきらずに自首して出るんだな。これでもまだ異常じゃないというんなら、広告部へ行ってごらん。狂ったような広告の取り消し騒ぎだ。この町の中古自動車販売業者が三軒も、いっせいに広告をキャンセルしてくれと言ってきたんだ」

ジョー・サタリーはあくびをした。「いったいなんのことでしょう」

「それを、きみに探り出してもらいたい。なるべく早くな」主任は立ちあがった。「だれかにインタビューしてきてくれ。大学の先生がいい。理学部のな」

サタリーはうなずき、階下へおりた。

大学はエクスプレス紙の建物から半マイルしか離れていなかったが、車の運転は楽ではなかった。町じゅうの交通はばらばらになってしまったようである。歩行者にも妙な変化が見られた。ふだんと歩きぶりがちがう。半数はほとんど走るように歩いているし、あとの半数は歩道のまんなかで呆然と突っ立っている。人々の顔からは——車に乗っている人の顔も、歩いている人の顔も——いつもの無表情さがなくなっていた。げらげら笑っている人もいるし、泣いている人もある。公園の芝生では、大勢のカップルたちが熱烈に抱き合い、猛烈に喧嘩しているほかのカップルには目もくれないのである。ジョー・サタリーはびっくりしながら車を走らせた。

三時八分、サタリーは、大学の教務課の前に車をとめた。車を降りたところで、階段を飛ぶように下りてきた頑丈そうな男と、あやうく衝突しそうになった。

「失礼しました」と、サタリーは言った。「ディーン

・ハンスン先生のお部屋は、この建物ですか」
「でなけりゃ、ぼくは二十年間、部屋をまちがえていたことになるね」

「あ、ハンスン先生ですか。わたくし、サタリーと申します。デイリー・エクスプレスの者ですが――」

「ああ、もう知れたのか」

「何がでしょう」

「なんでもないよ」頑丈そうな男は立ち去ろうとした。

「今は話せない。タクシーを拾いたいんだ」

「御旅行ですか？」

「すぐ空港へ行かなくちゃならない。すまないが、インタビューに答えるひまはないよ」

「じゃ御旅行ですか」

「いや、だから空港へ行くんだってば」ディーン・ハンスンは街路を眺めた。「タクシーはみんなどうしたんだろう。連中も吸いこんだかな。一刻も早くドクター・ローエンクィストを捕まえないと――」男は歩道の端でじれったそうに足踏みした。「タクシー！　おおい、タクシー！」

ジョー・サタリーは教授の腕を摑んだ。「空港までお送りしましょう。途中でお話をうかがいます」

突風にあおられて、新聞紙が歩道に飛んで来た。二人が車に乗りこむと、砂埃が舞いあがり、とつぜん西の空から湧きあがってきた黒雲が太陽を呑みこんだ。

「嵐が来る」と、ディーン・ハンスンは呟いた。「あいつに常識がありゃあ、嵐が来ないうちに着陸してくれるだろうが」

「ローエンクィスト先生といいますと」と、サタリーは言った。「歯科大学の校長先生でしたね」

「そう。飛行機で空に舞いあがるより、だれかの口んなかでものぞいてりゃよかったんだよ。科学者が狂うと始末に負えないが、科学者のなかでも歯医者となると――」

「その方は何をしたのですか」

「今日の午後、飛行機をチャーターして、一人で飛びあがった。そうして町じゅうに例のガスを撒いたんだよ」

「ガス？」

「そう」ハンスンは溜息をついた。「ぼくは科学のことは何も知りませんよ。たかが学部長で、金持ちの学生からすこしでも余計に金を取るのが仕事ですからね。どの学部がどんな研究をやってるのかも、さっぱり知りません。ただ人の話によれば、ローエンクィストは麻酔剤の研究をやっていた。なんでも新しい薬品——チオペンタール・ソディウムとか、ソディウム・アミタールとか、ソディウム・ペントタールとか、そのたぐいの誘導体らしいが——ただそれよりずっと強力で濃縮された薬品を作ったんだ」

「それは精神病の治療に使う麻酔剤みたいなものじゃないんですか」と、サタリーが訊ねた。「いわゆる真《トル》実吐露薬《ース・シーラム》じゃないんですか」

「薬じゃない。ガスなんだ」

「ガスだってことはわかりました」と、サタリーは言った。「じゃあその方は、風のない晴れた日をえらんで、飛行機で町の上空へ昇り、濃縮真実吐露ガスを撒いたわけですね。ほんとうなんですね？」

「もちろん、ほんとうだ」と、ディーン・ハンスンは呟いた。「ぼくはきみにウソをつけなくなっているんだ」

「もうだれもウソをつけないのですね」

「そうらしい。非常に強力な薬品だから、ちょっと吸っただけで効くんだそうだ。精神医学部のスノッドグラス先生に訊いたんだが、抑圧が解かれるとか、スーパー・エゴを無視するとか、いろいろむずかしいことを言ってたよ。要するに、このガスはみごとに効いたんだ。戸外にいた人はもちろん、窓からはいってくる新鮮な空気を吸った人、みんなやられた。エア・コンディション装置からも、外気は入るからね。つまり、町ぜんたいがやられたわけだ」

「もうだれもウソをつけないのですね」

「ぼくの聞いた話によれば、だれもウソをつく気にならなくなるらしい」

「すばらしいじゃありませんか！」

「そうかね」ディーン・ハンスンはみるみる空を覆う黒雲を眺めた。「ぼくには分からんな。きみにこんなことを喋らなきゃよかったと思うよ。今日の夕刊にこんな話が出たら、いったいどうなると思う？　わが校の名誉に傷がつくだけですよ。わるくすると、ぼくはクビになるかもしれない。それは充分わかってるのに、妙だな、ぼくはどうする気にもなれないんだ。何もかもあけっぱなしにしたいとおもうだけでね。さっき秘書にもそう言ったら、ほっぺたをなぐられたがね――」ハンスンは急に話題を変えた。「まだ着かない？　もうすぐ雨になりそうじゃないか」

「この先です」と、サタリーは言った。「あなたがいらっしゃることは、空港に知らせてありますか」

「もちろん。三十分前から、ローエンクィストを着陸させようとして、みんな懸命なんだ。その飛行機には無線装置がないし、ローエンクィストは……どうせガスを撒くのに夢中だろうからね。まったくきちがいじみた男だよ！　いったいどうしてこんな馬鹿げたことを考えついたんだろう」

「さあ」サタリーは考えた。「今こそみんなが正直にならなきゃいけないと思ったんじゃないでしょうか。ウソや気どりのせいで、いろんなことが駄目になっていく現状に、嫌気がさしたのかもしれませんね」

「おいおい、きみはどうしたんだ」ディーン・ハンスンは心配そうに若者の顔を見た。「まるでこの一件を肯定してるような口ぶりじゃないか」

「肯定しちゃわるいですか。記者としてのわたしの仕事は事実を扱うことです。ウソを黙って聞いているのは、もうまっぴらですね。わたしの書いた記事が、新聞にのったときは変えられたり、ゆがめられたりするのは、もうまっぴらですね。今の世界には真実が必要ですよ。わたしだって昔から、他人との付き合いは誠実をモットーとして――」

「きみはまだ独り者だろ」

「どうして分かります」

「そりゃ分かるさ」と、ハンスンは言ったが、とつぜん車の窓から首を出した。「見ろ！」と叫んだ。「あそこだ――あれはローエンクィストの飛行機だよ！」

サタリーは息をのんだ。まるでいまにも黒雲に呑みこまれそうな感じで、小さな飛行機が野原の上を飛んでいる。突風が唸り、雷鳴がとどろき、とうとう土砂ぶりの雨が降り始めた。

「着陸しようとしてるんだ」と、ハンスンは叫んだ。「だけど風が強すぎて――」

にわかに稲妻が空を刺しつらぬいた。雷鳴が吠え、ハンスンが金切り声をあげた。「飛行機が――雷にやられた――落ちるぞ――」

「くそ！」と、サタリーは呟き、力いっぱいアクセルを踏んだ。遠くからサイレンの音がきこえ、篠つく雨のむこうに救急車の白い車体が見えた。飛行機は激しい錐揉《きりも》み状態に入った……

ウォリー・ティベッツは椅子の背に寄りかかり、デスクから離れた。

「なるほど、そういうわけか」

サタリーは真顔でうなずいた。

「そういうわけです。大破炎上した飛行機から引き出されたとき、その教授はもう死んでいました。しかし、タンクは奇蹟的に無事だったのです。教授は書類を身につけていました。発見した化学方程式の書いてある書類です。わたしはディーン・ハンスンを口説いて、その書類を手に入れました。ハンスンは呆然自失していて、渡さないと頑張る余裕もなかったようです。というわけで、具体的な記録にもとづいた面白い記事が書けます。放送関係にもこのニュースを流したらどうでしょうか」

ティベッツはかぶりをふった。「いや。ほかから問い合わせが来たら、おれはだんぜん首を横に振るね」

「しかし、事実はわたしのこのポケットのなかに――」

「しまっておき給え。もっといいのは、焼いてしまうことだ」

「しかし記事は――」

「記事は出さん。もう何もかもすんだことだ。きみは嵐がすぎ去ったあとのみんなの変化に気がつかんのか。風のせいで、ガスが吹きはらわれたのかもしれん。とにかく、みんな常態に戻ったよ。たいていの人間は、何事もありはしなかったのだと思い始めている」

「しかし何事かあったことは事実じゃありませんか！　今日の午後あれだけたくさん入ったニュースはどうなります？　電話線が焼けるほどだとおっしゃったのは主任です」

「一時間ばかりのあいだはな。そのあとは否定と訂正の知らせばかりだ。上院議長は結局やめなかったとさ。労働組合のおっさんの自殺は、事故死だったそうだ。警察に自首した連中は、供述書のサインをこばんでいる。広告主は新しいコピーを持って来た。いいかね、あしたの朝までには、町じゅうがこの一件を忘れてしまうんだ。自分らの精神衛生のためにも、忘れようと努力するんだ。つまるところ、真理とむかいあってじゃ人間は生きられないのさ」

「それは恐ろしい考え方だと思いますね」と、サタリーは言った。「ドクター・ローエンクィストは立派な人でした。御自分は思わぬ事故のために失敗したけれども、このアイデアが世界に革命をもたらすことを知っていました。今度の飛行は単なる一つの試みにすぎないと、この書類にも書いてあります。もっと大きなスケールでこの実験を繰り返す予定だったらしいんです。ワシントンや、モスクワや、世界各国の首府の上を飛ぶつもりだったんです。だって、この真実吐露薬《トルース・シーラム》は世界を変えることができますからね。それが分かりませんか」

「もちろん分かるさ。しかし、世界は変わっちゃいけないんだ」

「どうしてです」サタリーは肩をそびやかした。「さっきから考えてたんですが、ローエンクィストは死んだけれども、その方程式はわたしが持っています。教

「じゃあ、きみはその薬をもっと作って、そこいらじゅうに撒くつもりか」

 サタリーはうなずいた。「断然やります。わたしにも貯金はいくらかありますからね。飛行機やパイロットを雇うことはできます。今日の世界に真実が必要だとはお思いにならないんですか」

 ウォリー・ティベッツは立ちあがった。「きみが忘れていることがある。真実というのは一種の武器だ。武器とは危険なものだ」

「しかし、これは水爆を投下するのとは、わけがちがうでしょう」

「ちがう」ティベッツはゆっくりと頭を振った。「水爆よりもわるい。ずっとわるい。今日、この町で起こったことが、もっと大規模に起こるんだぞ。想像してみろ」

「分かっています。犯人は自首しました。悪党は改心するか、自殺するかしました。だれもがウソをつかなくなりました。これがそんなにわるいことですか」

「犯人については、現象は、わるくない。きみが今言ったとおり、それだけじゃなかろう。わたしもがウソをつかなくなった。ふつう一般の人間がだ。そこが恐ろしいところなんだ」

「よく分かりませんが——」

「そうだろう、きみには分からんだろう。医者が患者に、あなたは癌で死ぬと言ったらどうなるか。女房が亭主に、この子はあなたの子じゃないと言ったら、どうなるか。だれにでも、と言ってわるければ、大多数の人間には秘密がつきものなんだ。他人のことにしろ、自分のことにしろ、ある場合には、真実がすっかり明るみに出ないほうがいいんだ」

「しかし今日の世界情勢を見て下さい」

「見ているよ。それがおれの仕事だ——このデスクの前にすわって、世界の動きを見守っていることがね。時に世界はきちがいじみた動き方をするが、動いていることだけはまちがいない。それは、人間が動かしているからだ。そういう人間たちのために、ウソが必要なのさ。よくよく見れば、われわれの生活の基盤なんてものは、大部分がウソっぱちなんだよ。たとえば抽象的な正義という概念。永遠につづく愛という考え方。正義はついには勝つという信念。われわれのいわゆる民主主義だってウソっぱちかもしれない。

しかし、われわれはそれを信じている。われわれの大多数はね。それを信じているからこそ、なんとかして、それをよりどころに暮らそうと考える。そういう信念の助けをかりて、そういうウソがすこしずつ真実になっていくんだ。まだるっこい話で、時には絶望的とも見えるんだが、永い目で見れば結構変わって行くものなんだ。いいかね、動物はウソをつかないだろう。われわれ人間だけが、何かのふりをしたり、気どったり、自分や他人をあざむくことを知っている。それだからこそ人間であるんじゃなかろうか」

「それはそうかもしれません」と、サタリーは言った。「しかし、わたしが手にしている可能性を考えて下さい。たとえば戦争を未然に防ぐことも不可能じゃなくなるんですよ」

「それは考えられるね。軍事面・政治面・経済面の指導者たちが、自分らの思想や政策の真実性というものをあからさまに見せつけられるチャンスを与えられれば、一時的にしろ変わるかもしれないね」

「定期的に絶えず撒けばいいんです」と、サタリーは熱をこめて言った。「正直な人間が団結して、資金をあつめて、長期計画を立てるんです。それに、ひょっとしたら、五、六回撒いただけで、半永久的な効果が生じるかもしれませんよ。分かりませんか？　戦争を根絶やしにできるんです」

「分かるよ」と、ティベッツは言った。「国家間の戦争は終わる。すると個々人のあいだの戦争が、心情の戦争が始まるんだ。狂気と、自殺と、殺人の波が押し寄せるよ。家庭は崩壊し、われわれの生活のしきたりはばらばらになるよ。社会構造ぜんたいが瓦解する。

そう、きみの武器はあまりにも危険だな」

「ちょっとした賭けであることは確かですね」

ティベッツは青年の肩に手をかけ、まじめな口調で言った。「今度の事件のことは、きれいさっぱり忘れてくれ。このガスを製造して、国会議事堂やクレムリンの上に撒くなんて計画は立てないでくれ。われわれみんなのためだ、そんなことはしないでくれ」

サタリーは何も言わずに、夜の闇を見つめた。遠くにジェット機の爆音がきこえた。

「きみはまじめな男だ」と、ティベッツは言った。「いうなれば少数派だ。それには感心してるんだよ。きみには、その方程式の書類をどうしても破棄しろと強制する必要もあるまい。おれはきみを信じている。ただ、この現状を変えないと約束してくれよ。世界を今のままに残しておいてくれよ」ティベッツは間をおいた。「約束してくれるね？」

サタリーはためらった。自分はまちがいなく正直な男だ、と青年は思った。だから、答えがでてくるまでには、すこし時間がかかった。

やがて、「約束します」と、サタリーはウソをついた。

最後の演技

Final Performance

はらわたのようにねじれたネオン管が、Eat（御食事）という字をかたちづくっていた。

　砂のせいでじゃりじゃりする目を細めて、わたしはその文字を見上げ、旅行鞄を左手に持ち換えた。立て付けのよくないスクリーン・ドアをあけると、汗の一しずくがたらりと腕を伝って流れた。

　二匹のハエが、わたしと一緒にレストランへ入った。一匹は、カウンターの上の菓子の山にとまり、もう一匹は、カウンターに寄りかかっている年配の肥った男の禿げ頭にとまった。男が顔を上げ、ハエはぶうんと音を立てて飛びたった。

「いらっしゃい」と、男は言った。「なにを差し上げますか」

「あなたが、ルードルフさんですか」と、わたしは訊ねた。

　男はうなずいた。

　わたしはストゥールに腰かけた。「デイビスという人に聞いて来たんですがね」

「ガレージのデイビス？」

「そう――街道をずっと行ったガレージの人です。山の中で車がエンコしちゃったんですよ。それでデイビスさんがベイカーズフィールドに電話をかけて、連結ロッドを一本取り寄せてくれるんですが、あしたの朝でなきゃ届かないんだそうです。届きさえすりゃ、あすの夕方までには直るそうですがね。とにかく今晩は泊まらなきゃなりません。それで、ここを教えられて来たわけです。昔はモーテルをやっていたそうですね」

「もうやっていませんよ。この道は車があまり通らないからねえ」

「裏に部屋が並んでるようですが」

「閉め切ってあるんだ」肥った男は腰をかがめて、カウンターの下から中味が半分しかないビール壜を出した。それをいきなりラッパ飲みしたかと思うと、カウンターに置いた壜は、もうからっぽになっていた。

「それだったら、車に便乗してベイカーズフィールドへ行って、あしたまたこっちへ戻ってくればいいじゃないですか」

「そうしようかとも思ったんですが、荷物を置いて行ってしまうのが心許なくてね。車に一財産積んであるんです。車がエンコしたのも積みすぎのせいらしいんだ。つまり、ハリウッドへ引っ越すところなんですよ。本をすっかり荷作りして」

「ハリウッド?」肥った男はまばたきした。「あんた、芸能関係の方ですか」

「いや、わたしは作家です」

「テレビ関係?」

「いや、短篇や何かを書いています」

男はまたまばたきした。「そのほうがいいなあ。テレビは下らないからね。いったいテレビ関係の連中はどういうつもりなのか、さっぱり分からない。たとえば、エド・サリヴァンのような男が――」肥った男はとつぜん口をつぐんで、わたしの顔を見た。「作家だって? アーニー・プリングルに逢ったことがありますか」

「いや、知りませんね」

「もうずっと昔の人だからな。とっくに死んだかもしれないし。わたしの台本を書いてくれた作家なんです」

「あなたも芸能関係なんですか」

「冗談を言っちゃいけない。偉大なるルードルフですよ。二十年代の花形だ。新聞の切り抜きだけでも、ノートに三冊も――」

わたしは立ちあがった。

「おや、どこへ行くんです」

わたしは肩をすくめた。「申しわけありませんが、ベイカーズフィールドまで車に便乗するとすれば、暗くならないうちに街道へ出たいですから」

「よしなさい。裏の部屋を片付けますよ。どれ、ひとつ、ベッドに新しいシーツでも敷くとするか」男はふらふらカウンターのむこうから出て来た。すこし酔っているのだということが、そのとき初めて分かった。

「御迷惑じゃないんですか」と、わたしは言った。

「とんでもない。嬉しいんですよ」男は背後の自在ドアにむかって叫んだ。「ロージー！」

ロージーが部屋に入って来た。

背の高い、肉づきのいい、ブロンドの女である。髪はポニー・テールに束ねてある。青い袖なしのブラウスを着ているが、素足だった。

「ロージー、こちらはミスター――」

「チャサムです。ジム・チャサム」わたしが会釈すると、女は鼻に皺を寄せた。それが微笑なのだと分かるまでには、すこし時間がかかった。

「車が故障したんだそうだ」と、ルードルフが言った。「交差点のデイビスが直してるとさ。だから今晩泊まってもらう。一号室にきれいなシーツを入れてくれ」

女はまだわたしを見つめながら、うなずいた。

「御案内しなさい。部屋をあらかじめ見てもらったほうがいい」

「分かったわ」その声はやわらかく、思ったよりも深みがあった。

「鍵はおれのデスクの右の抽出しだ」

「知ってるわ。取って来ます」

女は回れ右をして、部屋から出て行った。ルードルフはカウンターの下の冷蔵庫から、ビールをもう一本、今度は飲みかけでないのを取り出した。「一ぱいやる？」

「あとで御馳走になります。部屋へ行って来ますよ。夕食のときまた御一緒しましょう」

「好きなようにして下さい」男はビール壜をあけ、それを持ちあげて、くちびるに近づけた。

ロージーが部屋に戻って来た。シーツの束でくるんだ枕を持っている。「すぐいらっしゃいますか」と、訊ねた。

わたしは鞄をとりあげ、女について外へ出た。陽は沈みかけ、砂漠の風は冷たかった。前を歩く女のむきだしのふくらはぎに、砂が吹きつけていた。

「ここです」女は立ちどまり、小さな個室のドアをあけた。中は暗く、息づまるように暑かった。女は電灯をつけた。「ドアをあけておくと、すぐ涼しくなります」と女は言った。「すぐベッドをつくりますから」

わたしは鞄を床に置き、灰色の霞がかかったような窓のそばの椅子へ、ぐったりと腰をおろした。女はベッドにかがみこんで仕事を始めた。みごとな乳房だった。シーツをのばしながら動きまわるとき、女の足がわたしの足に触れた。

とつぜん、さしたる理由もなく、ありきたりの会話がわたしの心に浮かんだ。あんたのようなきれいな人が、どうしてこんな淋しい所にいるの。なんだったら、わたしと一緒にこんな所から逃げ出したらどうだね……

ふと気がつくと、女は仕事の手をとめていた。枕を腕にかかえ、じっとわたしを見つめている。

「さっきお話がきこえました」と、女は言った。「ご本を書いていらっしゃるんですか。ハリウッドでは何をなさるの。映画のお仕事ですか」

「いや。今までどおり、短篇をぽつぽつ書くだけでしょう。ただハリウッドは気候がいいから」

「ええ、気候はいいですね」女はうなずき、鼻に皺を寄せた。「わたしを連れて行って下さらない？」

「え？」

「わたしを連れて行って下さらない？」

「しかし、ミセス・ルードルフ――」

「ルードルフは、あの人の名前。ルードルフ・ビッツナー」

「じゃあ、ミセス・ビッツナー――」

「わたしはミセス・ビッツナーじゃないわ」

「ああ、ぼくはまた、てっきり――」

「ええ、そう思ってらっしゃると思ってたわ。でも、そんなこと、どうでもいいの。ほんとに連れて行って下さらない。車に乗せて行って下さればいいのよ。御迷惑はかけませんから」女は枕をベッドの上に落とし、近寄ってきた。「ほんとに御迷惑はかけないわ。約束します」

わたしは立ちあがったが、女を抱きはしなかった。抱く必要もなかったのである。女はあっというまにわたしの腕のなかへ跳びこんできた。「お願い、お願い、連れて行くとおっしゃって。お願いよ。ここで一人ぼっちでいたくないのよ。あの人のこと、あなたは御存知ないでしょう。あの人、頭がおかしくて――」

口をひらかずに、くちびるをすぼめ、キスを待つかたちのままで、女は喋りつづけるのだった。皺の寄った鼻にはそばかすがあり、この暑さというのに、女の肌は大理石のようにひんやりしていた。ここでじっくりと落ち着いて、ロージーという名のウェイトレス（ロージーとはまたなんという名前だろう！）について気のきいたことを言ってもいいのだが、現実はただ、身も心も任せきった女の肉体が、ぐいぐいと押しつけられ、「お願い……連れて行くっておっしゃって……なんでもするわ……」などと囁くのである。

わたしは、何か言おうと口をひらきかけたが、次の瞬間、女がすばやくわたしから離れて、枕を拾い上げたので、呆気にとられた。と、近づいてくる男の足音がきこえ、わたしはなるほどと思った。

「ロージー！」と、男がどなった。「もうすんだか。お客様だぞ！」

「すぐ行きます」と、女は答えた。

わたしは戸口に出て、ルードルフに手を振った。

「部屋は気に入りましたか」と、ルードルフが訊ねた。

「気に入りましたよ」

「じゃあ、食事に来なさい。こっちで手を洗えますから」

わたしはロージーをちらと見た。女はベッドにかがみこみ、わたしを見なかったが、囁き声で言った。

「あとで。待ってて」

その一言のおかげで、わたしは永い夜を退屈せずにすんだのである。


ルードルフに案内された不潔な洗面所で顔を洗ってから、さっきの二匹のハエとその同類どもを相手に、わたしはステーキとフレンチ・フライをたべた。二時間ばかりのあいだ、お客が出たり入ったりして、ルードルフに話しかけるひまもなく、ロージーは裏に引っ込んだきり姿を見せない。やがて九時ちかくなると、店はがらんとした。ルードルフはあくびをして、ドアに近づき、Eatのネオンをパチンと消した。

「これで、今晩の興行は終わりか」と、ルードルフは言った。「狭い所で食事させてすみませんでしたね」それから自在ドアにむかってどなった。「何か作ってるのか」

「ええ、ハンバーガーですけど。あなたは?」と、ロージーが訊ねた。

「いらん。ビールをもう一ぱい飲む」ルードルフはわたしの顔を見た。「今度は付き合ってくれますね」

わたしはかぶりをふって、立ちあがった。「いや、結構。もう部屋へ戻ります」

「どうしてそんなに急いで戻るんだね。まだいいでしょう。わたしの部屋で世間話でもしませんか。ビールなんかどうでもいい——部屋へ行けば、もっと強い酒がありますよ」

「そう、しかし——」

「いいでしょう。部屋でちょっと見せたいものもあるしさ。こんな所にいると、インテリの人と喋るチャンスはあまりなくてね」

「じゃ、お邪魔しましょう」

男は手首で灰色の無精髭をこすった。「ちょっと待って下さい、金勘定をすませちまうから。先に行ってくれませんか。その奥のドアです。すぐ行きますから」

　そこでわたしはレストランの奥の、客間ふうの小部屋へ行った。寝椅子があり、安楽椅子があり、デスクがあり、スタンドがあり、テレビ・セットがあったが、わたしはそれらをちらと眺めただけだった。

　なぜなら、わたしはその部屋の壁に目を奪われたのである。それはまるで別世界の壁だった。

　二十年代から三十年代初めにかけての世界なのである。床から天井にとどくまで所狭しと貼りつけてある数千枚の写真のなかから、なかば忘れられた顔々がわたしをのぞいていた。何枚かの写真は剝げかけ色褪せていたが、それはちょうどわたしの幼年時代の記憶が剝げかけ色褪せているのに似ていた。それでも、ずいぶんたくさん見馴れた顔があり、見馴れぬ写真でも、その下に書きなぐってある名前には、あらかたおぼえがあった。わたしは部屋じゅうを歩きまわり、かつてボードビルと呼ばれた世界に引きこまれるような気持ちだった。

　そこのひょろっとした男はミルトン・バールだ。こちらの愛くるしい女性は、ソフィ・タッカーである。若々しい青年バート・ウィーラーがりんごを持っている。ジョー・クックはインディアンの棍棒を手に持ち、にこにこしながら、なぜフォア・ハワイアンズの真似をしないかという理由を説明している。メーキャップの毒々しい顔また顔――キャンター、ジョルスン、サム・ラピダス時代以前のルー・ホルツ、ずっと前のフランク・ティニー、そして悲しみとおかしみの入りまじった顔は、まぎれもない、「バート・ウィリアムズからルードルフへ」とサインが入っている、その人だ。

　それから、さまざまなコンビやグループの写真があった。モランとマック、ギャラガーとシーン、クロスとダン、フィル・ベイカーとベン・バーニー、スミスとデイル（ドクター・クロンカイトだと思う）、それにおどろくほどハンサムな二人の男女の写真には「ジョージとグレイシー」と、サインしてある。（髪の毛のある）ジミー・デュラントもいるし、クレイトンと、ジャクスンもいる。

「ね？　さっきも言ったように、わたしはこの連中をみんな知ってるんだ」いつのまにか、ルードルフがわたしの背後に立っていた。酒壜とグラスを手に持っている。「さあ、強い酒をいっぱいやりなさい。新聞の切抜きを見せてあげよう」

　ルードルフはわたしに飲みものを注いでくれたが、新聞の切抜きを見せる代わりに、ソファに寝そべって、またもやラッパ飲みを始め、とめどなく思い出話を始めた。

　その昔なつかしの物語は、何時間くらいつづいただろうか。シックス・ブラウン・ブラザーズのこと、ハーマン・ティンバーグのこと、ウォルター・C・ケリーのこと、チック・セイルのこと。ほかの場合なら、こんな話をわたしは夢中で聴いただろう。だが今夜ばかりは、別のことば――「あとで、待ってて」――がわたしの耳にこびりついて離れなかったのである。

　だから話の内容はほとんどおぼえていない。偉大なるルードルフは、ボードビル全盛時代に活躍したが、その後おちぶれて、この砂漠に居を定め、二十年間の永い休養生活に入ったということらしかった。二十年といえば――ロージーはまだ二十《はたち》そこそこの年ではないか？　この肥った老人は寝椅子に横たわり、酒をラッパ飲みし、よだれを流している。もうじき意識不明になるだろう。もうじき、もうじき……

「もう一ぱい飲めよ」ルードルフは半身を起こし、壜を見つめて目をぱちぱちさせた。「なんだ、もうからっぽか。こりゃわるかったな」

「いいんです」と、わたしは言った。「もうたくさん飲みました」

「いやあ、おれはまだ飲めるぞ。どっかその辺に酒はまだいっぱいあるんだ。ロージー！」男は大声で叫び、それから声をひそめて言った。「表にいるんだ。店を掃除しろと言っといたからね。おれが酒を飲んでると、寄りつかねえんだ」男はくすくす笑った。「大丈夫だよ――表のドアの鍵は、しめてあらあ。鍵はおれが持ってるから、逃げられねえ。おれから逃げ出すことはできねえんだ」

ルードルフはよろよろ立ちあがった。「お前さんの考えてることぐらい分かるぜ――飲んべのじじいだ、ただの飲んべだ、そう思ってるんだろ。あにはからんや、新聞の切抜きを見ておどろくなってんだ。おれがどんな人間だったか、いや今でもどんな人間であるか、今にわかるから」男はまたソファにどさりと横たわった。「偉大なるルードルフ。それがおれだ。今でも稽古はしてるさ。腕は落ちちゃいないよ。落ちるどころか。来週サリヴァンのショーに出演しろって言われりゃあ、よしきたと……」

そこで精根つきはてたらしい。ルードルフは仰向けになった。新聞の切抜きはとうとう見られずじまいになりそうである。両足をソファに持ちあげてやると、ルードルフはもういびきをかいていた。

わたしは男のポケットから鍵を取って、レストランへ戻った。女はくらいところで待っていた。わたしたちはくらがりを歩いて、わたしの部屋へ行き、女はすぐにすがりついてきた。それだけが今のわたしには思い出である。

しばらくして女は身の上話を始めた。初めてルードルフと逢ったときは十歳で、両親に連れられてテキサスへ行く途中、ルードルフに預けられたのだった。女の両親も元ボードビリアンで、フライング・キーノスといい、ルードルフの昔なじみだった。ドサまわりのあいだ、女の子を預かってやろうというルードルフの提案を、両親はあっさり受け入れた。いずれにせよ、経済的に苦しかったのである。

「ただ父と母はそれっきり戻って来なかったのよ」と、女は言った。「ルードルフは、行方をつきとめようとしたわ。尋ね人の広告を出したり、いろんなことをしたけど、どうしても行方が分からないの。だから、わたしはそのまま、ここにいることになったの。その頃のルードルフはそんなにわるい人じゃなかったわ。お酒も今みたいにたくさん飲まなかった。わたしが学校へ行くときはバスで送ってくれたし、服やなんかも買ってくれた。ほんとのお父さんみたいによくしてくれたわ――わたしが十六になるまではね」

女は声を立てずに泣き出した。「あの人はわたしに惚れてもいないのよ。こんな砂漠のまんなかで一人ぼっちで暮らして、どんどん年を取っていくのがこわいから、それでなのよ。こんなことになる前は、よくテレビでカムバックしたいって言ってたわ。テレビはボードビルそっくりで、いわば昔のボードビルのリバイバルなんですって。わたしが十六の年の夏、今こそチャンスだと思ったのね。わたしを連れてロサンゼルスへ行ったの。ほうぼうのオーディションを受けたり、いろんなマネジャーに逢ったりしたわ。そのとき何があったのか、今でもわたしはよく知らないんだけど、とにかく秋になって、ここへ帰って来て、それからよ、あの人が飲み始めたのは。だからわたし――」

女は逃げようとして捕まったのである。もう二度と車に便乗できないように、ルードルフはモーテルを閉鎖してしまった。そしてロージーをいつも店に閉じこめておいた。四辻まで買物に行くことも許さないし、だれとも話をさせなかった。

夜こっそり脱け出そうかとも思ったが、それもやはりできなかった。昔はあんなによく面倒をみてくれたルードルフではないか。今のルードルフにはロージーが必要なのだ。すこし頭のおかしくなったおじいさんだと思えば我慢できる。この頃では、ロージーの肉体を要求することも滅多になくなった。いつも酒を飲んで、べろべろに酔って寝てしまう。これで仕方がないのだと、女はあきらめかけていた。でも、今晩、わたしを見て――

「分かってるよ。この男なら、車に便乗させてくれるだろう。うまくいけば、ハリウッドで職を見つけるまで、一週間かそこらは面倒をみてくれるかもしれない。そう思ったんだろう?」

「ちがう！」女はわたしの腕に爪をたてた。「そりゃ最初はそんなようなことを考えたわ。でも今はちがうの。信じて、今はそうじゃないの」

わたしは女を信じた。女の声を、女の肉体を信じた。ここ、砂漠の夜のなか、見も知らぬ女のかたわらに横たわっていること自体信じられぬことだったが、それでもわたしは信じた。

「分かった」と、わたしは言った。「二人で逃げよう。しかし一応かれに説明したほうがいいんじゃないかな。じっくり話し合えば、分かってもらえると思うよ」

「だめ――そんなことしないで！　すごくやきもちやきなの。あなたには話したくなかったんだけど、一度トラックの運転手が表でわたしと話しているのを見て――ただ話していただけなのよ――あの人ったら大きな庖丁を持って飛び出してきたの。わたしがとめなかったら、きっとあの運転手を殺したわ！　そのあと、わたしもさんざんぶたれて、三日もベッドに寝たっきりだったのよ。だから、絶対、秘密にして。あすの午後、あなたの車の修理がすんだら……」

わたしたちは単純な計画を立てた。日曜日はこのレストランは休みだから、わたしは外へ食事に出掛けるふりをして、まっすぐガレージへ行き、デイビスに車の修理をできるだけ早くすませるよう頼む。そのあいだにロージーは荷作りをして、出発の準備をととのえる。そしてルードルフに酒をすすめ、できれば意識を失うまで飲ませる。酔いつぶれたとしても、万一のときの用心に、電話線を切断する。そして脱け出してきて、わたしと落ち合う。

わたしたちは冷静に、ゆっくり話し合い、やがて女は部屋から出て行った。わたしは眠ろうと努めた。目をとじたときはもう明け方で、はなやかな砂漠の日の出に飛びかうコーモリの羽音がきこえた。

わたしは永いこと眠った。部屋を出て、街道を歩き出したときは、もう午後の二時近くだった。一マイルほど歩いて、交差点のガレージに着くと、デイビスはすでにわたしの車の修理を始めていた。わたしたちはしばらく世間話をしたが、こちらはデイビスの話どころではなかったし、自分の言うことも支離滅裂だったと思う。ときどきガソリンを入れに来る車があり、そのたびにデイビスは仕事を中断するのだった。わたしの車がすっかり直ったときは、もう午後五時すぎで、うすぐらくなっていた。

　わたしは金を払って、車を走らせた。エンジンの具合は快適だったが、わたしはいらいらした。そう、単にいらいらしたのである。罪悪感もなければ、懸念もなかった。恐怖も感じなかった。

　恐怖を感じたのは、そのあとのことである。

うすぐらいレストランのうすぐらい蔭に車をとめ、ドアに近づいたとき、わたしはふと不安になった。

　もし手違いがあったとしたら――

　しかし、手違いがあろうはずはなかった。わたしは深呼吸をしてから、ドアの把手をガチャガチャいわせた。それが合図である。彼女は中で待っている予定だった。

　だが、何事も起こらなかった。二、三匹のハエが窓ガラスに体あたりしていた。わたしはもう一度そっとドアの把手を動かした。鍵がかかっている。

　と、奥の部屋からだれかが出て来た。

　それはルードルフだった。

　ルードルフの動きは敏速だった。その足どりにはあやふやなところがすこしもなかった。顔は灰色にむくんでいたが、充血した目はまばたきもしなかった。上体をかがめて、ドアの鍵をあけると、入りなさいというしぐさをした。

「こんにちは」と、わたしは言った。ほかに何を言えただろう。何事が起こったのか分かるまでは、なんとも言いようがなかった。

　ルードルフはうなずき、わたしのうしろにまわった。またドアに鍵をかけた。カチリという音がきこえ、わたしには振り向く勇気がなかった。

　そのときである、恐怖に襲われたのは。

うなじに嚙みつく冷たくて鋭い何か、それが恐怖だ。

「そっちの部屋へ行こう」と、ルードルフが言ったのである。「ロージーがあんたに話があるそうだ」

「ロージーに何をしたんです」

「何もしないよ。あんたに話があるそうだ。聞いてやってくれないか」


ハエがぶんぶん唸っているカウンターをまわって、裏の部屋へ行くと、なじみの顔々がわたしを迎えた。ジョージとグレイシーも、フランク・ティニーも、ルー・ホルツも、みんな床の上のスーツケースを見つめていた。わたしも見つめた。スーツケースの中味は乱雑に、山をなして、床の上に放り出されていた。うすくらがりのなかで、瞬間それはロージーが倒れているように見えた。

だが、いや、ロージーはソファにすわって、やはりスーツケースを見つめていた。わたしが入って行っても、何も言わない。もう言うべきことばを知らぬといった風情である。


すぐうしろに立っているルードルフの息がわたしの首筋にかかった。冷たくて鋭い恐怖。それがぴったり押しあてられたと思うと、とつぜんその圧力が消えた。ナイフが床に落ちる音がきこえた。

「ロージーに礼を言え」と、ルードルフは呟いた。「おれはお前さんを殺そうと思ったんだぞ。どうしても殺そうと思った。しかしロージーにそんなことはしないでくれと言われた。なんかお前さんに話があるそうだ。さあ、ロージー、話せよ」

男は戸口に立っているわたしを残して、ロージーに近寄った。そしてソファにすわり、女を抱き寄せて、にやりと笑った。ロージーは、顔を上げたが、微笑しなかった。

夕闇が壁を這い、ウィリアムズやバーニーやジョルスンの顔を、ソファにすわった男女の顔を覆った。だが、わたしは夕闇どころではなかった。女のことばに耳を傾けていた。

「こんなことになってしまったのよ」と、女は呟いた。

「荷物をまとめていたら、この人が入って来たの。それで見つかってしまったの」

「分かった」と、わたしは言った。「見つかっても構わないさ。ぼくは初めから諒解を得るつもりだった。もう分かってしまったのなら、この人もぼくらを行かせてくれるだろうよ」

言い終わらぬうちに、わたしは部屋を大急ぎで横切り、大きな出刃庖丁を床から拾い上げた。

「ごらん」と、わたしは言った。「もうナイフはこっちのものだ。その男に乱暴はさせないよ。いつでも好きなときに、ここから出て行こうじゃないか」

女は頭をまわして、ナイフを見た。ルードルフは女をかたく抱きしめ、ナイフを見つめたが、女の次のことばを聞いて相好を崩した。「だめよ。わたし、気が変わったの。あなたと一緒に行かないわ」

「しかしそんな――」

「あなたが来るまでに、いろいろ話をしたの。やっぱりわたし行かないわ。この人にはわたしが必要なんですもの。わたしはここに残らなきゃいけないの。この人のものだから。分かって」

わたしは頭を振った。女のことばには、女の目つきや微笑には、どこかしら変なところがある。ふと気がついたわたしは、夕闇のなかでおぼろげに見える肥った男の顔を見つめた。そして言った。「分かったぞ、偉大なるルードルフ。あんたは催眠術師だったんだ。それが答えだ。そうじゃないのか。あんたはロージーを催眠術にかけて――」

男は笑い出した。

「ちがうよ、先生」と、男は言った。「ちがうと言ってやれよ、ロージー」するとロージーも笑い出した。甲高いヒステリックな笑い方である。だが、その顔には笑いは浮かんでいなかった。喋りつづけることばは、低く、ぼんやりとしていた。

「この人は催眠術師なんかじゃないわ。わたしはわたしの意志で喋っているのよ。あなたは、ここから出て行って。わかった？　出て行っていただきたいのよ。

もう二度と来ないで。あなたと一緒にハリウッドへ行くのなんか、いやよ。汚ない宿屋で、あなたに体をさわられるのなんか、まっぴらよ。あんたなんか、なにさ。あんたなんか――」

それから女は悪口雑言の限りをつくした。下品なことばが女の口からつぎつぎと飛び出し、女の頭は怒りにふるえた。ルードルフは、何も言わずに、にやにやしている。

やがて、女は黙った。「よし」と、ルードルフは言った。「もう分かっただろうな」

「分かった」と、わたしは言った。「出て行くよ」ナイフを投げ捨てると、折から日没の細い光線が一条、この部屋にさしこんで、どんよりと黒ずんだナイフの刃を照らし出した。

わたしが回れ右をして部屋を出て行くとき、二人は立ちあがろうともしなかった。ソファの上で肩を抱きあったまま、わたしをまじまじと見つめている。さまざまな影が二人の顔にしみをつくっていた。戸外に出るまで、それらの影はわたしを追ってきた。

車はたそがれのなかでわたしを待っていた。わたしは乗りこみ、イグニションを入れ、出発した。二、三マイルも走ってから、はっと気がついてライトをつけた。わたしは呆然自失していたのである。すべては影、奇妙な影ばかりだった。二人の顔に落ちていた影、うすくらがりの部屋。どんよりと黒ずんだナイフの刃。どんよりと黒ずんだ刃……

事態を悟ったわたしは、車のスピードを上げた。ガソリン・スタンドのむこうに公衆電話があり、そこから連絡をとった。

州警察のパトロールは十五分後にやって来た。わたしは事情を話し、パトロール・カーで、レストランへ戻った。

「あの男は彼女に何かしたのです」とわたしは言った。

「ナイフの刃に乾いた血がこびりついていました」

「まあ調べてみましょう」と、巡査部長が言った。

だが、ルードルフはパトロール・カーの音を聞いて、いちはやくナイフを使用したのである。わたしたちが裏部屋へ入っていったとき、男は胸にナイフを突き立てたまま床に倒れ、完全にことされていた。

ロージーはまだソファにすわって、わたしたちを凝視していた。女が絞殺されていることを発見したのは巡査部長だった。

「死後、二時間ほど経過している」と、巡査部長は言った。「もう硬直が始まっているからな」

「絞殺？　死後二時間？　しかし、ついさっき、この部屋で話をして——」

「なんなら御自分でごらんなさい」

わたしは近寄って、女の肩に手をかけた。女は硬く、冷たく、頸は紫色の痕があった。と、その上体がぐらりと前に傾き、そのとき初めて、ナイフがどんなふうに使われたか分かったのである。うなじから肩にかけて長さ一フィートほどの切り傷。その傷は信じられないほど深かった。わたしは狐につままれたようだった。ルードルフの右手に血がついていることを巡査部長が教えてくれても、謎はまだ解けなかった。

新聞記事の切抜き帖を見て、わたしの疑問は、氷解した。そう、そのノートが見つかったのである。それを読んでいると、ルードルフがこの部屋に入ってきて、荷物をまとめているロージーを発見したとき、この暗い部屋で何が起こったか、ルードルフの暗い心のなかで何が起こったか、まざまざと見えるような気がしてくるのだった。

むろん、そのときルードルフは怒りに駆られて、ロージーを絞め殺したのである。だが、ルードルフはそれほど狂ってもいなかった。わたしがやがて女を連れ出しに来る、だから、わたしをなんとか追い返さねばならないと、計算したのである。

そこでナイフを使って、穴をあけた。大きな深い穴をあけた。手を差しこめば、女の頭を前後左右に自由に操れるほど、大きくて深い穴。もちろん、わたしがロージーの喋るのを聞いたことは、錯覚ではない。新聞の切抜きがすべてを説明してくれた。

ルードルフが花形だったというのは、ウソではなかった。新聞の切抜きは、どれもこれも最大級のほめ言葉で埋まっていた。

それから催眠術のこともウソではなかった。偉大なるルードルフは催眠術師ではなかったのである。当時、一流の腹話術師だったのである。

うららかな昼さがりの出来事

All on a Golden Afternoon

1

制服姿の門番は、物腰こそ丁重だったが、なかなか門をあけようとしなかった。ドクター・プレイジャーの新型キャディラックも、古めかしい山羊髭も、この門番には大した印象を与えないらしい。

ドクター・プレイジャーが、「約束なんだ——至急来てくれとデニスさんに言われてね！」と早口に言うと、門番はようやく回れ右をして、小さな電話ボックスに入り、丘の上の大邸宅に連絡をとった。

ドクター・ソール・プレイジャーは、じれったさを表に出さぬように努めたが、右足は知らず知らずのうちにアクセルを強く踏み、ほとばしり出る排気ガスが代わりに怒気を表現した。

このままだと、あたりのうるわしい空気はどれだけ汚されたか分からなかったが、まもなく門番は電話ボックスから出て来て、門をあけた。そして笑顔で敬礼した。

「お待たせして申しわけございません、ドクター」と、門番は言った。「すぐお通り下さいませ」

ドクター・プレイジャーはそっけなくうなずき、車は前進した。

「なにしろ新米ですので、充分注意するよう言われておりまして」と、門番は言い訳したが、ドクター・プレイジャーはもうその言葉を聴いていなかった。その目は、行く手の丘の中腹の眺めに吸いよせられていた。気持ちはむしゃくしゃしているはずなのに、印象は強烈だった。

それには理由がある——ほとんど価五十万ドルの理由といおうか。建築家、植木屋、庭園設計家など、十人以上の人たちの共同作業が、人呼んで「エデンの園」というこの眺めを創り出したのだった。その呼び名は、地所の持ち主、イーヴ・イーデンにたいするお世辞ではあっても（エデンの英語読みがイーデン）、確かにそう言われるだけの美しい眺めだ、とドクター・プレイジャーは思った。もちろん、二つのプール、車が八台も入るガレージ、それに動力草刈機をそなえた使用人用の宿舎、そんなものが点在するエデンの園を想像できるとすればの話だが。

　ドクター・プレイジャーは、ここを訪れるのは初めてではない。しかし、いつも来るたびに、丘の上の邸宅の眺めには感動するのだった。それは〈ファースト・ウーマン〉と呼ばれるイーヴにはふさわしい住居だった。

　渾名は、すなわち映画界の第一人者《ファースト・ウーマン》という意味である。

　車が近づくと、玄関のドアはすでにひらかれ、執事がにっこり笑って一礼した。これはイギリスから連れて来た本物の執事で、英国訛りといい、短い頬髭といい非のうちどころない。イーヴ・イーデンは、どうしてもイギリス産の執事を雇うのだと言い張り、大騒ぎして諸処方々を探させたのだった。

「いらっしゃいませ」と、執事は挨拶した。「デニス様は書斎においでございます。あなた様のおいでをお待ち申し上げておりました」

　ドクター・プレイジャーは、男の使用人に案内されて玄関の広間を通りぬけ、ホールを進んだ。あたりの装飾は、何もかもすばらしい趣味である。ミッキー・デニスはよく言ったものだった。「そりゃそうさ。ビバリー・ヒルズでも名うての室内装飾家を雇ったんだからね」

　書斎そのものも、室内装飾の見本のようだった。有名な椅子職人に特に注文して作らせた伝統的な長椅子があるだけではない、壁は胡桃材のパネルで、床は磨きあげられたマホガニー、しかもアーチ型の天井に届かんばかりに、すばらしく大きな書棚がある。かなり埃のたかった書棚を、ドクター・プレイジャーはひととおり見わたした。緑色のサッカレーの著書が一ヤードばかり並び、褐色のトマス・ハーディが二ヤードもあり、上品な青色の装幀のドストエフスキーもある。さらにバルザックが十フィート、ディッケンズが五フィート、シェイクスピアが一セクション、モリエールがどっさり。むろん、どれもこれも全集である。本屋からイーヴ・イーデンに寄贈された本ばかりなのだろう。全部で二千冊はあるだろうか。

部屋のまんなかでは、マネジャーのミッキー・デニスが、手垢のついた、頁の隅のめくれあがった『バラエティ』を読んでいた。

ドクター・プレイジャーが、ドアのところでためらっていると、小男はすぐ立ち上がり、手招きした。

「やあ、先生！　お待ちしてました！」

「申しわけありません」と、ドクター・プレイジャーは呟いた。「いくつか取り消せない約束があったものですから」

「取り消してほしかったなあ。あんたは、うちの専属なんだから。まあ、それはそうと、今度はたっぷり儲けて下さいな」

近寄って来たマネジャーは、困ったように頭を振った。「儲けるといえば」と、まだ医者が何も答えていないのに、マネジャーは小声で言った。「弱ってるんですよ。スタジオに連絡もできない。そんなことをしたら、噂はぱあっとひろがりますからね。とるものもとりあえず、先生に連絡したんです。ぜひ彼女を診察してやって下さい」

ドクター・プレイジャーは、相手の話のつづきを待った。この人の仕事の五十パーセントは、ただ待つことなのである。待ちながら、心のなかであれこれと計算した。今度は何事だろう。また睡眠薬ののみすぎか、麻薬でも打ったか、それとも心臓の薬と称してアブサンをガブ飲みしたか。そういう事件は、イーヴ・イーデンの場合、まるで日常茶飯事だった。そしてもっと変わった事件を、手がけたこともある。たとえば彼女が日本人の運転手と駆け落ちしようとした時も、ドクター・プレイジャーは事件をまるく収めてやったのである。それは楽ではなかった。イーヴをなだめるのから、らして楽ではないのに、運転手をなだめるのは、もっとむずかしかった。そして運転手の細君と七人の子供をなだめることといったら、まるで悪夢だった。にもかかわらず、事件はまるく収まった。それからというもの、この人は年々多額の金をもらって、イーヴ・イーデンのかかりつけの医者となったのである。

医者としてのドクター・プレイジャーは、肥満体を嫌っていたが、専属料が入って財布がふくれることは大歓迎だった。だからこそ、今からミッキー・デニスが何を言い出すか分からないのに、こうしておとなしく待っているのである。

マネジャーはいきなり医者の腕を摑んだ。「先生、彼女の熱をさましてやって下さい！　今度は殺しなんだ！」

ドクター・プレイジャーは蒼くなった。あわてて片手を上げ、自分の山羊髭に触れた。それは権威のシンボルとして、そこにちゃんとあった。おもむろに発声器官をととのえてから、医者は言った。「というと、彼女が誰かを殺したのですか」

「いいや！」ミッキー・デニスはぞっとしたようにかぶりを振った。「それなら、いくらむずかしくたって、何とか片はつきますよ。今ぼくが言ったのは、一種の、もののたとえだ。彼女は自分を殺そうとしてるんです、先生。今までの経歴を抹殺しようとしてる。総利益から歩合を取るという七年間の無条件契約、ついこないだ決めたばかりの契約を放り出そうとしてる。仕事をやめたいと言い出したんです」

「映画をやめるのですか」

「そのとおりですよ、先生。年四十万ドルの収入をフイにしようというんだ」

マネジャーの声には苦悩のひびきがあった——四十万ドルの一割でコンヴァーティブルの車が何台も買えるということを知っている人間の苦悩である。

「逢ってみて下さい」と、デニスは、うめくように言った。「決心をひるがえさせて下さい。なるべく早くね」

ドクター・プレイジャーはうなずいた。「なぜやめたいというんです」と訊ねた。

ミッキー・デニスは、両手を高く上げて、情なさそうな声を出した。「分かりません。わけを言ってくれないんです。ゆうべ突然言い出しましてね。もう終わりだと言います。そりゃいったいどういうおつもりでございますかと、ぼくが丁寧に訊くと、じっとだまりこんでしまう。ぼくには理解できんことだそうです」

小男は、ズボンの肝心の箇所がやぶけたような音を立てた。「そりゃあね、ぼくにはどうせ理解できんでしょうよ！　それでも、わけを知りたいんだ」

ドクター・プレイジャーは、またもや指先で髭にさわった。

「もう二カ月以上、彼女に逢っていません。このごろの様子はどうでした？　つまり、何か変わったことはありませんでしたか」

「お人形みたいだ」と、マネジャーはきっぱり言った。「まるで生きたお人形です。彼女を見ていると、あの頭んなかにはおがくずが詰まってるだけじゃないかって気になりますね。撮影中の映画はぶじ撮り終わりました。予定より三日も早くね。べつだん喧嘩もしなかったし、トラブルもなかったし、なんにもなかった。ダダをこねたりもしません。たいてい家にいて、夜は早く寝ています。男関係はないらしい」ミッキー・デニスは、また、ズボンが裂けたような音を出した。「あんまりおとなしすぎるのが、かえって心配なくらいだ」

「経済面での心配はないのですか」と、ドクター・プレイジャーは探りを入れた。

デニスは、腕をふりまわして、書斎の調度をゆびさした。「こういうもののことですか。ぜんぶ払いはきれいにすんでます。おまけにロング・ビーチには地所を持ってるし、ほんものの油田を二つも持ってる。彼女の全財産といったら、フォート・ノックス以上で、ビング・クロスビーと同じくらいじゃないですかね」

「ええと——イーヴは今いくつなんです、もし差支えなかったら」

「差支えありませんよ。興味あるでしょう。ぼくは偶然知ってるんですがね。三十三です。先生の考えは分かりますよ。そう、彼女はあと七年、あるいはそれ以上も大丈夫です。ああ、そんなことより、早く逢ってやって下さい」

「そうですな」と、ドクター・プレイジャーは答えた。

「今どこにいます」

「二階の自分の部屋です。朝から閉じこもってますよ。ぼくの顔を見たくないらしい」ミッキー・デニスはちょっとためらった。「だから、先生が来たことも知らないんです。先生を呼ぶといったら怒りましてね」

「わたしにも逢いたくないのかな」

「あの耳の長い牝山羊がこの屋敷の六マイル以内に近づいたら、ただじゃおかない——」マネジャーは口をつぐみ、間がわるそうにもじもじした。「そのときの彼女はカンカンになっていましたからね」

「なんとかとりなしてみましょう」と、医者は言った。

「ぼくも一緒に行って、御機嫌をとりましょうか」

「その必要はないでしょう」

ドクター・プレイジャーは部屋を出て、ゆっくりと歩き出した。

ミッキー・デニスは椅子に腰をおろし、読みさしの雑誌をとりあげた。だが実は何も読んではいなかった。爆発の音を待っていたのである。

それがきこえてくると、マネジャーはぎりぎりと歯ぎしりした。だが、義歯をとりかえるときの出費を思い出して、口をつぐんだ。おどろいたことに、金切り声と罵声はまもなく鎮まり、デニスは、ふうっと安堵の息をついた。

先生は精神科のお医者さんだ。彼女をうまく扱ってくれるだろう。現にうまく扱っているじゃないか。それなら、こちらとしては、気を鎮めるよりほか、どうしようもない。

2

「気を鎮めて下さい」と、ドクター・プレイジャーは言った。「それだけ怒鳴れば満足したでしょう。さあ、横になって下さい。そうそう」

気を鎮めて長椅子に横たわったイーヴ・イーデンの姿は、まことに結構だった。ハリウッドの映画評論家たちの言葉を使えば、それは〈ベスト〉だった。

イーヴ・イーデンの脚は長くて白く、髪は長くて金色である。今や両者は完全に眺められ、ほかの部分も、薄物のパジャマを通して、なんとなく見え隠れしている。何千回ものクローズ・アップに耐えてきたその顔は、よく言えばすねた子供の顔であり、わるく言えば不良少女の特徴をそなえていた。

ドクター・プレイジャーは、自慢の山羊髭をいじることによって、辛うじて職業的な客観性を保ち得た。何本かの脱け毛を処理してから、ゆっくりと喋り出した。

「さあ、すっかり話して下さい」

「どうして話さなきゃいけないの」イーヴ・イーデンの目にも声にも邪気はなかった。「あなたに来て下さいなんて言いやしないわ。わたし何も困ってないのよ」

「デニスさんから聞きましたが、映画をやめるつもりだそうですね」

「デニスさんはウソつきね。映画をやめるつもりなんかじゃないわ。もうやめたのよ。以上終わり。デニスさん、弁護士を呼んでくれたかしら。そうしろと言っといたんだけど。スタジオに連絡してくれたかしら」

「たぶんまだでしょう」と、ドクター・プレイジャーは言った。

「じゃあ、困ってるのはデニスさんのほうよ」と、イーヴ・イーデンは面白そうに言った。「そう、あなたをなぜ呼んだか分かるわ。気を変えるように説得してくれって頼まれたんでしょ。でも、これはまじめな話なの。わたしの決心は固いわ」

「なぜです」

「あなたに関係ないこと」

ドクター・プレイジャーは体を乗り出した。「いや、関係あります、ウィルマ」

「ウィルマ?」

ドクター・プレイジャーは、うなずき、声をやわらげた。「ウィルマ・コズモウスキー。ちいさなウィルマ・コズモウスキー。その少女のことをわたしは何でも知っています。忘れたのですか。母親に捨てられた少女。十二の年に家出した少女。ピッツバーグでウェイトレスをしていたことも、キャリュメット・シティでストリップをやったり、キャバレーに勤めていたことも、みんな知っています。フランクのこと、エディのこと、ニーノのこと、シッドのこと――そのほかの男たちのことも、わたしはすっかり知っている」ドクター・プレイジャーは微笑した。「あなたが話してくれたからですよ、ウィルマ。そして、あなたがイーヴ・イーデンになってからのことも、すっかり話してくれた。初めてわたしに逢ったとき、あなたはまだイーヴ・イーデンになりきっていなかった。ウィルマがたびたび現われた。そうでしたね？ 酒を飲んだのも、麻薬を打ったのも、男たちと関係したのも、自殺しようとしたのも、みんなウィルマのしたことだ。そんなウィルマと戦いなさいと、わたしは言った。そうでしたね、イーヴ？ わたしは、あなたが映画女優のイーヴ・イーデンになるのに力を貸したのです。だから、あなたがそのままの状態でいるかどうか確かめることは、わたしの仕事なのです。美しく、みんなに愛され、成功して、幸せでいるように――」

「ちがうわ、先生。そこなのよ。わたしが幸せでいることを望んでいらっしゃるなら、イーヴ・イーデンのことは忘れてちょうだい。ウィルマのことも忘れて。今後のわたしは、別の人物になるのよ。だから、お願い、お帰りになって」

「別の人物?」ドクター・プレイジャーはその言葉に跳びあがった。次の瞬間、文字どおり跳びあがった。

「何です、それは」

医者は山羊髭をふるわせて、床を凝視した。何か毛のふさふさした白い小さなものが、敷物の上を走ったのである。

イーヴ・イーデンは手をのばし、その生きものを抱きあげて、にっこりした。

「ただの白ウサギよ」と、女優は言った。「かわいいでしょ。こないだ買ったばかりよ」

「しかし——それは——」

ドクター・プレイジャーは目を見張った。イーヴ・イーデンが抱きかかえているのは、ほんとうに白ウサギなのだが、それはただの白ウサギではなかった。なぜなら、そのウサギは、洋服を着て、縞模様のチョッキを身につけているのである。チョッキのポケットから出ている銀の鎖の先には、確かに懐中時計がついているとドクター・プレイジャーは見てとった。

「夢のあとで買ったの」と、イーヴ・イーデンは、言った。

「夢?」

「ああ、話してもしようがないのよ」と、女優は溜息をついた。「お聞きになりたければ話しますけどね。精神科のお医者さんって、どうして夢の話ばかり聞きたがるのかしら」

「ウサギの夢を見たのですか?」と、ドクター・プレイジャーは訊ねた。

「お願い、先生、今日はわたしの好き勝手に喋らせて」と、女優は答えた。「今日は、あなたが楽にしていて、わたしが喋るのよ。わたしがウサギの穴に落っこちるところから、夢が始まるの……」

3

夢のなかで、イーヴ・イーデンは、長い金色の巻毛の少女だった。少女が河のほとりに坐っていると、目の前を、その白ウサギが走っていった。ウサギはチョッキを着て、大きなカラーをつけていて、そのチョッキのポケットから時計を出して、「さあ大変、おくれてしまう」と呟いた。少女はそのウサギを追って野原を走り、それが生垣の下の大きなウサギ穴に跳びこんだので、あとを追って自分も跳びこんだ。

「なんだ！」と、ドクター・プレイジャーは呟いた。「ア、アリスじゃないか！」

「アリスって誰？」と、イーヴ・イーデンが訊ねた。

「不思議の国のアリス」

「ディズニーがいつか作った漫画映画のこと？」

ドクター・プレイジャーは、うなずいた。「見ましたか？」

「いいえ。漫画って嫌いなの」

「しかし、わたしが言う意味は分かるでしょう？」

「そうね——」イーヴ・イーデンはためらった。その職業経歴の深みから、答えがやって来た。「三十年代の初め頃、おなじ題の映画があったみたいね。そう、確かパラマウント映画よ。出た役者は、オーキー、ギャラガー、ハットン、ラグルズ、ネッド・スパークス、フィールズ、ゲイリー・クーパー。それから、主演女優は、ええと——シャーロット・ヘンリイ。ね？」

ドクター・プレイジャーは微笑した。これで謎はとけたようである。「じゃあ、その映画は見たんですね？」

イーヴ・イーデンは頭を横に振った。「それも見てないのよ。御存知のとおり、子供の頃は映画を見るお金もなかったでしょ」

「では、どうしてその映画の配役を知っているんです」

「それは簡単。アリスン・スキップワースと一緒に仕事していた女の子が教えてくれたの。その人も出演したんですって。あ、それから、エドナ・メイ・オリヴァーも出ていたんですって。わたし記憶がいいでしょ。あなたも知ってらっしゃるはずよ、わたしの記憶がいいことは」

「うむ」ドクター・プレイジャーは、ふうっと息をついた。「では、原作を読んだことも記憶していますね？」

「あら、原作ものだったの」

「冗談じゃない、ルイス・キャロルの『不思議の国のアリス』を読んだことがないとは言わせませんよ。だれでも読む古典なんだから」

「ところが、わたしは本を読むのが嫌いなのよ、それも御存知だったわね」

「しかし、子供の頃、これを読まなかったはずはない。読まなくても、だれかから話を聞いたはずです」

ブロンドの巻毛が揺れた。「いいえ。読んだらおぼえているはずよ。わたしって読んだ本を全部おぼえているの。だから女優として成功したのかもしれないわね。セリフだってすぐおぼえちゃうの。でも、『不思議の国のアリス』というのは読んだおぼえがないし、そういう話があるってことも知らなかったわ。映画の題名だけは知っていたけど」

ドクター・プレイジャーは、いらいらと山羊髭をひっぱった。「よろしい。あなたの記憶力がすばらしいことは、わたしも認めます。じゃあ、その記憶力を働かせて、過去のことを考えて下さい。あなたの少女時代や、もっと前のことをゆっくり考えてみましょう。だれかあなたを膝に抱いて、お話をしてくれた人はいませんか」

映画女優の目が輝いた。「そりゃ、いるわ！」と叫んだ。「そうよ！　エンマ叔母さんがいつもお話を聞かせてくれたわ」

「結構」ドクター・プレイジャーは、ほほえんだ。「では、叔母さんが最初にしてくれたお話を思い出してくれませんか。最初の最初にしてくれたお話を」

イーヴ・イーデンは目をとじ、注意を集中した。やがて遠くのほうから声が出て来た。「ええ」と、女優は呟いた。「思い出したわ。わたしが四つのとき。エンマ叔母さんがわたしを膝にのせて、お話を聞かせてくれた。あのね、こういうお話。酔っぱらいが酒場に入って行って、トイレを借りたいんだけど、どこだか分からないの。そしたら、バーテンに二階へ上がってみろと言われて――」

「ちがう」と、ドクター・プレイジャーは言った。「ちがう、ちがう！　お伽話を聞かせてくれたことはありませんか」

「エンマ叔母さんが？」イーヴ・イーデンはわらった。「お伽話はしてくれなかったわ。でも、お話はあとからあとから出て来るのよ！　こんなお話もあったわ。結婚したて、ほやほやの夫婦が――」

「分かりましたよ」精神科医は椅子の背に寄りかかった。「じゃあ、あなたは確かに『不思議の国のアリス』を読んだことも聞いたことも見たこともないのですね」

「ですから、初めにそう言ったでしょう。それで、わたしの夢の話を、お聞きになりたいの、なりたくないの」

「大いに聞きたいですね」と、ドクター・プレイジャーは答え、手帳を取り出して、万年筆のキャップをはずした。だが医者は心の中では、この女優がアリスを聞いたか読んだかしたにちがいないと確信していた。その事実を思い出すことを妨げている精神的障害物《ブロック》には大いに興味がある。そしてまた、この物語の一つ一つのディテールが、どんなシンボルになっているかということにも、医者は興味を感じた。これはおもしろい面接になりそうである。「ウサギの穴に落ちたんでしたね」と、医者は話をうながした。

「トンネルにね」と、イーヴは喋り出した。「わたしは、とてもゆっくり、下へ下へと落ちて行ったわ」

ドクター・プレイジャーは〈トンネル――胎内固着？〉と書きつけた。それから、〈落下の夢〉と書いた。

「そこは井戸みたいなの」と、イーヴは言った。「まわりは戸棚や本棚ばかりなの。地図や絵が釘にかかっているの」

〈禁じられた性的知識〉とドクター・プレイジャーは

書いた。

「落っこちて行く途中で、わたしは棚から壺を一つ取ってみたの。その壺にはオレンジ・マーマレードというラベルが貼ってあったわ」

〈マーマレード――ママ？〉と、ドクター・プレイジャーは書いた。

イーヴは「猫《キャット》は蝙蝠《バット》をたべるかしら」とか「蝙蝠《バット》は猫《キャット》をたべるかしら」とか言ったが、ドクター・プレイジャーはそれを聞き洩らした。手帳に書きこむのに忙しかったのである。『不思議の国のアリス』は、考えてみればフロイトのいわゆるシンボルで満ちみちているじゃないか、と医者は思った。これは実におどろくべきことだ。この女の潜在意識がそれを記憶していることも、これまたおどろくべきことだ。

イーヴは喋りつづけていた。戸口がいっぱいある長い廊下に落ちたこと。「ああ、たいへんだ、たいへんだ、ずいぶんおそくなっちゃった」と呟きながら、ウサギが姿を消したこと。堅いガラスでできた三本足のテーブルがあり、その上に小さな黄金の鍵があったこと。ドクター・プレイジャーはすばやく、〈陰茎のシンボル〉と書いた。イーヴは語った。十五インチのドアをのぞくと、そのむこうに花園があり、自分の体を望遠鏡のように畳んで、そのドアを通りぬけたいと思ったこと。そこでドクター・プレイジャーは、〈陰茎羨望〉と書いた。

「すると」と、イーヴは話をつづけた。「テーブルの上に壜がのっていて、それに『私を飲んで下さい』というラベルが貼ってあるのよ。それでわたしが飲むと、どうなったと思います？　わたしの体がほんとうに望遠鏡みたいに縮まったの。どんどん体が小さくなって、飲むのをやめないと、消えてしまいそうなの！　だから、鍵には手が届かなくなったんだけど、ふと気がつくと、テーブルの下にガラスの箱があって、それに『私をたべて下さい』と書いてあるでしょう。そこで、その中味をたべると、すぐ体が大きくなり始めたのよ」

イーヴは間をおいた。「馬鹿みたいにきこえるかもしれないけど、ほんとうにおもしろかったわ」

「なかなかおもしろい」と、ドクター・プレイジャーは言った。「それから？　おぼえていることを、すっかり話して下さい」

「それからウサギが戻って来て、公爵夫人がどうとかって呟いてるの。そして白い手袋と扇を落として行っちゃったわ」

〈拝物愛《フェティシズム》〉と、精神科医はノートした。

「そのあとは、もう、ほんとに馬鹿みたい」と、イーヴはくすくす笑い、話しつづけた。泣いたら、床に涙の池ができたこと。扇を使ったら、また体が小さくなって、その池で泳いだこと。

〈悲嘆幻想〉と、ドクター・プレイジャーは書いた。

イーヴは語りつづけた。ネズミやそのほかの動物と逢ったこと。コーカス・レースの話。それからネズミが奇妙な詩を読んだこと。その詩には、わるい犬や、裁判が出てきて、むすびの文句はこうだった。「お前を裁いてやる、判事はおれだ、陪審はおれだ——一切合切ひとりで裁いて、お前を死刑に処してやる」

〈超自我〉と、ドクター・プレイジャーは書きつけ、それから訊ねた。「イーヴ、あなたは何がこわいですか」

「なんにもこわくないわ」と、女優はこたえた。「夢の中でも、なんにもこわくなかったわ。楽しかったくらいよ。でも、まだこの夢はおしまいじゃないの」

「つづけて下さい」

イーヴは話をつづけた。ウサギの手袋と扇を取りにウサギの家へ行ったこと。寝室で「私を飲んで下さい」と書いた壜を見つけたこと。それから背がのびて、家から出られなくなり〈閉所恐怖症〉と医者のノートは記録された）、小石を投げつける動物たちから逃れて、森へ駆けこんだこと。

言葉といい、イメージといい、これは確かに『不思議の国のアリス』だった。次に出て来た芋虫は〈父親のイメージ〉であり、（ドクター・プレイジャーの推理によれば）きびしい態度や、謎のような返答をするところは精神科医のシンボルと解釈できないこともなかった。つづくウィリアム父さんの詩は、この考えを裏づけるように思われた。

　次にキノコの片側をたべて、のびたり、ちぢんだりするエピソードが出た。これはイーヴが麻薬中毒患者だったことの変形だろうか。たぶんそうだろう。それから彼女の頭が長くのびて、鳩は、少女を蛇とまちがえる。まむしも蛇の一種だ。麻薬患者はまむしと呼ばれていたではないか。そう、それにちがいない。ドクター・プレイジャーはだんだん分かりはじめた。この話はすべてシンボルなのである。イーヴは自分の半生を語っているのだった。家出をして、成功の鍵を見出したこと——それはすなわち、非常に小さな無名の存在から、大きな有名人に変貌したことではないか。やがて彼女は花園に——このエデンの園に入り、映画スターになり、彼、プレイジャーの診療を受け、麻薬を用いたりする。何もかも辻褄が合っている。

　次に少女は公爵夫人（母親のイメージ）の家を訪れ、「あの娘の首をチョン切ってしまえ」という言葉を聞く。それから、赤ん坊が豚になってしまった話を聞くや否や、医者はすばやく〈拒絶幻想〉と書きつけた。

　それから医者は、チェシャ猫とのやりとりに耳を傾け、イーヴ・イーデンのセリフの記憶の確かさに舌を巻いた。

「『でも、きちがいの所へなんか行きたくないわ』ってわたしが言ったの。すると、きちがい猫が答えて言うには、『ああ、それは仕方がないさ。ここではみんなきちがいなんだ。わたしもきちがいだし、あんたもきちがいだ』そこでわたしが言ったわ。『わたしがきちがいだってこと、どうして分かるの』そうすると猫が、『きまってるさ——でなきゃ、ここへ来るはずがないじゃないか』そのうちに猫が消え始めたときは、びっくりしたのしないのって。あなたはウソだと思うでしょうけど、最後に残ったのは、にやにや笑いだけなのよ」

「ウソだとは思いませんよ」と、ドクター・プレイジャーはうなずいた。

医者はもうこの物語に熱中していたのである。それはきちがいの話が出たためかもしれなかった。予期したとおり、次はお茶の会の話だった。三月ウサギと、きちがいの帽子屋が出てきた。かれらの家（きっと精神病院だ）の前に陣取って、眠りネズミをあいだにはさんで。眠りネズミとは——眠っているあいだは正気でいられるということだ。彼女は発狂を恐れているのだ、とドクター・プレイジャーは思った。ますます熱中してきた医者は、イーヴが「黒鴉《レイヴン》が書物机《ライティング・デスク》に似ているのはなあぜ？」という一節を引用したときなど、思わず「狂気《レイヴィング》がロールシャッハ・テストに似ているのはなあぜ？」と書きつけ、あわてて棒を引いて消したほどである。

それから、哀れな眠りネズミを虐待するくだりがあり、ふたたびキノコをシンボルとした麻薬の幻覚があって、彼女はついに美しい花園へ出る。ドクター・プレイジャーは、トランプの人々の話をじっくりと聴いた。（クラブの兵士たちに、ダイヤの廷臣に、ハートの皇子たちとは、これまた何とすばらしいシンボルだろう！）

そして、イーヴが、「なあに、結局は一組のトランプじゃないの——こわがることはないわ」と言ったとき、ドクター・プレイジャーはそれ来たとばかりに書きつけた。〈人間は実在しないという偏執狂の幻想〉

「今度はクローケー・ゲームなの」と、イーヴは話をつづけ、その物語のあいだに、ドクター・プレイジャーはたっぷり二頁をノートで埋めつくしたのだった。

医者が特に興味を感じたのは、アリス＝イーヴが醜い公爵夫人と会話をかわした一節である。公爵夫人は、話の途中で、こんなことを言った。「意味を大事にしなさい、音は自分で自分を大事にします」またこんなことも言った。「おのれのかく見えたしと望むものであれ——もっとやさしく言えば、あなたの実際の姿あるいは仮定の姿は他人には異なるようにも見えたあなたの現実の姿となんら異なるところはないのだと他人に見えるところのものとあなた自身とはなんら異なるところはないのだと思いなさい」

　イーヴ・イーデンはこれを一字一句まちがえずに喋りまくり、そして白状した。「夢の中では何の意味もないことばみたいだったけど、今言ってみると、ちゃんと意味があるわ。そうお思いにならない？」

　ドクター・プレイジャーは返答を避けた。そのことばには確かに意味がある。恐ろしい意味がある。この哀れな女は、自己同一性を確認しようと懸命になっているのだ。何もかもがそれを指している。やがて彼女は、幻想の海にたどりつく。まがい海亀や――まがいとは意味深長ではないか――その他もろもろのねじれたイメージにあふれる海へ。

　まがい海亀とグリフォンの話、それにエビのクアドリールの話は、次第に恐ろしい意味をあらわし始めた。ゆがんだ言葉や成句はすべて増大する精神錯乱のシンボルである。「餓鬼取《がきとり》や襲児《しゅうじ》」を教え、数学の「多死《たし》算、非気算《ひき》、脚気算《かけ》、輪離算《わり》」を教えたという学校は、明らかに劣等感の生みおとしたファンタジーではないか。そしてアリス＝イーヴは、次第次第に、ゆがんだ、逆転した論理のとりことなり、現実との接触を失ってゆく。それは一種の拷問である――すなわち裁判。

　そう、もちろん裁判が始まった！　イーヴは、饅頭《タート》を盗んだハートのジャックの裁判の話をした。（イーヴ自身、かつては売春婦《タート》と呼ばれていたではないか）そしてアリス＝イーヴは陪審席の動物たちを記録し（これもまた、人間は動物であるという偏執狂の幻想である）、そのうちに背丈がのび始め（権力の幻想）、それから白ウサギが匿名の手紙を読みあげる。

　ドクター・プレイジャーは、まるでウサギのように耳をそばだてて、手紙の内容を聞き洩らすまいとした。

　　ぼくが思うにきみはやっぱり
　　（彼女が発作を起こさぬ前に）
　　彼とぼくらとそれとのあいだに

　立ちふさがったる邪魔者だった。
彼女がかれらを好きだったこと、
　これを彼には知らせちゃいかん。
　きみとぼくとが知ってるだけで
　あとの人には秘密だからね。

　なるほど。秘密か、とドクター・プレイジャーは思った。イーヴ・イーデンは昔から発狂を恐れていた。それが彼女の乱行の原因だった。医者はその原因を突きとめようと空しく骨折った。しかし、潜在意識から湧きあがってきた夢は、おのずから解答をあたえてくれたのである。

「その詩にはこれっぽっちの意味もないって言ったの」と、イーヴは語った。「すると女王は、『その者の首をはねよ！』とさけんだけど、わたしは言ってやったわ。『だれがあんたがたをこわがるもんですか。たかが一組のトランプじゃないの』そうすると、みんな飛びあがって、わたしに襲いかかってきた。わたしはそれを振り払おうとして、毛布をはねのけて、目をさましたの」

　女優は坐り直した。「ずいぶんたくさんノートをおとりになったのね。あなたの御意見を聞かせてくださらない」

　ドクター・プレイジャーはためらった。それは微妙な質問である。しかし、夢の内容から判断すれば、イーヴは、意識下の世界では、自分の問題というものを知りつくしている。単に事実を列挙するだけならば、危険なショックを与えることもなかろう。かえって、それが刺激となって、精神的な外傷を直そうという積極的な方向へ進むことも考えられる。

「よろしい」と、ドクター・プレイジャーは言った。「わたしの考えでは、その夢の意味はこうです」そして医者はときどき山羊髭をひっぱりながら、分かりやすい言葉で、自分の夢判断を説明した。

「というわけです」と、医者は最後に言った。「その夢は、あなたの半生の象徴的な物語なのです。あなたがいつも隠そうとしていた内的葛藤を、劇的に描き出したものです。しかし、潜在意識というのは賢いもので、つねに警告することを忘れません。あなたが今という時期にその夢を見たのは、決して偶然のことではない。フロイトが言うには――」

だが、イーヴは笑い出していた。「フロイトが言うには？　フロイトなんかには分かりゃしないわよ。あなただって、まじめにそんなこと言ってらっしゃるの？　だって、初めに言うのを忘れたんですけど、わたし、この夢を見ただけじゃないの」イーヴは医者をじっと見つめ、笑いがとまった。「この夢を、わたし買ったのよ」と、イーヴ・イーデンは言った。「一万ドルで買ったのよ」

4

ドクター・プレイジャーは呆気にとられた。万年筆はここでハタと止まり、山羊髭はいくら引っぱっても、いっこうに恰好がつかないのだった。医者は、まるで鳥が飛び上がるときのように、むなしく両腕をふりまわした。このまま帰ってしまおうかとも思うが、巣に雛鳥をのこしておくわけにはいくまい。大きな金の卵があるからには、なおさらのことである。「もう一度言って下さい」と、医者はとうとう言った。「具体的にね。わたしにはどうも意味が分からない」

「でも簡単なことなのよ」と、イーヴは答えた。「今まで喋ったとおりのこと。わたし、このごろなんとなく落ち着けなくなって、閉じこもりがちだったでしょう。何か変わったこと、新しい刺激が欲しくてたまらなかったの。ちょうどそういうときに、ウォリー・レドモンドに逢ったら、ラロック教授のことを話してくれたのよ」

「山師だ」と、ドクター・プレイジャーは呟いた。

「どこの国の人だか知らないけど」と、イーヴはつづけて言った。「背の低いおじいさんで、その人が夢を売るっていうの」

「ちょっと待って下さい――」

「もちろん、馬鹿みたいな話でしょう。わたしもウォリーに話を聞いたとき、そう思ったわ。ウォリーは、その人とどこかのパーティで逢って、なんとなく話しこんじゃったらしいのね。何もかもいやになったとか、六度目の奥さんに飽きあきしたとか、いろんな愚痴をこぼしたらしいの。そして、そういうことから逃げ出して、新しい刺激を求めたいって言ったんですって。

　すると、そのラロック教授が、あなたは麻薬を用いたことがありますかって訊いたんですって。ウォリーが、いいえ、心臓がわるいものですからと言うと、では、精神分析のお医者にかかったことがありますか。ウォリーが、あるけれども、何の役にも立たなかったって答えると――」

「あなたのお友だちは、よくない精神分析医のところへ行ったのです」と、ドクター・プレイジャーはすこし興奮して言った。「そういうときは、フロイト派の医者のところへ行かなくちゃいけない。ユング派の連中に相談したって、どうせロクな結果は得られやしないのであって――」

「先生、気をお鎮めになって。そんなことどうでもいいのよ。要するに、肝心なのは、そのラロック教授がウォリーに夢を売ったってことなの。それはとてもこわい夢だったんですって。イギリスかどこかの泥棒がいて、ひひみたいな頭をした小人《こびと》の住んでいるお屋敷に、その泥棒が忍びこむ夢なの。でも、ウォリーはその夢がとても気に入ったんですって。夢を見たあと、とても気が休まって、まるで別人になったような気持ちなんだそうよ。それで、もう一つ夢を買ったら、今度は質屋の夢なの。どこか今はほろびた国で、その質屋がいろんな女と関係して――」

「『ジャーゲン』（幻想小説家ジェイムズ・ブランチ・キャベルの一九一九年の作品）という小説だ」とドクター・プレイジャーは呟いた。「わたしの記憶に誤りがなければ、もう一つのは『ルクンドオ』（怪奇小説家エドワード・ルーカス・ホワイトの一九二七年の短篇集）のなかの『顔』という話です」

「それはどうでもいいのよ、先生」とイーヴ・イーデンは言った。「とにかく、ウォリーはその二つの夢に熱中してしまったの。そして、教授はまだほかに売る夢を持っていて、高いけど買う価値はあるって言うのよ。どうしてそんなに熱中したかというと、その夢の中じゃあ、まるで他人のように感じることが可能なんですって。自分が夢の中の登場人物になってしまうわけね。それに、もちろん、二日酔いするわけでもないし、法律に触れるわけでもないでしょう。その夢の中でしたようなことを、現実の女にたいしてやったら、ハリウッドででも刑務所行きになるって、ウォリーは言ってたわ。そういうわけで、ウォリーは映画をやめてその夢をもっと買うって言い出したの。朝から晩まで夢を見ていたいと言うのよ。お金さえたくさん払えば、夢の中に入ったきりで、帰ってこないこともできるって、教授は言ったらしいわ」

「ナンセンスだ！」

「わたしもウォリーにそう言ったのよ。あなたのお気持ちは分かるわ。わたしもラロック教授に逢うまでは、そう思ってたんですもの。でも逢ったら、違ってしまったわ」

「そいつに逢ったのですか」

「そいつじゃないわ。とてもやさしい、すてきな人。あなただって、きっと好きになるわよ。ウォリーに紹介されて、わたしもいっぺんに好きになっちゃった。永いことお話ししたの。あなたに打ち明けた以上に、教授には打ち明けてしまったかもしれない。悩みをすっかり話したわ。教授がおっしゃるには、わたしは幼年時代をもたないことが最大の難点なんですって。わたしの奥の奥では、小さな女の子が、いろんな夢に満ちた生活を生きようとしているんですって。そこで、その女の子のために夢を売ろうとおっしゃるの。ちょっと変な言い方だけど、わたしにはなんとなく分かるわ。わたしが自分で分からないことを、教授はうまく言って下さるのよ。

で、一つやってみよう、役にたたなくたってもともとだわ、そう思って夢を買ったの」イーヴは、微笑した。「一度経験したら、もっと買いたくなったわ。教授のもってる夢を全部買いたくなった。だって、わたし、もう映画はいやなの。お酒も、セックスも、ヘロインも、ばくちも、何もかもいやなの。イーヴ・イーデンがいやなの。少女になりたいのよ。夢の中に出て来た少女になって、決して傷つかない安全な冒険をしたいの。だから決心した。仕事をやめよう。手おくれにならないうちに、やめようってね。これからは、夢の世界で暮らすのよ」

ドクター・プレイジャーは、永いあいだ黙っていた。イーヴ・イーデンの微笑を見つめていた。それは彼女の微笑ではなかった――それがだれか別人の微笑であるような奇妙な感じを、医者は受けた。イーヴの微笑にしては、あまりにものんびりして無邪気で、あまりにも神々しいのである。世間を知りつくした三十三歳の女の顔にあらわれた十歳の少女の微笑。

医者は、痴呆症と思い、分裂症と思い、緊張病《カタトニア》の初期症状と思った。そして言った。「そのラロック教授なる人物には、ウォリー・レドモンドを通じて逢ったと言いましたね。どうすればその人に連絡できます？」

「いいえ、あの方が連絡してくれるのよ」と、イーヴ・イーデンはくすくす笑った。「お使いの人をよこしたりするわ」

こりゃだいぶ進行しとるわい、とドクター・プレイジャーは思った。だが、相手の口調に負けずに言いかえした。「あなたがその夢を買ったというのは、どんな具合に買ったのです」

「べつに、どんな具合でもないわ。ウォリーが教授をこの家へ連れて来たの。この寝室までね。それからウォリーは帰って、教授はわたしと話をして、わたしが小切手を切って、教授が夢を下さったの」

「その〈下さった〉というのは、もっと詳しく言うと、どういうことです」ドクター・プレイジャーは体を乗り出した。そして思いつくままに言った。「その男は、あなたに横になって下さいと言いましたか、わたしのように？」

「ええ。そう」

「そして、あなたに話しかけましたか」

「そうよ。どうして分かったの」

「そして、あなたが寝つくまで話しつづけていたでしょう」

「そう――だと思うわ。とにかく、わたしはいつのまにか眠ってしまって、目がさめたときは、教授はもういなかったのよ」

「なるほど」

「何を考えてらっしゃるの」

「いいですか、あなたは催眠術をかけられたのです。小才のきく山師が、一万ドルで既成のお話を喋って、あなたに催眠術をかけたのです」

「でも――そんなんじゃないわ！」イーヴ・イーデンの子供っぽい微笑が、子供っぽいふくれっ面にかわった。「ほんとうなのよ。あの夢は、ほんとうなのよ。ほんとうにあったことなのよ」

「あった？」

「そうなのよ。そのこと、まだお話ししてなかったかしら。あの夢はほんとうにあったのよ。ほかの夢とちがうわ。つまり、わたしは感じたり、聞いたり、見たり、味わったりしたのよ。ただ、それはわたしじゃないの。あの少女なの。アリス。わたしはアリスだったの。だからこそ一万ドルの価値があったのよ。ウォリーもそう言ってたわ。夢の場所は、現実にあるのよ。そこへ行って、別人になれるのよ」

「催眠術だ」と、ドクター・プレイジャーは呟いた。

イーヴ・イーデンはウサギを床におろした。「じゃ、いいわ」と、イーヴは言った。「証明してあげる」六人がいちどきに寝られるほど大きなベッドに歩み寄った。「お見せするつもりじゃなかったけど、しかたがないわね」

女優は枕の下に手をつっこみ、キラキラ光るものを取り出した。「目がさめたとき、これを手ににぎっていたわ」と、イーヴは決然たる口調で言った。「ほら、ごらんなさい」

ドクター・プレイジャーは、それを眺めた。小さな白いラベルの貼ってある小さな壜である。振ってみると、中には半分ほど無色透明の液体が入っていた。医者はラベルを見つめ、『私を飲んで下さい』という手書きの文字を読んだ。

「これが証拠か」と、医者は静かに言った。「目がさめたとき、あなたの手にこれがあったのですね」

「そうなのよ。わたしが夢の世界から持って来たのよ」

ドクター・プレイジャーは微笑した。「あなたは催眠状態にあったのです。そして、そのラロック教授とやらが、まるで泥棒のように逃げて行くとき——あなたの一万ドルの小切手を持って行ったことを考えれば、泥棒というのが一番適当な言葉じゃありませんか——逃げて行く前に、眠っているあなたの手に、この壜を握らせたのです。わたしは、あなたの証拠を、そう解釈しますね」医者は小さなガラス壜をポケットに収めた。「あなたのお許しを得て、これをしばらくお預りします」と、医者は言った。「あと二十四時間だけ、今のままの状態でいて下さい。わたしがまたお邪魔するまで、映画をやめることは伏せておいてくれませんか。きっと、あなたの満足がいくように、事情を何もかも明らかにしてみせますから」

「でも、わたしは満足しているのよ」と、イーヴは言った。「べつになにも明らかにしていただかなくてもいいわ。わたしは——」

「いや、お願いします」ドクター・プレイジャーは自信ありげに山羊髭をひねった。「あと二十四時間だけ、辛抱していて下さい。あした、おなじ時刻に、また参ります。こんなことは早く忘れるようにね。だれにも、何も言っちゃいけませんよ」

「でも、待って、先生——」

だが、ドクター・プレイジャーは、さっさと出て行った。イーヴ・イーデンは、ちょっと顔をしかめたが、すぐ長椅子に横になった。ウサギが椅子のうしろから出て来て、女に体をすり寄せた。イーヴは、ウサギが眠りこむまで、その長い耳をしずかに撫でた。やがてイーヴは目をとじ、自分もおだやかな眠りにおちた。その顔に、幼児の微笑が戻ってきた。

5

翌日、ふたたび門番に姿を見せたドクター・プレイジャーの顔には、幼児の微笑も、大人の微笑も浮かんではいなかった。

きびしい緊張した顔つきで、玄関まで車を走らせると、医者は執事の挨拶にこたえ、ミッキー・デニスの待っている部屋へ急いだ。

「どうしました」と、読みさしの『ハリウッド・レポーター』を床に投げ捨てて、小柄なマネジャーは訊ねた。

「少々調査をしました」と、ドクター・プレイジャーは言った。「その結果、わるい知らせをお伝えしなければなりません」

「なんです、先生。きのうお帰りになってから、わたしも何か訊き出そうとしましたがね。彼女は喋ってくれないんです。それから今日――」

「分かっています」と、ドクター・プレイジャーは溜息をついた。「現在の状態では、恐らく何も喋りたがらないでしょう。ミス・イーデンは非常に混乱しています。確かに混乱している」

ミッキー・デニスは、人差し指を耳の上まで持って行った。「というと、狂っているということ？」

「いや、そういうことばは使いたくありませんね」と、ドクター・プレイジャーは、つんとして言った。「それに、この場合、狂っているというより、すでにだいぶ前に狂わ、さ、れ、たのです」

「しかし、このごろはしっかりしていたんだがなあ。それに、映画をやめるという話は別として、彼女はすごく幸福そうですよ——こんなに幸福そうなのは初めて見たくらいだ」

「いわゆる幸福悪《ユウフオリア》です」と、ドクター・プレイジャーは答えた。「幼児逆行です」

「まさか」

「いや」と、精神科医は断乎として言った。

「もっと詳しく説明して下さいよ」と、デニスは情ない声を出した。「一体全体どうしたってんです」

「今は駄目です。まず彼女と話させてほしい」と、ドクター・プレイジャーは言った。「もうすこし事実が必要なのです。ウォリー・レドモンドという男から、肝心なことを訊き出そうとしましたが、どうしても行方を突きとめられない。スタジオでも、自宅でも、ここ数日間の行方が分からないというのです」

「どっかで遊んでるんだ」とマネジャーは言った。

「きっとそんなとこですよ。ただ、あの男から何を訊き出したいんです？」

「ラロック教授にかんする情報です」と、ドクター・プレイジャーはこたえた。「これは実に不可解な人物ですよ。ラロックという名前は、わたしが調べた限りでは、どんな博士号取得者名簿にも載っていないし、この町やほかの町の選挙人名簿にも載っていない。警察のファイルも調べたが、何の役にも立ちませんでした。ひょっとすると、わたしの推理は根本的にまちがっていて、ラロック教授というのもまた、イーヴ・イーデンの単なる想像力の結晶なのかもしれません」

「ああ、そのことなら、わたしに訊いてもらいたいな」

「とおっしゃると、教授に逢ったのですか。ウォリー・レドモンドが、ここへ連れて来たときに、逢ったのですか」

ミッキー・デニスはかぶりをふった。「いや、ぼくはそのとき外出していましてね。しかし、今日は昼からずっとここにいます。そのラロック教授という仁が、三十分ほど前に来ましたよ。今イーヴの部屋にいます」

ドクター・プレイジャーは、口をぽかんとあけた。それから回れ右して、階段を駆けあがった。

マネジャーは、豪華な長椅子に腰を移して、雑誌のページをめくった。

さらに待たねばならない。やれやれ、今日は爆発が起こらなければいいけれど。

6

ドクター・プレイジャーが寝室のドアをあけたが、爆発は起こらなかった。イーヴ・イーデンはしずかに長椅子に腰をおろし、年配の紳士がひとり、肘掛椅子にかけている。

ドクター・プレイジャーが入って行くと、紳士は微笑を浮かべて立ちあがり、手を差しのべた。ドクター・プレイジャーはそのしぐさを無視した。「ラロック教授ですか」と、医者は呟いた。

「そのとおりです」微笑する老人の青い目が旧式の鉄縁の眼鏡の奥できらりと光った。白い頬の皺といい、うすいくちびるといい、ラロック教授はミッキー・デニスのいわゆる「仁」という言葉にぴったりする人物である。年の頃は六十四、五だろうか。着ている服も、おなじくらいの年代物と見てとれた。

イーヴ・イーデンが立ちあがった。「とうとう御紹介できるわね、嬉しいわ」と、女優が言った。「事情をはっきりさせるために、わたしが教授をお呼びしたの」

ドクター・プレイジャーは山羊髭を引っ張った。「それは好都合でした。では、すぐ事情を明らかにしていただきましょうか」

「今ちょうど教授にお話ししていたところなのよ」と、イーヴが言った。「わたしの精神状態がすこしおかしくなってるってこと、教授のお考えだと、あなたがまちがっているんですって」

「いや、そうは申しません」と、ラロック教授が口をはさんだ。「わたしはただ、事実を理解していただければ、あなたのお考えが変わるだろうと申しただけです」

「事実は理解しておりますよ」と、ドクター・プレイジャーは言い返した。「実に簡単な事実です。簡単だが、なかなか面白い」

「それでは御存知のことをおっしゃってみて下さいませんか」

「そのつもりでした」ドクター・プレイジャーはイーヴ・イーデンのほうに向き直り、喋り出した。「まずあなたにお伝えしたいのは、ここにおられるあなたのお友だちが偽名を使っているということです。ラロック教授なる人物の実在については、いろいろ調べた結果、これっぽっちの証拠も発見できませんでした」

「なるほど」と、老人は呟いた。

「第二に」とドクター・プレイジャーはつづけた。

「あなたの友人のウォリー・レドモンドの所在ですが、これを確かめることはついに不可能でした。奥さんも、プロデューサーも、彼の行方を知りません。きっとどこかで飲んだくれているのだろう、というのがミッキー・デニスの考えですが、わたしにはまた別の考えがあります。いずれにせよ、一つだけ確かなのは——ウォリー・レドモンドが完全に消え失せたということです」

「なるほど」と、ラロック教授が言った。

「そして第三に、これで終わりですが」と、ドクター・プレイジャーはことばをつづけた。「わたしの考えによれば、ラロック教授と名乗る人物は、やはりあなたを催眠術にかけたのです。あなたをふかい催眠状態に陥れてから、かれは『不思議の国のアリス』をあなたに読んで聞かせ、アリスの冒険をあなたが経験しているという暗示をあたえた。それから、あなたの手に『私を飲んで下さい』と書いたガラス壜をにぎらせ、そっと立ち去ったのです」

「部分的にはおっしゃるとおりです」と、ラロック教授はうなずいた。「催眠術と呼びたければそう呼んでもかまいません、とにかく、わたしがミス・イーデンを受動的な状態に誘導したのは事実です。また、アリスとしてアリスの世界へ入るよう暗示を与えたことも、ほんとうです。しかし、そこまでです。何かを読んできかせたり、あなたがおっしゃるようにガラス壜を手に握らせたり、そんなことをする必要はすこしもありませんでした。いや、正直のところ、この方が夢の世界からそういうものを持ち帰ったと聞いて、わたしは恐らくあなた以上におどろいているのですよ」

「では、もっとおどろくことがあります。覚悟して下さい」と、ドクター・プレイジャーはきびしく言った。そしてポケットから問題の小壜を取り出し、一片の紙を取り出した。

「それなあに、先生」と、イーヴ・イーデンが訊ねた。

「化学者にしてもらった分析の結果です」と、精神科医は女に言った。「あなたが夢の世界から持ち帰ったと称するこの小壜を、実験室で分析してもらったのです」分析表を医者は差し出した。「さあ、御自分で読んでください。もし化学を御存知なければ教えてあげましょう。H_2Oというのは、ただの水のことです」医者は微笑した。「そう、そうなのです。この壜には半オンスの水が入っているだけなんです」

ドクター・プレイジャーは向きを変え、ラロック教授を見つめた。「なにかおっしゃりたいことはありませんか」

「ほとんどございません」老人はほほえみを浮かべた。「あなたがわたしの名前を人名録や名簿に発見できなかったとしても、それはすこしもおどろくにあたらないのです。ミス・イーデンはもう御存知ですが、わたしはすでにだいぶ以前から夢の世界へ移り住んでおります。また、ラロックというのは、わたしの本当の姓ではないのです。ちょっとお考えになればお分かりでしょう、キャロル（**Carroll**）から、若干の文字をけずり、配列を変えれば、ラロック（**Laroc**）という名前ができあがります」

「あなたはまさか――」

「ルイス・キャロル、あるいはチャールズ・ラトウィジ・ドッジソン（ルイス・キャロルの本名）を僭称《せんしょう》するつもりかとおっしゃりたいのでしょう？　もちろん、そんなつもりはございません。わたしはオクスフォード時代、彼と同窓でございました。個人的な付き合いもありまして――」

「しかし、ルイス・キャロルは一八九八年に死んだのだ」と、ドクター・プレイジャーは異議をとなえた。

「ああ、没年まで調べるとは、ずいぶん興味をおもちになったとみえる」老人はほほえんだ。「あなたは御自分でそのおつもりになっておられるほど懐疑的な方ではないのですね」

　ドクター・プレイジャーは、風向きがあやしくなってきたのを感じ、攻撃は最大の防御なりと思いなおした。「ウォリー・レドモンドはどこにいるのです」

「高殿の公爵夫人と一緒じゃないかと思いますよ」と、ラロック教授は答えた。「あの人は永久的に夢の世界へ移りたいとおっしゃったので、わたしは『ピーター・イベットソン』をえらびました。お分かりのように、わたしは作者の夢に直接インスパイアされた文学しか使用しませんから、範囲もかなり限られておりましてね。今のところ、売れのこっているのは、キャベルの『スマート』や、キップリングの『ブラッシュウッド・ボーイ』ですが、ラヴクラフトの作品はちょっとどなたにもおすすめできませんね――あまりにも陰惨ですから」老人はイーヴ・イーデンの顔を見た。「幸いなことに、あなたには取っておきのものがありました。夢の世界へ一歩踏みこむ決心をして下さって、ありがとう。あなたは一目見たときから、そういう方だと思いました。レドモンドさんの内部に少年を感じとったように、あなたのさまざまな虚飾の奥深く、小さな女の子がひそんでいるのを、わたしは感じとったのです。あなた方、ハリウッドの人たちには、欲求不満の幼児型が多いですねえ。他人のために夢を作るあなた方が、御自分の夢をもっていない。わたしはこのささやかな博愛の贈物をよろこんで差し出し――」

「代金に一万ドルふんだくるのだ！」と、ドクター・プレイジャーはたまりかねて言った。

「まあ、まあ」と、ラロック教授はたしなめるように言った。「そうおっしゃると、まるで商売仇《がたき》の嫉妬ではありませんか！　御参考までに申し上げておきますと、夢の世界への永久移行には、五万ドルの費用をいただくことになっております。誤解されては困りますが、わたしは金儲けをしたいのではありません。そういう多額の費用は、わたしを一つの権威とするための、いわば潤滑油です。あなた方の言葉を拝借すれば、患者とわたしとのあいだに必要な転移関係を設定するために、それが必要なのです。純粋に心理的なものなのですよ」

　これだけ聞けばもうたくさんだ、とドクター・プレイジャーは思った。現在のイーヴ・イーデンが、いくら精神的に混乱していたところで、この男の途方もない言いぐさの阿呆らしさが分からぬはずはない。

　あからさまな嘲笑を浮かべて、老人の顔を見つめた精神科医は、しずかに言った。「これだけははっきりお訊ねしましょう。あなたは、それでは、実際に夢を売っていらっしゃるのですね。そう理解してもよろしいのですね」

「いいや、むしろ経験を売っているのだと申しあげましょう。経験は多かれ少なかれ現実的なものですからね」

「ごまかさないで下さい」ドクター・プレイジャーはうんざりして言った。「あなたは患者に催眠術をかける。患者が眠っているあいだに、夢の世界へ入ったという暗示を与える。それから――」

「申しわけありませんが、もうすこし基本的な話し合いをしようではありませんか」と、ラロック教授は言った。「あなたは精神科医でいらっしゃる。それでは、精神科医の立場から一つ教えていただきたい。夢とは何なのですか」

「そりゃ簡単です」と、ドクター・プレイジャーは答えた。「フロイトによれば、夢という現象は、次のように説明されます、すなわち――」

「いや、先生、説明ではないのです。フロイトの意見もこの際、不必要です。わたしがおうかがいしたのは、夢の正確な定義ですよ。夢の原因論《イテイオロジー》と認識論《イピステモロジー》を知りたいのです。ついでに、『催眠状態』とか『眠り』とかの定義はいかがです。それから『暗示』とは何でしょう。そういう諸現象の厳密に科学的な定義を教えてくださったら、次には『現実』とは何か、『想像力』とは何を意味するかということも教えていただきたいのです」

「しかし、そりゃあ単なる言葉のあやだ」と、ドクター・プレイジャーは反対した。「率直に申せば、われわれは、たぶん夢を正確に定義することはできないでしょうよ。しかし夢を観察することはできる。ちょうど電気とおなじことです。だれも電気の実体を知らないが、ある種の自然法則にしたがって電気を作り出したり、コントロールしたりはできる」

「まったくそのとおりです」と、ラロック教授は言った。「わたしもそう考えたのです。夢はまったく電気そっくりです。人間の頭脳は電気のようなものを発散していますから、あらゆる生命――物質――エネルギーは、相互に電気的な関係を保っているのです。しかしその関係はいまだかつて一度も研究されたためしがない。物理的な電気の性質は研究されつくしたが、精神的なそういう関係は未開の分野です。ある種の基本的な数学の法則を発見したのは、ルイス・キャロルことドッジソンで、彼はわたしにそれを教えてくれました。わたしはそれを発展させ、実用の道を見出しました。よろしいですか、夢というのは、われわれの三次元世界を超越した現実性をもつ、一種の電気的ディメンションにすぎないのです。しかし個人の夢は弱いものでしょう。それを紙に記録し、他人とともにわかちあい、その電力の場が築きあげられてゆくのを、じっと観察してごらんなさい。そうやって結合された電気的財産は、一つの恒久的な局面をうみだします――御異議なければ、夢の次元をうみだすといっても差支えありません」

「異議ありますな」と、ドクター・プレイジャーは答えた。

「それはあなたの受容力の問題です」と、ラロック教授はすまして言った。「あなたの発する電力は、肯定的というよりはむしろ否定的ですな。ドッジソンは――ルイス・キャロルは肯定的でした。ラヴクラフトにしても、ポオにしても、エドワード・ルーカス・ホワイトにしても、そうでした。かれらの夢は生きています。ですから、立入りの方法さえ与えられれば、ほかの肯定的な電力も、そのなかで生きることが可能なのです。魔術でもなんでもない。あなたが数学を魔術と考えるような方でないかぎり、これには超自然なところは一つもありません。ドッジソンは御承知のように、数学教授でした。実はわたしもそうだったのです。わたしは彼の原則を発展させ、実用的な方法論を創り出しました。そして今では意のままに夢の世界へ出入りできますし、他人を出入りさせることもできます。これは決してあなたのおっしゃる催眠術じゃない。非ユークリッド幾何学の公理から、いくつか言葉を借りてくれば――」

「もうたくさんです」と、ドクター・プレイジャーは話をさえぎった。「こんな言葉は使いたくないが、これじゃあ単なる精神異常じゃありませんか」

教授は肩をすくめた。「何とでも好きなようにお呼び下さい。あなたがた精神科医は、レッテルを貼るのがお上手です。しかし、ミス・イーデンは、御自分の経験から、わたしの話を裏書きする充分の証拠を持っておられる。そうですね？」

イーヴ・イーデンはうなずき、沈黙を破った。「わたしはあなたを信じていますわ。こちらの先生が、わたしたち二人は頭がおかしいとおっしゃっても、わたしは信じていますわ。永久に夢の世界へ行っていられるのでしたら、よろこんで五万ドルお払いします」

ドクター・プレイジャーは山羊髭を引っ張った。もう頼みにできる材料は、ほとんどなかった。「しかし、そんなことをしちゃいけない」と、医者は叫んだ。「まるで無意味じゃないか」

「あなたのお考えになってる意味はないかもしれないわ」と、イーヴは答えた。「でも、問題はそこよ。わたしの見た変な夢、ルイス・キャロルが初めに見て、本に書いたのだとあなたがおっしゃる夢ね――それは、それを経験してみれば、ちゃんと意味があるのよ。ハリウッド映画よりは、ハリウッドの生活よりは、よっぽど意味があるわ。ウィルマ・コズモウスキーという少女が、五十万ドルのお屋敷に住んで、とりかえしのつかない少女時代のために自殺しようとしたり、そんなことよりよっぽど意味があるわ。教授はそれを理解して下さったの。だれにでも夢を見る権利があるってこと、それを教授はよく知ってらっしゃるのよ。わたし生まれて初めて幸福とはどういうものか、分かったような気がする」

「そうです」と、ラロック教授が付けくわえた。「わたしはこの方に血縁関係を認めました。ルイス・キャロルの言葉を借りれば、曇りなき額の少女がひそんでいるのを発見したのです。この方には夢の世界に入る当然の権利があります」

「とめないでね」とイーヴは言った。「とめようったって、とめられませんけどね。わたしをこの世界に引きとめるのは、よくないわ。あなたには、そんなことをなさる権利はないはずよ。わたしを利用して、うまい汁を吸おうとでもしない限りね。デニスは、もっぱらわたしの収入の十パーセントがお目当てでしょう。スタジオも儲けたいだけなのよ。ラロック教授は、初めてわたしをほんとうに好いてくれた人なの。ほんとに価値のあるものを与えてくれた人は、この教授だけ。つまり、夢をね。ですから、先生、もう何もおっしゃらないで。今日からわたしはイーヴでもなければ、ウィルマでもない。アリスになるのよ」

ドクター・プレイジャーは顔をしかめたが、ふと笑顔をつくった。いったいどうしたというのだ。なぜこんな議論などするのだ。議論をする必要はないではないか。この女が五万ドルの小切手を切るなら切らせておけ——支払停止ということは、いつでもできる。この山師が催眠術を始めようとしたら、いつでも実力で阻止すればいい。世の中には法律というものがある。まったく、これでは子供の喧嘩ではないか、とドクター・プレイジャーは思った。まるで何か重大事件でも審議するように、こんな議論に熱中するなんて。

危機に瀕しているのは、職業的プライドだけだ、と医者は判断した。この山師が、自分よりもずっと強い影響をイーヴ・イーデンに与えている。そう思うだけでも癪ではないか！

山師め、何を喋っているのだ。あのいんぎん無礼な微笑を浮かべて。

「わたしの理論を分かっていただけないのは、まことに残念です。しかし、あなたに一つだけ感謝したいことがございます。つまり、例のものを実験してみようという気を起こされなかったことですね」

「実験？　それは何のことですか」

ラロック教授は、テーブルの上に置かれた、『私を飲んで下さい』とラベルの貼ってある小壜をゆびさした。「あなたがそれを飲もうとなさらずに、分析しただけでよかった。ほんとうに助かりました」

「でも、それはただの水じゃないですか」

「かもしれません。ただし、その水はむこうの世界ではちがった性質を持っているかもしれません。それをあなたは忘れておられる。しかも、その水はアリスの世界から来たのです」

「それはあなたの作り話だ」と、ドクター・プレイジャーは早口に言った。「ちがうとは言わせませんよ」

「ところが、ちがうのです。ミス・イーデンだけが真相を御存知ですよ」

「へえ、そうですかね」ドクター・プレイジャーは突然きめ手を見つけた。小壜を掴み、イーヴのほうに向き直ると、医者は命令的な口調で言った。「じゃあ、よくお聴きなさい。この液体は『不思議の国のアリス』の夢の世界からもたらされたものだと、ラロック教授はおっしゃるし、あなたもそう信じておられる。だとすれば、この壜の中味を飲むと、わたしも体がのびたりちぢんだりするわけです。そうですね？」

「ええ」と、イーヴは呟いた。

「いや、ちょっと待って下さい――」と、教授が口を出したが、ドクター・プレイジャーはじれったそうに頭を振った。

「終わりまで話を聞いて下さい。よろしい、それを認めましょう。だとすると、もしわたしがこの壜の中味を飲んで、わたしの体に何事も起こらなかったら、夢の世界の話はウソだということになりますね」

「ええ、でも――」

「〈でも〉ということはないでしょう。こんな分かりやすい問題はないはずだ。ウソだということになりますか、なりませんか」

「え、ええ。なると思うわ。なります」

「それで結構」ドクター・プレイジャーは劇的な手つきで小壜の栓をぬき、壜をくちびるに近づけた。「よく見ていて下さい」と、医者は言った。

ラロック教授が進み出た。「お願いです！」と、教授は叫んだ。「頼む――やめて下さい――」

小壜を奪い取ろうとしたが、時すでにおそかった。ドクター・プレイジャーは、無色透明の半オンスの液体を飲み干したのである。

7

ミッキー・デニスはえんえんと待ったが、とうとう待ちきれなくなった。階上からは何の物音もきこえない。何もきこえないので、余計いらいらしてくる。いったい何がどうなっているのか、自分の目で確かめてこよう。

ホールに出ると、寝室から人声がきこえた。すくなくともラロック教授の声がきこえた。こんな言葉である。「まあ、まあ、落ち着いて下さい、ショックだったことは分かりますがね。これ以上ここにいても仕方がない――今すぐ行きますか」

それは、ミッキーには何のことやらわからぬセリフだった。つづくイーヴの返事もきわめて曖昧だった。

「ええ、でも、まず眠らなきゃならないの」

すると教授が答えた。「いや、さっき言ったとおり、これは単なる数式の問題ですからね。それを称えれば、わたしたちは一緒にあちらへ行けるのです。ええと――小切手帳をお忘れなく」

イーヴはくすくす笑ったようである。「あなたもいらっしゃるの」と、イーヴは訊ねた。

「参ります。わたしは昔からこの夢が好きでした。行ってみればわかりますが、これは、このあいだの続篇なのです。じゃあ、わたしと一緒に、この鏡の前に立って――」

それから教授は非常に低い声で何か呟き始めた。ミッキーは鍵穴に耳をおしつけたが、ことばは、ききとれない。そのかわり、ミッキーの肩に押されて、ドアがあいた。

寝室にはだれもいない。

そう、だれもいない。

だが、確かに、つい今し方、声がきこえたのだ。教授は何と言った？　鏡の前に立って、とか言っていた。

ミッキーは、マントルピースの上の大きな鏡を見つめた。

一瞬、ミッキーは、おのれの目を疑った。教授とイーヴ・イーデンの姿が鏡に映っているように見えたのである。イーヴは金色の巻毛を長く垂らして、まるで少女のように見えた。だが、もちろん、これは目の錯覚だろう。

服を着た白ウサギが、ベッドの下から、跳び出してきた。あたりをぴょんぴょん跳びまわった。

ミッキーには、わけの分からないことだらけだった。これから、もっとわけの分からぬことばかりつづくだろう。ミッキーは『鏡の国のアリス』を読んだことがないから、イーヴと教授の行方を突きとめることはできないだろう。そして医者の行き先も決して分からないだろう。

ウサギは、床の上にあった一かたまりの衣服のまわりを、ぴょんぴょん跳ねていた。それは医者の上衣や、ズボンや、シャツや、ネクタイだったが、それが分かったところで、ミッキーにはこの事件の意味は分からない。

小男はかがみこみ、服のそばに落ちていた小さな罎を拾い上げた。『私を飲んで下さい』というラベルを読んだ。

そりゃ一ぱい飲みたいよ、とミッキーは思った。こんなときには飲むほかに手はないが、この罎はからっぽじゃないか。

からっぽでよかったのかもしれない……

ほくそ笑む場所

The Gloating Place

スーザンは一刻も早く、ほくそ笑む場所へ行きたかったので、ほとんど走るようにして坂道を下った。「ほくそ笑む場所」というのは、もちろん、スーザンの命名である。それは実のところ公園のはずれにあるちっぽけな狭間《はざま》だったが、そこでは人目につかずに、邪魔されずに坐っていることができた。スーザンの気持ちとしては、そこは昔からほくそ笑む場所であり、今後もそうなのである。それに、名前なんて問題じゃない、とスーザンは思った。先週から学校の男生徒たちはスーザンのことを「スージー」と呼ぶようになったし、パーマー警部まで「スー」と呼んだ。でも、スーザンは依然としてスーザンなのである。昔からスーザンだったし、これからもスーザンなのだ。このほくそ笑む場所に逃げて来て、一人ぼっちで坐っているときは、まぎれもないスーザンなのだ。

　ときどきスーザンはここへ泣きに来た。またあるときは、ただ考えるために来た。ほんとうは考えるのではなくて、夢見るといったほうがいいだろうか。そういうとき、この狭間は、まさに、ほくそ笑む場所になる。なぜなら、スーザンは自分の気持ちをすっかり解き放って、もしもという空想にふけるのだった。もしもわたしが背の低いスーザン・ハーパーでなかったら、もしもこんなにたくさんニキビがなかったら、もしもトム・レイノルズがマージョリーの代わりにわたしだけを好きになって、ダンス・パーティに誘ってくれたら。そう、もしもママとパパがいなくなって（お休みにどこかへ旅行して、飛行機が墜落するのでもいい、それだとあっというまに死ねて、痛くないのだから）生命保険のお金が入って、だれにも文句を言われずに好きなことができたら。

そんなことをいつも考えているわけではない。ちょっとゆううつになって、なにもかも退屈になったときだけだ。スーザンにだって何かを考える権利があってもいいはずではないか。家でも、学校でも、あれをしろ、これをしろと言われるだけじゃ、たまらない。ほかに行くところがないから、このほくそ笑む場所へ来て、考えるだけのことだ。スーザンは一人ぼっちだし、だれにも構ってもらえないのである。

実をいうと、ほくそ笑む場所といっても、何かほくそ笑む理由があるわけではなかった。具体的な理由は何一つなかった。先週までは。

でも、先週から、何もかも変わってしまったのだ。その変わり方はあんまり激しかったから、ここへ来て一人になれたのも、久しぶりなのである。

一週間前の金曜日以来、スーザンは一瞬間たりとも一人でいられなかった。その日、スーザンは仮面をつけた男にオースチン広場の裏の空地へ連れこまれ、悲鳴をあげて家に逃げ帰ったのだった。

まずママが出て来て、それからパパが来て、それから警察が来て、あの親切な赤毛のパーマー警部が来た。それから看護婦さんが来て、ドクター・クラインハウスがスーザンを診察した。そのときはいやだった。その男に何もされなかった、ぶじに逃げて来たのだと、スーザンはちゃんと言ったのに。でも、あとは何もかもすてきだった。警部の質問の仕方も、とても丁寧で、なんだかむこうが照れているみたいだったし、そのうちに新聞記者がやって来て、日曜の新聞に間に合うように、カメラマンがスーザンの写真をとってくれたのだった。

ああ、月曜日になると、もっと面白くなったのだ。学校の男の子たちは、スーザンになんとなく接近してきたし、マージョリーみたいなツンとすました女の子さえ、いっしょけんめいお世辞を使って、そのときの様子を聞き出そうとした。もちろん、父兄たちも入れかわり立ちかわりママを訪ねてきて、なんとか話を聞き出そうとしたのだ。それから、ビリングズ先生は、今週の国語の試験を受けなくてもいいと言ってくれたし、ライダー先生も、顔色がわるいね、もし気分がよくなかったら保健室へ行って横になっていなさい、と言ってくれた……

それから一週間はすばらしかった。ママとパパは、はれものにさわるようにスーザンを扱い、宿題をしなさいとか、お皿洗いを手伝いなさいとかは一言もいわなかった。ほかの人たちもひどく親切で、パーマー警部は毎日のようにすてきな新車でスーザンの家を訪れ、まだ犯人は見つからないが、警察は全力をあげて捜査をつづけていると報告するのだった。もちろん警部は馬鹿みたいな質問をたくさんしたけれども、それはいつもおなじ質問だったから、スーザンもおなじ答えを繰り返していればいいのだった。

そして水曜日、警部は特別の用事でやってきた。それは学校がひけたすぐあとで、スーザンはママといっしょに警察の車に乗り、サイレンを鳴らしながら警察へ行って、暗い部屋から容疑者がずらりと並んだところを見物したのである。

これは何よりも面白かった。よくテレビでやるとおりに、人相の悪い男たちが壇の上を歩き、すごく明るい光を浴びて目をパチパチさせた。男たちはだれもかれも、スーザンにこの人だと言われやしないかとビクビクしていた。二、三人、まるで猿みたいな荒くれ男がいて、その連中がすこし頭がおかしいことは、お医者様でなくてもよく分かった。だから、あの日、黒い仮面をつけて、軍手をはめて、空地の掲示板のうしろに隠れて、若い女の子が通りかかるのを待っていたのは、この男たちのなかの一人だったかもしれない。

スーザンはただ心を決めて、だれか一人をえらべばよかった。だって、この男たちは、みんな金曜日の夕方のアリバイをもっていないからこそ、容疑者として連れて来られたのではないか。スーザンがこの人だと言えば、だれだって本気にするし、警察もスーザンの味方になってくれるだろう。あの猿みたいな男の一人を痛めつければ、自白するかもしれない。スーザンの頸をしめ、ドレスを破き、押し倒そうとして、スーザンに蹴とばされ逃げられたことを認めるかもしれない。警察はその男を空地に連れて行き、草が踏みにじられた跡がある場所で、犯罪をもう一度実演させるだろう。スーザンが声も立てられないほど頸をしめられたところを、もう一度やらせられるだろう。スーザンがただひとこと、この人だと言いさえすればいいのだ。

でも、よく考えてみれば、それもあんまり悧巧なやり方ではない。だって、そうやってえらんだ一人の男に、万一アリバイがあったらどうする。それに、もし裁判にでもなったら、スーザンは法廷に立たなくてはならないだろうけれど、よくテレビに出て来る弁護士というのは、とてもしつこい人たちではないか。おまけに、いま犯人らしい男を指名しても、どんな得があるだろう。今でもこんなにみんなが親切にしてくれるのだから、このまま何も言わずに黙っていれば、事件の騒ぎはもっともっとつづくかもしれない。

そこでスーザンは口をつぐんで何も言わず、とうとう家へ帰ってもいいと言われた。この面通しの記事は、木曜日の夕刊にのるにちがいない。きっと大々的に扱ってくれるだろう。スーザンは待ち遠しかった。

ただ惜しいかな、スーザンが夢にも予想していなかったことだが、九号線で大きな交通事故が起こったのである。三台の車がこわれ、二人死に、五人が負傷して病院に入った。これが新聞のスペースをすっかり占領してしまい、スーザンの面通しの記事はほんの数行だけ、それも七面の片隅に押しこめられたのだった。

さらにまずいことには、大破した車のなかの一台に、おなじ学校の生徒が二人乗っていたのである。ジョージ・ヒックスはかすり傷ひとつ負わなかったが、その妹のマーサは顎を切り、腕の骨を折って入院したのだった。そこで金曜日になると、学校は事故の話でもちきりになって、だれもかれもがジョージのまわりにたかったり、豚みたいなマーサのためにお見舞いの葉書を書いたりした。そしてだれ一人として、ほんとうに一人としてスーザンに面通しの様子を訊ねようとはしないのである。

　それでもパーマー警部は、警察はなお調査を続行します、近いうちに何か分かるかもしれませんと言ったのだった。もしどうしても埒があかなかったら、スーザンは折をみて犯人らしき男を名指せばいいだろう。もともと慎重を期して、あのときは、たそがれのくらがりだったから、犯人の顔はよく見えませんでしたと言っておいたのである。それにスーザンの語った人相も、たいへん漠然としていた。黒い仮面に軍手というだけでは、ほんとうの人相はほとんど分からないのも同然ではないか。

　いずれにしろ、ほんとうの人相というものはなかなか分かりにくい。スーザンはほくそ笑むのをやめて、自分の顔をつくづく眺めた。鏡は持って来なかったが、鏡の必要はない。狭間の奥に小さな川が流れていて、そのふちに立ってのぞきこめば、褐色の濁った水のおもてに映る自分の影が見えるのである。

　今までは、そうやって自分の姿を眺めるたびに、スーザンはうんざりしたのだった。ずんぐりむっくりの体、ぼてぼてしたニキビだらけの顔、褐色の川の水とおなじ髪の色。それが今までのスーザンの姿だった。

　それが今までのスーザンの姿だったのである。だが今は……

　スーザンは自分の姿を見つめた。ずんぐりむっくりの体、ぼてぼてしたニキビだらけの顔、褐色の川の水とおなじ髪の色。

　変わっていない。

　ちっとも変わっていない。

　それは気がつきたくないことだが、気づかぬわけにはいかなかった。ちょうど、見たくなくても、自分の醜悪な顔を見てしまうように。スーザンは依然としておなじスーザンなのである。ほかのものも、何一つ変わらなかった。警察の調査はうやむやのうちに終わるだろう。学校の生徒たちの関心はもうほかのことに移っている。ママやパパも、そのうちに事件のことはすべて忘れて、昔のようにお説教をはじめるだろう。昔とちがうところといえば、夕方は早く家に帰って、夜外出してはいけないと言われるくらいだろう。そう、放課後ここへ来るのだって、こっそり来なきゃならなくなるかもしれない！

永い目で見れば、スーザンは一つも得をしなかったのである。いつも見張られたり、夜の外出ができなくなったりすることを考えれば、いくらか損をしたといえるかもしれない。外出するといっても、別に行く場所があったわけじゃないけれど。

スーザンは頭をふった。さっき、ほくそ笑んでいたときは、わすれていたのだけれど、今はもう、ほくそ笑んではいない。そもそもこんなことの理由は、大きな理由の一つは、トム・レイノルズの関心を引くためだったのである。なんとかトムが声をかけてくれるようにすること。できれば、マージョリーを誘うかわりに、スーザンをどこかへ誘ってくれるようにすること。

でも、トムは、スーザンなんか問題にしてもいなかった。ダンス・パーティは三週間先にせまっている。今日の午後、マージョリーはフィリス・リスターに話していた。新しい夜会服を作ったけど、トムの気に入ればいいと思うわ、と言っていた。

もちろん、トムはそれが気に入るだろう。ボロみたいな服だって、マージョリーが着ているものなら、何でも気に入るのだ。マージョリーは背が高くて、ほっそりしていて、髪はパーマネントの広告みたいで、肌はまっしろで、特に肩から頸にかけてが白かった……

自分を偽ってもなんにもならない。スーザンがどんなことをしようとも、トム・レイノルズはマージョリーが好きなのだ。三週間後に、二人は一緒にダンス・パーティへ行くだろう。そのあと車の中で、いちゃついたりするだろう。トムは、マージョリーの肩や頸にキスするかもしれない……

どうしてマージョリーの肩や頸のことばかり考えるのだろう。

ここでスーザンは仮面の男のことを思い出した。軍手をはめた手で、スーザンの頸をしめようとした男。

もしも――

いや

でも、もしも――

スーザンは心臓があまりはげしく悸《う》ち始めたので、思わず腰をおろした。それから、いろんなことが頭に浮かび、スーザンがいくら頭を振っても、それはあとからあとから浮かぶのだった。目をつぶると、その場所の光景までがはっきり見えた。ちゃんと計画を立てれば、起こる可能性のあること。起こるかもしれないこと。いや、きっと起こるにちがいないこと……

それが起こるまでに、スーザンはちょうど一週間待たなければならなかった。それが起こると、予想していたとおり、スーザンはパーマー警部に呼ばれて、警察へ行った。

これが一番むずかしいところだということは分かっていた。悧巧なやり方は、ただ一つ、泣くことだけだろう。こういう場合は、いくら泣いたって、ヒステリーを起こしたって、そう不自然に見えるものではない。すごいヒステリーを起こせば、警察だって、パーマー警部だって、あまりしつこく質問をつづけはしないだろう。

そこでスーザンは言いつづけた。いいえ、きのう学校から帰るとき以来、マージョリーには逢っていません。いいえ、マージョリーは金曜の晩どこへ行くとも教えてくれませんでした。いいえ、マージョリーが知らない男の人と一緒にいるところは見たことがありません。そしてスーザンは、すでにママが警部に言ったことを繰り返した。金曜の夜、殺人の行なわれた時刻には、二階の自分の部屋でレコードをかけて、宿題をやっていました。

パーマー警部はそれ以上質問をしなかった。警部が今にもヒステリーを起こしそうなほど気が立っているのは、だれの目にも明らかだった。だが警部はスーザンの関心を引くことをすこし喋った。たとえば、ママに連れられて、スーザンが出て行こうとしたとき、こう言ったのである。「お嬢さんにはお詫びしなくちゃならないな」

「どうしてですか」と、スーザンは訊ねた。

「いや、実を言うと、あなたの話をすこし疑ってたんですよ」

スーザンは息を呑んだが、動揺をかくして訊ねた。

「というと、わたしの話はでたらめだと思ってらっしゃったんですか」

「いや、そうじゃない。すくなくとも全然でたらめだとは思っていなかったのです。しかし調査の結果はゼロだし、あなたが言った犯人の人相はとても漠然としているし――だから、ひょっとすると、あなたがほんのすこし事件を誇張しているのじゃないかと思ったんです」パーマー警部は赫くなっていた。「そういうケースは前にもありました。ある児童が――女生徒ですが――誘拐されそうだと訴えて来たんです。それがよく調べてみると、友だちの男の子に遊びに誘われたので、すっかり興奮してしまって、それを大げさに脚色したわけです。あなたが仮面と軍手と言ったとき、それがピンときました。つまり、実際の痴漢は、そんなものを身につけていないのが普通ですからね」

「でも、軍手が片方見つかったんじゃないんですか。ガレージのうしろの、マージョリーが殺され――」スーザンはまた泣き出した。泣くことは簡単だった。

パーマー警部はうなずいた。「ええ、見つかりました。左の軍手です。今、鑑識で調べていますが、それがすんだら、あなたにも見てもらいます」

「じゃあ、きっと――きっとおなじ犯人だと思ってらっしゃるんですか」スーザンはハンカチで目を拭き、警部の顔を見た。

「まだそう言い切るわけにはいきません。現在までに分かったのは、あの子は絞め殺されてはいるけれども、しかし――」パーマー警部は口をつぐみ、また赫くなった。

スーザンはまた泣き出したが、今度は警部の次の言葉を聞きたかったので、そう泣きじゃくりもしなかった。

案の定、警部は話をつづけた。「こういう事件で一番困るのは」と、その声は独り言のように低かった。「悪循環が始まることなんです。一つの犯罪が他の犯罪の呼び水のようになる」

「どういうことなのか分からないわ」

「そう、このあいだの面通しのことを憶えていますね、スー」

警部はスーと呼んでくれた。スーザンは笑顔を見せたかったが、ただうなずいた。「ええ、おぼえています」

「あなたに見てもらった連中は、みんなすこし頭のおかしい奴ばかりです。もちろん、まだ犯罪人とはいえない奴らですが——犯罪人になる素質は、連中のだれにでもそなわっている。つまり、かれらの経歴を見ますと、大多数の者にはこういう犯罪をやる可能性があるのです。事実、あのなかには精神病の気《け》のある者がいましてね、これはいわば潜在的な人殺しです。残念ながら、われわれとしては、潜在的な人殺しを取り締まる法律的な根拠がない。しかし、連中のことはよく分かっています。今までの経験によれば、こういう殺人事件は、あいつらを刺激するのです。ちょっと刺激的な新聞記事を読んだだけで、あの連中は火をつけられたようになり、犯人の真似をする奴が出てくる。これはほかの町で実際に何度もあったことなのです。だから、この事件にしても、新聞があまり大騒ぎしないでくれるといいのですがね」

パーマー警部は溜息をついた。

「しかし、やはり新聞は騒ぐでしょう。いずれにせよ、スー、一つだけ約束して下さい。新聞記者には必要以上のことを喋らないこと。分かりましたね？」

「はい、分かりました。でも、この殺人ですけど、犯人はだれなのか、警察では——」

スーザンが言いおわらぬうちに、警察署長が入って来て、保安官が検視の結果を知りたがっていると言った。そこで、パーマー警部はスーザンに、今日はこれだけです、また連絡しますからと言い、スーザンはママに連れられて家に帰った。

それは土曜日のことで、今日は火曜日、スーザンがほくそ笑む場所へ来たのは、それ以来初めてである。新聞記者はほんとうに訪ねて来たし、学校では大騒ぎになって、スーザンはまたもやみんなの注目の的になったのだった。もちろん、みんなの関心はマージョリーに集まるはずだったが――マージョリーは死んでしまい、生きているのはスーザンではないか。そう、それが大切なところである。マージョリーは死んで、スーザンは生きている。トム・レイノルズだって、それに気がつかないはずはない。トムといえば、トムも警察にほんのすこし訊問されたのだった。でも、これはみんなすんだこと。一番いやなところは終わってしまった。トムはやがてスーザンの存在に気がついてくれるだろう。

そう、もちろんそれはずっと先のことだろうし、黙っていて自然にそうなるというものでもない。絶対確実にそうなるという方法を、スーザンが考え出さなければいけない。でも、大丈夫、なんとかしてみせる。もうどんなことだって、なんとかしてみせる。マージョリーは死んでしまったのだから。

ただスーザンは一人になりたかった。家にいても、自分の部屋にいても、ママとパパにうるさく構われるのである。だから、声や、表情や、何から何までに、いつも気を使わなければならない。

だから今日、火曜の午後、授業が終わってから、ほくそ笑む場所へ逃げてきたのだった。今では、ほくそ笑む理由は山ほどある。でも、何よりもまず、スーザンは考えなければならないのだ。

狭間の傾斜面を下り、うすぐらい場所にスーザンはうずくまった。ゆっくり考えるためには、ここへ来るのが一番いい。ゆっくり考えてみよう、手ぬかりはなかったかどうか。まず、裏通りのゴミ箱にだれかが捨てた軍手を拾って来たこと。あれはうまいやり方だった。新しいのを買ったりしたら、調べ上げられてしまうかもしれない。ちょうどうまい具合に古い軍手が捨ててあったのを見つけたのは、ほんとに運がよかった。あとはマージョリーに電話をかけて、こっそり映画を見に行きましょう、家の人には黙って出て来てと言った。これも上手なやり方ではないか。電話をかけるところは、だれにも見られていない。それからレコードをかけたのも、いい思いつきだった。パパは外出していたし、ママは頭が痛いと言って、一階の寝室で寝ていた。もちろん、スーザンがLPレコードをかけて、窓から脱け出したあとで、ママが偶然二階へ上って来ることだって、あり得ないことではなかったけれど、それくらいの危険は覚悟の上だった。そのあと、だれにも逢わずに裏道を通って行ったこと。あれも幸運としか言いようがない。要するに、何もかもうまくいったのだ。スーザンは、むりにアリバイをこしらえる必要もなかった。もしどうしてもウソをつききれなくなったら、こっそり脱け出して、マージョリーと映画を見に行く約束でしたと言えばいい。それはよくないことだけれど、まさかそんなことのために死刑になりはしないだろう。

もう絶対に死刑になんかなりっこない。だって、警察はなんにも知らないのだ。汚れた古い軍手が、忍び足でガレージの裏にやって来たマージョリーの白い頸にむかって、そっと近寄って行ったこと。その軍手がマージョリーの喉を、声も出ないほど強く締め上げたこと。軍手の指が締めつけ、締めつけ、喰いこみ、喰いこみ、まもなくマージョリーはいなくなり、ぐんにゃりした人形のようなものがドサリと倒れたこと。その豚みたいな、ぐにゃぐにゃの人形は、もうトム・レイノルズにも、だれにも気に入られないのだ。それは死んでしまったし、スーザンは生きているのだから。

スーザンは、ほくそ笑んでいた。今こそ、ほくそ笑んでいた。そしてとつぜん、スーザンはそのことを真剣に考えた。ぜんぜん悲しくもこわくもないのは、どうしたわけだろう。人間だったら、ほんのすこしでも、心のほんの一部分だけでも、悲しかったり、こわかったりするのが当然ではないだろうか。あんなことをしたために、スーザンの人柄は変わったのかもしれない。

ほんとうに変わったのか。

水に映る自分の姿を眺めてみよう、とスーザンは思った。そうしたら分かるかもしれない。たそがれの光に目を細めながら、スーザンは立ちあがった。一瞬のためらいがあった。パーマー警部の言ったことを思い出したのである。そんなことは思い出したくないが——思い出さぬわけにはいかなかった。

すこし頭のおかしい連中がいるということ。気がくるっているから、いつ犯罪をするかもしれない人たちのこと。新聞記事を読んだだけで刺激されて、火をつけられたようになるという。

もちろん、警部が言ったのは、あの男たちのこと、マージョリーの事件のことだった。でも、マージョリーの事件の前には、スーザン自身の事件があったのだ。そしてスーザンは自分の記事を新聞で読んだ。それに刺激されてマージョリーを殺すことを思いついたのではないだろうか。してみれば、スーザンも、あの恐ろしい男たちとおなじように、すこし頭がおかしいのではなかろうか。だから、悲しみも、憐れみも、恐怖も感じないのでは——

いいえ！　わたしはくるっていない。わたしはスーザン、わたしは生きているスーザン。マージョリーは死んでしまった。水に映った姿を見さえすれば、それは証明できるわ。

スーザンは自分の姿を眺めた。眺めたとたんに、何もかも解決した。水に映った顔は相変わらず色が黒くてニキビだらけだけれど、それはまちがいなくスーザンの顔である。ちっとも変わっていない。とすると、パーマー警部のほうが狂っているのだ。マージョリーが殺された記事を読んで、ほんものの人殺しが刺激されるなんて、ほんとに馬鹿みたいな考えではないだろうか。

スーザンは水に映った自分の姿にほほえみかけた。それから、目をぱちぱちさせた。水面を一つの影が横切ったのである。その影は男の顔のように見えたが、へんに黒いのだった。その顔は、スーザンの顔のすぐうしろにある。黒いところをもっとよく見ようと、水面をのぞきこんで、スーザンは思わず息をのんだ。

黒い部分は仮面だったのである。悲鳴をあげる間もなく、軍手をはめた二つの手が、スーザンの喉を締めつけた。

針

The Pin

何かのきっかけから、どこかの場所で、だれかが発見するだろう。

それは避けられぬことなのだ。

この場合、「だれか」の名前は、バートン・ストーンという。場所は、とりこわしの決まったブリーカー街の、とあるビル。その古ぼけた屋根裏部屋。

そして、きっかけは……

バートン・ストーンがそのビルを訪れたのは、月曜日の朝早くだった。黄色い冷たい日の光が、密集したビルの頂《いただき》にふりそそいでいた。ストーンは、そそりたつ周囲の建物を、絵描きの目でじっとながめた。そして知らず知らずのうちに、建物のマッスをいくつかの線で区切り、遠近を測り、日光や影の色調と濃淡を値ぶみしていた。これなら絵になる、とストーンは思った。こちらが描く気になりさえすれば。

惜しいかな、ストーンは絵を描きに来たのではない。ほかに用事がたくさんあった。きょうは、絵を描くための部屋を見に来たのである。アトリエが必要だった。それも今すぐ、なるべく安いアトリエが。そこは北側から光線が入り、シャワーでもあれば申し分ないけれども、そんなことは現在のストーンには贅沢というものだ。ほかの美的要素、たとえば清潔ということになると――ストーンは階段をのぼりながら肩をすくめた。長い指で、ぐらぐらの手摺りをなでると、ざらりとした埃の感触である。

どこもかしこも埃だらけだった。ここは埃と、くらやみと、荒廃の場である。しんと静まりかえったなかを、おぼつかない足どりで、ストーンは上って行った。

このビルの一階と二階は、フリードが言ったとおり、がらんとして、からっぽである。屋根裏部屋へ上る階段は、二階のホールのはずれにあった。

「まるであなたの専用ビルですよ」と、周旋屋は自信ありげに言ったのだった。

「でも屋根裏部屋からは、あんまり出ないようにしてください。あなたが姿を見せなきゃ、だれものぞきに上って来やしません。ときどき市役所の人が来ますがね。ビルをとりこわせと言ってきかないんです。しかし床はしっかりしてますから、ご心配なく。なあに、見つかりさえしなけりゃ——何年隠れていてもつかまりっこありません。むろん、あんまりきれいな部屋じゃないが、まあ、とにかく一度ごらんになってみてくださいよ。月二十ドルで安いくらいのもんです」

　がらくたの散乱したホールを横切り、屋根裏部屋の階段へ近づきながら、ストーンはひとりでうなずいた。まったくこれなら安いくらいだ。ここ数週間というもの、何度もムダ足を運んで部屋捜しをしたあげく、いまようやく望みの部屋が見つかったのである。これこそ理想的な部屋だという確信が、だしぬけに湧きあがってきた。ストーンは吸い寄せられるように階段を上り始め——

　そのとき音がきこえた。

　何かがどしんと落ちた音のようでもある。何かをどんとたたいた音のようでもある。何かが壁の向こうでがちゃりとこわれたようでもある。肝心なのは、その音が上から、だれもいないはずの屋根裏部屋から、きこえてきたことだ。

　ストーンは、あと一段を残して立ち止まった。屋根裏部屋に、だれかがいる。月二十ドルで安いくらいのもんです——だが、何年隠れていてもつかまりっこありません。

　バートン・ストーンは勇敢な男ではない。アトリエ用の安い屋根裏部屋を捜している貧乏絵描きにすぎない。けれども、アトリエがどうしても必要だという切実な気持ちにつきうごかされて、ストーンはこわごわ階段をあがりきり、屋根裏部屋の入口に通じる短い廊下を歩き出した。

胸は早鐘のようにうっているが、足どりはあくまでも慎重である。爪立ちして入口のドアに近づくと、頭上の欄間《らんま》がふと目にとまった。と同時に、ドアのそばの壁ぎわに置かれた小さな木箱も目に入った。

ドアのむこうは、しんとしている。こちら側も静寂。ストーンは木箱をそっと持ちあげ、ドアの前に移動させた。その上にのぼれば、ひらいた欄間の窓から中の様子をうかがうことができる。

メロドラマの真似をしてはいけないぞ、とストーンは自分で自分に言いきかせた。しかし、不用意にずかずか入って行くのも、知恵がなさすぎる。バートン・ストーンは馬鹿ではないし、天使になりたいわけでもない。

ストーンは欄間からのぞきこんだ。

屋根裏部屋はかなり広かった。天井の明かり取りは埃だらけで、そこから辛うじて侵入した光が、部屋ぜんたいを病的な明るさにひたしていた。ストーンには何もかも見えた。何もかも。

本の山が見えた。人の背丈ほどの高さに、何列も何列も積み重ねられた本。その列のあいだに幾かかえものパンフレットの束が見えた。そして床から壁のように積みあげられた書類また書類。部屋の中央には、テーブルが見えた。テーブルの三方をとりかこむ本やパンフレットや書類は、まるで不安定な塔のようにそそりたっている。

そして男の姿が見えた。

壁を背にして、テーブルにむかい、三方から途方もない印刷物の大群にとりまかれている男。腰掛けたまま、かがみこみ、ひらいた本のページをのぞいている。顔を上げもしなければ、音も立てない。ただ、じっとすわって、ページを凝視している。

ストーンは、ひとみをこらした。さっきの音の原因は分かった。本の山から、一冊が床に落ちたのだ。しかし、それ以上のことは何が何やらさっぱり分からない。ストーンの目は手がかりを捜した。心は意味を捜した。

男は背が低く、肥っている。年頃は、中年といおうか。髪には白いものが目立ち、顔の皺が深くなり始める年頃だ。汚れたカーキ色のシャツとズボンを身につけている。復員兵士だろうか。それとも浮浪者か。お尋ね者か、貧しい古本屋か、変わり者の百万長者か。

ストーンは空想を振り払うようにして、眼前の光景に精神を集中した。肥った小男は、分厚い紙綴じの本のページをめくっている。電話帳のように厚い本である。そのページを、左手で、行きあたりばったりにめくっている。なるほど、この男は左利きなのだろう。

いや、果たして、そうだろうか。男の右手がテーブルの上を動き、何かをつまみあげ、それを光にかざした。日の光が銀色の細い線となってきらめいた。

それは針だった。長い銀の針。ストーンはそれを見つめた。男もそれを見つめていた。ストーンは奇妙なことに気がついた。肥った小男の目には、はっきりと嫌悪の色が、いや、それだけではなく、一種の恐怖に魅入られたような表情が浮かんでいるのである。

ふたたび静寂を破る音。小男が溜息をついた。その深い溜息は、だしぬけに気味わるく盛りあがり、呻き声になった。

針を凝視したまま、小男はとつぜん目の前の本のひらいたページめがけて、針を振りおろした。引き抜いたと思うと、めったやたらに突き刺した。それから本を床にどしんと投げ出し、ぐったりと椅子にもたれて、両手に顔を埋めた。肩が忍び泣きにふるえている。

何秒か経った。ストーンはまばたきした。ドアのむこうの屋根裏部屋で、小男はやおら身を起こし、選挙人名簿らしい細長い紙を引き寄せて、その表面をまじまじと見つめた。針が紙のまんなかあたりを狙った。ふたたび溜息をつき、突き刺し、すすり泣く。

小男はにわかに立ちあがった。ストーンはぎょっとした。のぞき見を感づかれたのか。いや、ちがった。針を握った男は、本の山のあいだをさまよい、またもや分厚い本を抜き出した。それをテーブルに持ち帰り、腰をおろし、右手で針を構えては、左手でページをめくる。探るように、きょろきょろとページをのぞきこみ、溜息をつき、突き刺し、すすり泣く。

バートン・ストーンは木箱から下り、箱をそっと壁ぎわに戻し、爪先立ちして階段を下りた。音を立てないように、注意ぶかく歩くことは、ひどくむずかしかった。足がひとりでに走り出しそうになるのである。

理屈にあわぬ感情であることは分かっているが、どうにも抑制がきかないのだった。狂人を見ると、いつでも、こんなふうに恐怖がだしぬけにこみあげてくる。ストーンは、酒場で酔っぱらいを見ても、恐怖を感じるのだった。酔漢というものは、次の瞬間には何をするか分からない。どんなことを考え、どんな行動に出るかが皆目分からない。それからストーンは議論もきらいだった。腹を立てた人間は往々にして、とんでもない行動に走るではないか。また町を歩きながらぶつぶつ呟いたり、独り言をいったり、空《くう》にむかって喋ったりする人を見ると、ストーンはいつでも避けて通るのだった。

だからいまも、あの肥った小男が恐ろしくてたまらない。長い、鋭い、銀の針を握ったあの男。ストーンは思い出した。針は一方の端が曲がっていたようである。その針が自分の喉に突き刺さったところを、曲がった根元までずっぷりと突き刺さったところを、まざまざと想像した。あんな狂人にかかりあってはいられない。早く帰って、周旋屋のフリードに事情を話そう。フリードはすぐあの男を追い出してくれるだろう。それがいちばん悧巧なやり方だ。

ストーンは、いつのまにか、エレベーターもない自分の下宿にもどり、ベッドに横たわって、壁を見つめていた。けれども、目に見えているのは壁ではなかった。ストーンの目は肥った小男を見ていた。大きなテーブルのかたわらの男の姿を吟味していた。本も、選挙人名簿も、パンフレットも、はっきりと見える。

それらは背景として一まとめにできる。人物を引き立たせるために、軽く、さっとスケッチすればいい。

カーキ色のシャツは、こんなふうに、だらりと上体にぶらさがっていた――ひらいた襟のかたちは、こんな具合だ。次は、頭と肩の線。あの緊張しきった、集中しきった姿勢を、うまく摑まなければいけない。

ストーンはスケッチ・ブックを出し、右手を激しく動かしていた。日の光を、肩のあたりのハイライトに利用しよう。銀の針に反射した光は、男の顔にも明るい部分をつくるだろう。

その顔――表情が大事なところだ。ストーンは顔の造作を大ざっぱに描きこみ始めた。すすり泣く直前の瞬間をとらえることさえできれば、針を突き刺すときの視線の秘密を測り知ることさえできれば、絵は完成だ。

それにしても、どんな表情だったろう。ストーンは、男の顔かたちを、無意識のうちにあれこれの分類や型にあてはめていた。額にたいする鼻の、頭蓋にたいする耳の、頰骨にたいする顎のプロポーション。それから眉毛と目との間隔。そういうことは、よく記憶していたし、簡単に再現することもできた。けれども表情自体が、特に目のあたりの表情が、すべての鍵なのではないだろうか。

それがどうしても摑めない。ストーンは描いては消し、消しては描いた。余白に小さなスケッチを描き、それも消した。てのひらが木炭でまっくろになった。

だめだ。ちがう。全然ちがう。もう一度あの男を見なければいけない。行くのは恐ろしいが、この絵は完成させたい。ぜひとも完成させたい。あの神秘的な感じを、針で留めるようにカンバスに固定することさえできれば、それでもう満足なのである。

針で留める。恐ろしいのは、あの針なのだ。それはもうはっきりしている。あの男が恐ろしいのではない。あの男が狂人だとしても、針さえなければ、なんらの害もない。凶器がなければ心配は要らないのだ。

ストーンは立ちあがった。部屋を出て、階段を下り、町を歩いた。先に周旋屋へ行ったほうがいいのではないか。しかし絵を完成させたい気持ちがより強かった。

対象をもう一度見たかった。肥った小男の顔をのぞきこみ、さまざまな面や角度の裏に隠れた秘密を読みとりたい。

その気持ちに、ストーンは従ったのだった。音を立てずに階段を上り、そっと木箱にのぼって、欄間ごしに声もなく視線を投げた。

肥った男は、まだ仕事をつづけていた。新しい本が、新しい書類が、大きなテーブルにうずたかく積まれていた。男の左手がページをめくり、右手が針を構える。そして謎めいたパントマイムが、際限なくつづくのである。溜息をつき、突き刺し、すすり泣く。すすり泣きをやめると、身をふるわせて新しいページをめくり、そこを穴があくほど見つめて、ふたたび——溜息をつき、突き刺し、すすり泣く。

銀の針がぎらぎら輝いた。それは光を受けて輝き、みずから光を放ち、たちまち大きくなるように見えた。バートン・ストーンは肥った男の顔を吟味し、その目の表情を印象にとどめようと努めた。

だが目に見えるのは針だった。ただ針だけだ。構えられた針、狙う針、ページを突き刺す針。

ストーンは懸命になって、小男の顔に注意を集中し、その造作や表情に意識の焦点をあわせようとした。そこには悲しみが見え、あきらめが読み取られ、激情が認められ、恐怖が識別された。しかし、幾度となく針を振りおろす手の動きには、悲しみも、あきらめも、激情も、恐怖も、まったく感じられなかった。それは単なる機械的な動きで、バートン・ストーンには意味が摑めないのである。それは狂人の行為であり、錯乱した奇っ怪な動作だった。

ストーンは箱から下り、それを壁ぎわに戻してから、屋根裏部屋のドアの前で、しばしためらった。部屋に入って行って、小男に面とむかい、何をしているのですかと訊ねることは、たやすいことである。小男はきっと顔をあげるだろう。ストーンはその目をのぞきこみ、秘密の表情をたしかめることもできる。

だが小男は針を持っている。それがストーンには恐ろしかった。泣きもしなければ溜息もつかない、ただ突き刺すだけの針が恐ろしいのである。突き刺して目的を果たす針。

その目的とは、何だろう。

そう、それを見つける方法は、ほかにもある。もっと悧巧なやり方がある。ストーンはしずかに階段を下り、曰くありげに町を歩き出した。

ここだ、アクメ不動産。おや、ドアに鍵がかかっている。バートン・ストーンは腕時計を見た。まだ四時だ。妙だな、どうしてこんなに早く店を閉めて、どこへ行ったんだろう。どこかの家か事務所を、お客に見せに出掛けたのかな。

ストーンは溜息をついた。じゃあ、あしただ。急ぐことはない。踵を返して、歩き出した。下宿へ帰って、夕食まで一休みするつもりだったが、町角をまがったとき、ふと目撃した光景に、思わず足をとめた。

褐色のものが、ちらと視野のなかを動いたのである。ストーンの目はカーキ色のひらめきをとらえた。まがった背中と白髪の頭が一軒のレストランの戸口に消えた。それだけ見れば充分である。肥った小男は食事に出たのだ。

ということは……

ストーンは数町の距離を走り、ぐらぐらする階段を駆けあがった。息せききって屋根裏部屋に跳びこみ、テーブルに駆け寄った。そして、そこで初めて、はたと当惑したのである。ここで何をするつもりだ。何を発見しようというのだ。何を捜したらいいのだ。

それが問題である。何かを見つけたい。何かの手がかりを。肥った小男の不可解な行動をときあかしてくれるような何かを。

あたりは一面、本だらけ、書類だらけだった。テーブルの上には、すくなくとも五十冊の本がのっている。ストーンは一冊を取り上げた。それは、メイン州バンガー市の今年の電話帳だった。そのしたには電話帳がもう一冊――これはアリゾナ州ユマのである。その下の、けばけばしい装幀の本は、モンテビデオの商工人名録だ。その横には、フランス人の名前がつらなった細長い紙がある。ディジョンの町会名簿だ。そのとなりには、フィリピンのマニラの選挙人名簿があった。もう一冊の選挙人名簿は、どうやらロシアのものらしい。それからリーズの電話帳があり、カルガリーの市勢調査票があり、モンバサの非公開の市勢調査票の複写写真がある。

ストーンはそれらのページをぱらぱらめくり、それからテーブルの右側の印刷物の山に注意を向けた。そこにはページをひらいたままの本が、雑多に積みかさねられている。ストーンは、山の底のほうを見た。また電話帳だ。シアトルの電話番号簿。ベルファストの商工人名録。イリノイ州ブルーミントンの投票者名簿。オーストラリアのメルボルンの選挙人名簿。中国の象形文字で書かれた何枚かの書類。東京のアメリカ空軍基地の兵員表。スウェーデン語かノルウェー語の本。どちらかははっきり分からないが、これも名簿のようなものであることだけは分かった。ほかの名簿とおなじく、最近発行された最新版であるらしい。

山の一番上には、マンハッタン区の電話帳があった。それもほかの本とおなじように、ページがひらかれていた。ページの選択は、まったくのでたらめであるように見える。バートン・ストーンは、そのページの見出しに注目した。FREである。そのページに針で刺した跡があるだろうか。よく見ると、確かにあった。

フリード、ジョージ・A。そして住所。

ちょっと待ってくれ！　これはあの周旋屋じゃないのか。何かがみるみる一定のかたちに固まり始めた。ストーンは電話帳を押しやり、部屋から跳び出し、階段を駆け下りて、町角の新聞売場まで走って行き、新聞を買った。死亡広告に目をはしらせると、あった、おなじ名前が。

フリード、ジョージ・A。そして住所。別の面に——ストーンの手がぶるぶるふるえて、見つけるのに時間がかかった——記事が出ていた。今朝の出来事らしい。事故だ。道を横切るとき、トラックにはねられたという。助かる見込みなし。

　助かる見込みなし、か。今朝（たぶんストーンが初めてあの男を見たときに）針が狙って刺したのだ。電話帳のなかの名前。それはひとたび針に突き刺されれば、破滅を意味するのだ。死を。

　死を！

　だれものぞきに上って来やしません。何年隠れていてもつかまりっこありません。そうだ。世界中のリストを、資料を、名簿を集めて、あの屋根裏部屋に運ぶこともできるだろう。そして昼も夜もあそこに閉じこもり、伝説の魔女が犠牲者の絵姿に針を刺すように、名簿のなかの名前を針で突き刺すのだ。ゆきあたりばったりに名簿をえらび、針を突き刺す。刺された名の人は死ぬ。そう、あの肥った小男なら、きっとそうするだろう。あいつの名前は死。

　ストーンは笑い出したが、出てきた声は声ではなかった。小男の目の表情が、その秘密めいた色がとらえられなかったのも道理である。あれは秘密のなかの秘密。死そのものなのだ。死神そのひとなのだ。

　いま死神はどこにいる。安レストランで一休みしている。死神はめしをくっている。まことに単純明瞭なことではないか。ストーンはいますぐ警官をレストランに引っ張って行って、こう言えばいいのだ。

「お巡りさん、あそこに肥った小男がいるでしょう、あいつは人を殺しました。逮捕してください。あいつは、ごぞんじの死神です。証拠はいくらもあります。針の跡を見せてあげましょう」

　単純明瞭だ。気がへんになるほど単純明瞭だ。

　これはまちがいかもしれない。誤解かもしれない。ストーンはまた新聞をめくって、死亡広告を見た。クーリー、レベンテイラー、モーツ。これを確かめてみなければ。

　クーリー、レベンテイラー、モーツ。

　第一の問題は、死神の食事の時間は何分くらいかということ。

　第二の問題は、死神は食後にコーヒーをもう一杯飲むだろうかということ。

第三の問題は、あの屋根裏部屋へ戻って、電話帳をひらき、クーリー、レベンテイラー、モーツの名前が針に刺されているかどうかを調べたいが、そんなことができるものだろうかということ。

第一第二の問題は、ストーンには解決できない。危険の可能性がふくまれているというだけのことだ。第三の問題は、行動によってしか解決できない。

バートン・ストーンは行動した。だが足は動きたがらなかった。一足ごとにふらつくのである。ふたたび階段を上るとき、手もふるえていた。

欄間から中をのぞきこんだストーンは、あやうく木箱からころげ落ちそうになった。屋根裏部屋は、依然としてからっぽである。中に入った。もうたそがれが部屋いっぱいにたれこめていた。明かり取りから入る光で、辛うじて電話帳の字が読める。クーリー、レベンテイラー、モーツの名前はすぐ見つかった。それぞれ、O《オー》とV《ヴィ》とU《ユー》の字が、針につらぬかれている。名前をつらぬき、生命を刺しつらぬくその針の穴は、まるでその人々の生涯に打たれた終止符《ピリオド》のように見えた。

きょう一日のうちに、ほかの何人の人たちが、どれほど多くの大都会で、田舎町で、農村で、十字路で、暗渠《あんきょ》で、刑務所で、病院で、丸太小屋で、村落で、塹《ざん》壕《ごう》で、天幕で、氷の家《イグルー》で、死んで行ったのだろう。恐ろしい力に振りおろされて、銀の針はいくたび名前を刺しつらぬいたのだろう。

そう、今晩、これからあとも、何回刺しつらぬくのだろう。こんなことが、あしたも、あさっても、ああ、未来永劫につづくのか。

昔から、絵に描かれた死神は、いつも大鎌をふりまわしていた。そうではなかったか。それが実は、大鎌ではなくて、ただの針だったのだ。一方の端が曲がった針。長い、鋭い、銀の針。そこにある、その針。

沈んでゆく太陽の光線が、最後の力をふりしぼって針を照らし出した。針は虹色に輝いた。ストーンは思わず喘いだ。針はそこにある。テーブルの上に。肥った小男が、食事に出るとき置いて行ったのだ。銀の針！

　光り輝くその針を見つめ、一方の端の曲がったかたちに気がついて、ストーンはもういちど喘いだ。結局のところ、これが大鎌なのだ！　銀でつくった大鎌のミニアチュアだ。全人類をなぎ倒す死神の武器だ。なんの理由もなく人類をなぎ倒し、なんの意味もなく人間の知覚をほろぼす武器。それが熱狂的なリズムに乗って軍隊の兵員表の上を動き、多くの生命をぷつりぷつりと刺しつらぬくさまを、ストーンは想像した。ちくり、ちくりと人間を突き刺す。ずぶり、ずぶりと心臓に突き刺さる。死の道具。死を招く武器。どんな剣よりも小さく、どんな爆弾よりも大きな兵器。

　それがここに、このテーブルの上にある。

　手をのばして、それを摑みさえすれば……

　一瞬間、沈みゆく太陽が静止し、ストーンの心臓もうつことを止め、全世界は静寂に満たされた。

　ストーンは針をつまみあげた。

　それをシャツのポケットに入れ、よろめく足を踏みしめ、部屋を出て、ホールのくらやみを横切り、まっくらな階段を下りた。

　そして何事もなく、街路に出た。ストーンの身に変化はなかった。針はちゃんとポケットにおさまっていた。世界はいつまでも安全な場所になった。

　ほんとうに、そうだろうか。信じられない。

　まったく信じられない。ストーンは下宿の部屋で一晩中まんじりともしなかった。ひょっとすると、このまま発狂するのではないだろうか。

　だって針はただの針なのである。もちろん、かたちは死の大鎌に似ている。ひどく冷たくて、手で握ってもあたたまらない。その尖端は、どんな道具でとがらせたのか、ちょっと考えられないほど鋭いのである。

　しかし信じられない。翌朝になっても、何の変化もないのだった。死神は新聞を読むものだろうか、とストーンは思った。まさかありとあらゆる新聞を読むはずもないだろう。ありとあらゆる葬式に出掛けるはずもないだろう。死神は忙しいのだ。いや、忙しかったのだ。今はただ待つことしかできないはずだ。ストーンが待っているように。

午後の版の新聞には、結果があらわれるだろう。いまだに信じられないストーンは、ひたすら待った。やがて町角に出て、四種類の新聞を買い、そこで初めてわかった。

まだ死亡広告が出ている。それは当然だ。きのうの死亡広告のつづきなのだから。ただし、きのう死んだ人だけだ。

第一面にその証拠があらわれていた。ニュースそのものは大問題であるのに、ニュースの取扱い方はユーモアまじりか、それともひやかし半分か、あるいはせいぜい無関心をよそおった書き方だった。通信社や新聞社のデスクの人たちは、あまり悧巧すぎて、あまり現実的すぎて、確信がもてないあいだは、こんな事件にかかりあうまいとするのである。だから、まだどの新聞にも、この件についての論説はのっていなかった。

ただ事実が報道され、いろんな人の「見解」が付け足してあるだけだった。

ゆうベシンシン刑務所で電気椅子に坐った四人が——まだ生きているのである。電流の強さは充分すぎるほどだった。死刑囚は椅子のなかでフライになった。文字どおりフライになったが、まだ死なない。当局は調査中……

バファローで奇妙な事故——ケーブルが切れて重量二トンの金庫がフランク・ネルスン（四十二歳）の上に落ち、頭と肩を打った。背、頸、両腕、両脚の骨、それに骨盤が折れ、頭蓋骨は完全につぶれた。しかし救急病院に運ばれたフランク・ネルスンはまだ息をしている。医者の意見によれば、これはまったく不可解……。

チリで飛行機の墜落事故。十八名の乗客は重傷を負い、エンジンの発火により火傷した者もいるが、まだ死亡した者は一人もいない。その後の報告によれば……

ニューヨーク市およびその近郊で、ゆうべから死亡者が一人もいないことは、まったく不可解な現象であると病院当局は……

炭鉱のガス爆発、自動車事故、火事、天災。どれもが互いに分離され、それぞれ独立した奇妙な現象として扱われていた。

きょうのところは、まあ、こんな調子だろう。あすになれば、どんなに現実的な新聞記者も頭の硬い医者も、旧弊な浸礼派《バプチスト》の信者たちも、がんこな軍人も、口やかましい科学者も、みんな目がさめて、情報を交換し合うだろう。そして死神が死んだことを悟るだろう。

その間も、引き裂かれ、ねじまげられ、焼かれ、拷問され、圧しつぶされた人たちは、ベッドで身もだえするだろうが、呼吸は決してとまらないだろう。なんとか生きつづけるだろう。

ストーン自身もなんとか生きつづけるだろう。死刑囚の焼かれた肉体が、泥棒の切り刻まれた胴体が、目に見えるようだった。世界中いたるところで、早く殺してくれと哀願する苦悶の形相《ぎょうそう》のかずかず。

良心はわれらすべてを臆病者にする。いかなる人も孤島ではない。それにしても、ストーンはなんとか生きつづけるだろう。そして針をなくさぬ限り永遠に呼吸し、生きつづける。永遠に！

それはストーン一人ではなく、万人が生きつづけるのだ。若い世代の出現につれて、地球はますます狭苦しくなる——そうなったら、どうしよう。なに、新聞記者や、医者や、牧師や、軍人や、科学者に、なんとか解決してもらうさ。ストーンは自分の役目だけは果たしたのだ。死神をほろぼしたのだ。すくなくとも死神から武器を奪ったのではないか。

いまごろ、死神はどうしているだろう、とバートン・ストーンは思った。こんな午後の時間を、死神はどうすごしているのか。あの屋根裏部屋につくねんと坐り、無駄になった印刷物の山をながめ、死の台帳をもてあまして、呆然としているのだろうか。それとも、ほかの仕事を捜しに外出しただろうか。まさかあいつに失業保険金は出ないだろうな。社会保険に入っていたはずもなし。

　それは死神の問題だ。どうでもいい。ストーンにはまた別の心配があった。

　たとえば、この痛みである。それは、その日の昼ごろから始まったのだった。初めストーンは、二十四時間以上も食事せず睡眠をとらなかったせいだろうと思った。疲労なのだ。しかし、この疲労はチクチクする。疲労が人間に嚙みついたりするだろうか。鋭い小さな歯で胸を嚙んだりするだろうか。

　鋭い歯。胸。ストーンは、はっと気がついて、シャツのポケットから銀の針を摑み出した。小さな死の鎌は冷たかった。その鋭い氷のような尖端が、シャツの布地を裂き、ストーンの胸を刺したのである。

　ストーンは針をそっとテーブルの上に置き、尖端をむこう側へ向けた。それから椅子にすわり、痛みが去ったので溜息をついた。

　だがそれは戻って来た。より激しい痛み。ストーンは針を見た。尖端がこちらを向いている。動かしたおぼえはない。手も触れなかった。見もしなかったのである。だが針は磁針のようにこちらを指した。そしてストーンは磁極だった。たぶん北極なのだ。この胸をつらぬく痛みのように、冷たい凍てついた所。北極。

　死神の武器には力があった——ストーンの胸や心臓を刺す力が。それはストーンを殺すことはできない。もはや世界に死は存在しなくなったのだから。針はストーンを刺すだけだ。いつも、夜となく昼となく、永遠に刺すだけだ。ストーンは苦痛を引きつける磁石だった。限りない、耐えがたい苦痛。

　その考えは、針そのもののように、ストーンの胸を突き刺した。

　ストーンが自分で手をのばして、針を摑みあげ、自分の胸に突き刺したのか。それとも針がひとりでにテーブルから離れて、目標を求めたのか。針には針自体の力がそなわっているのか。

　そうだ。それが答えなのである。いまのストーンにはよくわかっていた。肥った小男はただの人間であって、それ以外の何者でもないということ。食事をしに出掛けねばならない哀れな人間なのだ。絶え間なく針で突き刺しながら、こっくりこっくり、うたたねする男。この男は道具にすぎない。針そのものが死神なのだ。

あの男は、かつて、ニューヨークか、バグダッドか、ダーバンか、ラングーンか、どこかの町の荒廃したビルで、欄間から、あるいは窓から、ああした屋根裏部屋をのぞきこんだのではあるまいか。そしてもう一人の哀れな男から銀の針を盗み、それからというもの、ちくりちくりと心臓を刺しつづける針に追われて、町をさまよっていたのではあるまいか。そしてあげくの果てに、世界中の人名が最後の宣告を待っているあの部屋へ、舞い戻ってきたのではあるまいか。

バートン・ストーンには分からない。分かっているのは、この針が北極の氷よりも冷たく、火山の火よりも熱く、そして絶え間なく胸をさいなむということだけだ。たとえ胸から針をむしりとっても、尖端は容赦なくこちらを向き、手はひとりでに針を摑んで、おのれの胸に押しあてるのである。溜息をつき、突き刺し、すすり泣く——死神の力は針にひそんでいたのだった。

そして、バートン・ストーンは死神の力に衝き動かされて、夜ふけの町を走り、喘ぎ喘ぎ、まよなかの階段を上って、屋根裏部屋にころげこんだ。

テーブルの上に細いローソクが燃え、その光が部屋の四方に影を投げかけている。肥った小男は、印刷物にとりかこまれて、そこにすわっていた。バートン・ストーンが入って行くと、頭を上げ、うなずいた。

その視線には、個性も生気も欠けていた。ストーンは苦しみにあふれ、緊張しきった目で、男を見つめた。いまこそストーンは疑問を解き明かさねばならぬ。そして肥った小男の顔に、答えはすでにあらわれていた。

肥った小男はまちがいなくただの人間で、それ以外の何物でもなかった。この男は、まさしく単なる道具にすぎず、すべての魔力は針にひそんでいるのだ。それだけ分かれば、バートン・ストーンは満足だった。理解できることといえばそれだけで、あとは果てしない苦痛だった。ストーンはその苦痛から救い出され、釈放されねばならない。ちょうど世界中の哀れな人間たちが、救出され、釈放されねばならぬように。それはひとつの論理だった。冷たい論理、針のように冷たい論理、死のように冷たい論理である。

ストーンは喘いだ。肥った小男は、立ちあがり、テーブルのまわりをまわって近づいてきた。

「待っていました」と、男は言った。「きっと来ると思った」

ストーンは無理にことばを吐き出した。「ぼくが針を盗んだのです」と喘ぎ喘ぎ言った。「返しに来ました」

肥った小男はストーンを見つめた。その目の表情が初めてあらわになった。そこには無限の憐れみと、際限のない理解と、果てを知らぬ安堵の色が浮かんでいた。

「一度奪ったものは返せません」と小男は呟いた。「あなたも御存知のとおりです。いったん針を手に入れたあなたには、永久にその針がつきまとうのです。そのうちに、やがて――」

言いかけて小男は肩をすくめ、テーブルの蔭の椅子をゆびさした。

ストーンは何も言わずに腰をおろした。目の前に本の山があった。全世界の人名を書きこんだ本や、電話帳や、書類や、パンフレットや、名簿。

「急ぎの用事が、一番上の本です」と、小男は囁いた。「あなたを待っているあいだに、えらび出しておきました」

「じゃあ、ぼくがここへ戻って来ることを知っていたんですか」

肥った小男はうなずいた。「昔、わたしも戻って来たのです。戻って来ると――あなたもまもなくお分かりでしょうが――苦痛は消えました。もう針を出して、仕事にとりかかっても構わないのです。仕事はたくさんたまっています」

男の言うとおりだった。ストーンの胸の痛みはもう消えていた。ストーンは、小さな鎌のかたちの針を難なく取り出して、右手に構えた。左手が本の山の一番上を探った。たった一つの名前を書きつけた小さな紙片が、そこにあった。

「すみませんが」と肥った小男はかすかに言った。「その名前から始めていただけませんか」

ストーンは肥った小男を見つめた。紙片の名前は見もしなかった。見なくても分かっているのだ。ストーンの右手が針を突き刺した。小男は溜息をつき、くずれた。と、あとに一握りの灰が残った。

古びた灰、紗《しゃ》のように軽い灰はまもなく飛び散った。踊りながら散乱してゆく灰の行方を見とどけるひまはなかった。すでにバートン・ストーンは溜息をつき、突き刺し、身をふるわせ、すすり泣き、それを繰り返していたのである。

そして針は狙い突き刺した。シンシン刑務所の死刑囚を、バファロー救急病院のフランク・ネルスンを、チリの飛行機事故の犠牲者たちを刺した。ボンベイのチャンドラ・ラルを、ミネアポリスのラモナ・ネイルスンを、グラスゴーのバーニー・イエイツを、ミンスクのイーゴリ・ヴォルベツキーを、ミニー・ヘインズ夫人を、ドクター・フィッシャーを、ウルボンガを、リー・チャンを、アッパーサンダスキーのジョン・スミスという男を、突き刺した。

朝になり、夜になり、夏が秋に変わり、冬が来て、春が来て、そしてふたたび夏になった。しかし、あなたはそこに何年隠れていてもつかまりっこないのである。

あなたはページをめくり、でたらめに針を突き刺しさえすればいい。それが一番いい方法だし、一番公平なやり方なのである。でもあなたはときどき腹を立てて、一つの場所から一時に大勢の人を消してしまう。また時には疲れて、ぼんやりと、針任せに仕事をつづける。

あなたは溜息をつく、突き刺す、身ぶるいする、すすり泣く。けれども仕事をやめることは決してない。針が仕事をやめないからだ。死の大鎌はいつも揺れている。

こうしてつづく。いつまでもつづく。だがある日、避けられぬある日、何かのきっかけから、どこかの場所で、だれかが発見するだろう……

フェル先生、あなたは嫌いです

I Do Not Love Thee, Dr. Fell

だれがフェル先生を推薦してくれたのだったか、ブロムリーには思い出せない。ただその名前がポンとあたまに跳びこんで来て（こんなにいろんなことがあたまから跳び出して行くときに、何かが跳びこんで来たとは、不思議なことではないか！）、すぐ診察を申しこんだのだと思う。

とにかく受付嬢はブロムリーのことを知っているらしく、「お早うございます、ブロムリーさん」と言ったその声にはあたたかみがこもっていた。診察室のドアは、しめるとき、ひどい音を立てて軋った。どちらも妙に聞きおぼえのある音だ。

診察室のなかを見まわすと、ここでも、見おぼえがあるという不思議な感じに襲われた。窓の左側の本棚とファイリング・ケース、右側のデスク、片隅の寝椅子、どれもこれもブロムリーの事務所の家具の配置とそっくりおなじではないか。これは縁起がいい、とブロムリーは思った。くつろげる。家にかえった気分になれる。しかし、二度と家にはかえれない。家とは心のあるところ。わたしの心を奪ったあなた、つれなくわたしを捨てないで。あのとき二人で歌ったわ、昔なつかし愛の唄……

ブロムリーは、猛烈な努力をして、ようやく我に返った。先生には、いい印象を与えなければいけない。

デスクのむこうの椅子から立ち上がったフェル先生は、背が高く、やせていて、年恰好や体格はブロムリーそっくりだった。顔つきもブロムリーに似ていないことはない。照明が薄暗いので医者の顔かたちは明瞭には見えなかったが、しかし、きびきびした、意志の強そうな感じは、おれとはずいぶんちがう、とブロムリーは思った。

　その意志の強さのあらわれだろうか、フェル先生は、デスクをぐるりとまわって来て、心のこもった握手をした。

「時間は正確ですね、ブロムリーさん」と、フェル先生は言った。その声は、深くて低かった。深くて低い。こはそも如何に。見よ、ビダッドとビゴッブ。シャドラック、メシャック&アベドネゴー有限会社。

　この言葉の洪水からどう逃れたのか、ブロムリーには分からない。ふと気がつくと、おどろいたことに、ブロムリーは寝椅子に横たわっていた。さっきからだいぶ永いことフェル先生と話していたらしい。それも辻褄の合った話をだ。そう、今思い出した。お定まりの質問に答えていたのだった。

　名前はクライド・ブロムリー、年齢三十二歳、PR企画業。ペンシルヴェニア州エリーの生まれ。両親、死亡。商売は不景気。思わしくない。ショウほどすてきな商売はない、こんな商売見たことない……

　そう口に出して言ったのか。いや、そんなことはなかったようだ。フェル先生の豊かな深い落ち着いた声は、つぎつぎと質問を重ね、答えを引き出していったのである。フェル先生にはなんでも喋らなければいけないのだ。先生は優秀な精神科のお医者さんなのだから。

　精神医学のことは、ブロムリーもすこしは知っていた。ああ、そりゃ術語や何かは知らないが、ちょっと聞きかじったという程度の知識でもない。今やっているのは、探りを入れる準備として、一定の方向づけをやっているのだ。ブロムリーは協力しないといけない。

　フェル先生が健康状態や経歴を訊ね始めると、ブロムリーは上衣の内ポケットから一枚の紙を出して、それを医者に手渡した。

「これをどうぞ、先生。健康診断書です。先週調べた結果です」ブロムリーはもう一枚の紙を出した。「これは履歴書です。友人、親戚、恩師、雇い主、職種——何でも書いておきました。思い出せる限りは書きました。あまり思い出せないのが、現在の悩みの種なんですが」

フェル先生は微笑した。「たいへん結構です」と、医者は言った。「協力の必要性をよく理解しておいでですね」医者は書類をデスクの上に置いた。「これはあとで詳しく拝見します。大部分の内容は、もう存じ上げていると思いますが」

ブロムリーはまた何ともいえぬ恐慌感におそわれた。フェル先生を推薦してくれた奴は、だれだか知らないが、ブロムリーのことを先生に洗いざらい喋ったとみえる。いったいだれだったっけ。訊ねるのはちょっとまずかった。恥ずかしいわけじゃないが、そんなことを訊いたら、病状はよほど進んでいると思われても仕方がない。どういう手順をたどってこの医者のところへ来たのかも記憶していないとしたら、そう思われるのも当然だ。まあ、そんなことはどうでもいい。いまブロムリーはここに来て、ほっとしている。それが肝心なことだ。フェル先生は必要な人なのだ。

「力を貸してください、フェル先生」と、ブロムリーは喋っていた。「先生は頼みの綱です。だから伺ったのです。それが一番大切なところなんで、そこのところを分かっていただきたいんです。先生が頼みの綱でなけりゃ、ここへ伺ったりしません。わたしは綱の端っこを握ってるようなもんです。綱の端っこを握ると、揺れるでしょう。わたしは今、揺れています。小道の上を揺れているんです。記憶の小道です。わたしは流行歌の作詞家になろうと思いましてね。でも、わたしが歌詞を書くと、ぜんぶ盗作みたいにきこえるんです。それがわたしの悩みです。つまり、連想ということですね。わたしには連想が多すぎるんです。何をしても、何を言っても、だれかから盗んだことばかりだ。真似、模倣といいますかね。しまいにはオリジナルなところがゼロになってしまう。すがりつける土台がなくなってしまうんです。わたしというものがなくなってしまう。ほんとうのわたしが残らないんです」

こんな具合に、ブロムリーは一時間も喋りつづけた。

思いついたことは何から何まで喋った。連想によって引き出された決まり文句がほとばしり、それと一緒に、力を貸してくれという願いがあふれ出た。

フェル先生は何やら手帳に書きつけ、沈黙していた。時刻が来ると、ブロムリーの肩を叩いた。

「今日はここまでにしておきましょう。あすもおなじ時刻でいいですか。一日一時間、週に五日ということにしましょう」

「じゃあ、見込みはあるんですね」

フェル先生はうなずいた。「あなたは御自分の力で回復できます。では、当分のあいだ、週に五日ということで」

ブロムリーは寝椅子から起きあがった。フェル先生の顔がぼんやりと目の前で揺れていた。ひどく疲れ、混乱しているのに、目がかすむほど肉体的に緊張しているのに、心はなんとなく休まった感じである。悩みはただ一つ――それを急に思い出した。

「でも、先生、今思いついたんですが、わたしはこの頃どうも、商売のほうが思わしくないもんですから、週に五日となりますと――」

医者の手がブロムリーの肩をつかんだ。「よく分かります。じゃ、申しましょう。あなたのケース――つまり、あなたの問題はですね、わたしには個人的に興味があるのです。いくら精神科の医者でも、ただで診察する場合がないわけではないのですよ」

ブロムリーは耳を疑った。「とおっしゃると――ただで診察して下さるのですか」それからどっと感謝のことばが出て来た。「先生、あなたは真の友です。まさかのときの友です。まことの友です。まったくです」

フェル先生はくすっと笑った。「もちろん、ブロムリーさん、わたしはあなたの友人ですよ。それは今にきっと分かっていただけます。信じて下さい」

ドアから出て行くとき、クライド・ブロムリーの頭のなかでは、いろんな文句が渦巻いていた。信じられるは神様だけ、あとはなんでも現金取引。わが唯一無二の友。最良の友は母親なり。

受付嬢が何か言ったが、夢中になっているブロムリーにはきこえなかった。ブロムリーは考えに沈んでいた。深く、深く、深く。テキサスの奥深く。テキサスとともに死なん。これぞ誓いの言葉なり。

それからあとの時間は、茫漠としていた。あっというまに次の日が来て、またやって来たブロムリーは、寝椅子に横たわっていた。

フェル先生は耳を傾けていた。ブロムリーは喋った。父親と母親のこと、現在の奇妙な感じのこと。フェル先生を見ていると両親を連想するということ。兄弟はいないんです。わたしは一人息子です。わたしとはいったい何者でしょう。

「あなたは何者です」と、フェル先生はやさしい声で質問した。「それがあなたの本当の悩みなのでしょう？　あなたは誰です。この質問には、答えようとすれば答えられるはずですね。じゃあ、答えようと努力してごらんなさい。あなたは誰です」

それはまちがった質問だとブロムリーは感じ、心が凍るような気がした。どこか内部の奥のほうで、いくつかのことばが答えをかたちづくった。だが、そのことばが見つからない。ことばの出てくる地点を、その内部の地点を発見できない。

残りの時間は、ただ寝椅子に横たわっているだけだった。

フェル先生は何も言わなかった。時間が切れると、ブロムリーの肩を叩き、「じゃ、またあした」と呟き、そっぽを向いた。

ブロムリーは診察室を出た。受付嬢は妙な目つきでブロムリーを見つめ、何か言おうと口をあけたが、何も言わなかった。ブロムリーは肩をすくめた。途中の記憶はほとんどなく、それでもなんとか事務所へ帰りついた。

事務所へ帰ると、自分の秘書に伝言はなかったかと訊ねた。ブロムリーの妙なところは明らかに外見にあらわれているらしい。というのは、この秘書もまたぽかんと口をひらいたのである。それからようやく自分をとりもどしたらしく、つい今し方CAAから電話があって、お目にかかりたいとおっしゃいましたと伝えた。トーチー・ハリガンを扱うチャンスがあるというのだ。

これは待ちのぞんでいた知らせだった。ブロムリーはたちまちシャンとした。トーチー・ハリガン――新放送網のためのテレビ・ショウに契約した男――MGMとは二本の契約――CAAすなわちアメリカ芸術家協会との大きな取引――個人マネジャー――あらゆる日刊紙に知らせて――

「すぐに電話をかけて、今うかがいますと言ってください」と、ブロムリーは言った。「ブロムリーは調子にのってきましたよ！」

ブロムリーはのっていた。フェル先生の診察室の寝椅子にのっていた。墜落していいた、恐ろしい速さで……

……

そして喘いだり、べそをかいたり、ぜいぜいいったりしながら、喋りつづけていた。

「どうも分かりません、先生。どうしても分かりません！　わたしはそのハリガンとの仕事に大乗り気でした。これこそ待ちのぞんでいた仕事ですからね。週二百ドルで、諸経費はむこう持ち、一緒にハリウッドへ行くチャンスはあるし。しかも彼のビジネス・マネジャーは、ハル・エドワーズだったんです。これはわたしの親友で、古い付き合いがある男です。こいつがハリガンにはっぱをかけて、わたしを推薦したわけですね。

そこでわたしはまずエドワーズの家へ行き、二人で打ち合わせをしてから、一緒にプラザ・ホテルのハリガンの部屋へ行きました。ハリガンはもう旧知のような迎え方をしてくれましてね。ハル・エドワーズはわたしのことを――すごい実力者だとかなんとか、大いに宣伝してくれていたわけです。

分かりますか、先生。何もかもすっかりお膳立てができていた。ハリガンは、わたしが宣伝プランを説明するのを待っていました。エドワーズがそれとなく合図してくれて、わたしは口をひらきました。

　ところが何も出て来ない。分かりますか。何一つ出て来ない！　何を喋ったらいいか、さっぱり分からないんです。頭の中じゃ、いろんな言葉や文章がぐるぐるまわっているんですが、それがつながらない。もうプレス・エイジェントとしての考え方ができない」

　喋っているあいだ、ブロムリーはフェル先生の顔を見守っていた。初め、その顔は遙か彼方にあったが、だんだん近寄って来て、すこしずつ大きくなり、ついには視野いっぱいにひろがった。

　そしてフェル先生の声も、遠くの雷鳴から近くの雷鳴になり、とうとう頭上の雷鳴になった。

　荒れ狂う音とイメージのなかで、ブロムリーはフェル先生にすがりついていた。フェル先生のことばが頼り。だって愉快な奴だもの。だれに訊いてもそう言うよ。

　フェル先生は速記の記号でノートをとっていた。それを見ながら喋り出した。ブロムリーはすぐ気がついた。先生はブロムリーの喋った言葉の断片を読みあげているだけなのである。きれぎれのことばが、次第に高くひびきわたった。

「どうしても分かりません……大乗り気でした……待ちのぞんでいた仕事……週二百ドルで……諸経費は……ハリガンにはっぱをかけて、わたしを推薦……もう旧知のような……すごい実力者だとか……分かりますか……すっかりお膳立てが……説明するのを……それとなく合図して……ところが何一つ……それがつながらない」

　フェル先生は体を乗り出した。「今のきれぎれのことばをどう思いますか、ブロムリーさん。あなたの心のなかで、どうつながりますか」

　ブロムリーは考えようとした。懸命に考えた。だがそのあげく、答えた。「分かりません。今のは何年か前に、宣伝の仕事を盛んにやっていた頃、使っていたことばばかりです。なんとなく時期おくれの感じがしますね」

フェル先生はにっこりした。「そのとおり。ということは、今あなたが最後におっしゃった、もうプレス・エイジェントとしての考え方ができないということばと、つながらないでしょうか。それが、ブロムリーさん、あなたの悩みの一部ではないでしょうか――あなたがもはやプレス・エイジェントではないということが？　つまりあなたは自己同一性を、あなた自身の位置を失っているのではないでしょうか。もう一度お訊ねします――あなたは誰です？」

ブロムリーは、凍りついたようになった。答えられない。答えを考えられない。ブロムリーは寝椅子に横たわり、フェル先生は待った。何事も起こらなかった。

ながい時間が経った。何事も起こりそうに見えなかった。次の二日間をどうしてすごしたのか、ブロムリーはおぼえていない。思い出すのは、寝椅子に横たわっていた時間だけだ。そして日に幾度となく、事務所とフェル先生の診察室とのあいだを往復したような気がしてならない。

もちろん、それは調べのつかぬことだった。ブロムリーはだれとも話をしない。アパートに一人で住み、食事は大衆食堂ですます。秘書のセルマとも、もう口をきかなくなった。口をきく必要もないのだ。不幸なハリガンの一件以来、電話はかかってこない。おまけに秘書の給料は三週間も溜っていた。しかも、秘書はこのごろブロムリーが事務所に姿を現わすと、まるでおびえたような顔をするのだ。考えてもみてほしい（いや、何によらず、まともに考えることはむずかしいことだった）、フェル先生の受付嬢でさえ、ブロムリーが訪ねて行くと、おびえた顔をするのだ。

話をしない。それが問題だ。ブロムリーにはもうことばがない。ハリガンとハル・エドワーズを相手にしたときは、最後の努力だった。それっきり、交流の能力は涸渇してしまった。さまざまな決まり文句はブロムリーから流れ出し、あとには何も残っていない。まったく何一つ残っていない。

今フェル先生の診察室の寝椅子に横たわっていて、ブロムリーはそれを悟った。フェル先生はまたもやいくつもの質問を繰り返した。「あなたは誰です」

ブロムリーは答えられない。なんにもないのだ。ブロムリーは何者でもない。もう何年もかかって、何者でもなくなる過程を歩んで来たのだ。そうとしか説明できない。しかしその説明すらできそうにない。

説明は不必要なのだ、とブロムリーはとつぜん思った。フェル先生はブロムリーのすぐそばにすわっていたが、永い沈黙を破って、意味ありげに囁き始めた。

「よろしい。別の角度から考えてみましょう。あなたが質問に答えるための参考になるかもしれません。ひょっとしたら、あなたは誰なのか、わたしが教えてあげられるかもしれません」

ブロムリーは真顔でうなずいたが、どこか内部の奥底から恐怖が湧きあがってきた。

「あなたのケースを研究してみました」と、フェル先生は言った。「これはある意味では非常に珍しいケースですが、それは初めてのケースだからです。今後こういうケースはどんどん現われるかもしれません。数年のうちに、わたしの考えに誤りがなければ、あなたのような人は数千人も現われるでしょう。分裂症や偏執狂はこの新しいカテゴリーに席をゆずるでしょう。

こういう患者をネオイドと呼びたい。名前はどうでもいいのです。問題は症状だ。あなたは細菌のことを、バクテリアのことを御存知ですか」

ブロムリーはうなずいた。

「では、バクテリアがこの数年のあいだに変化していることも御存知ですね。人間がサルファ剤を発明すると、かれらは抗サルファ性を獲得します。人間はたくさんの抗生物質を考え出しました——ペニシリン、ストレプトマイシン、ほかにも無数にあります。ところが細菌どもはそれに適応してしまう。その結果はどうか。新しい細菌の誕生です」

おれをバイキン扱いしている、とブロムリーは思ったが、黙って聞いていた。フェル先生はすこし調子を高めて喋りつづけた。

「こうして細菌は変化しますが、それでも人間にとりついて離れないことだけは変わりありません。アベレイションも——普通のことばで言えば狂気ですね——これも時代と共に移り変わりますが、人間に憑いていることだけは変わりない。五百年前、狂気の最も一般的なかたちといえば、それは憑きものにたいする信仰でした。三百年前、人間は魔術や妖術に迷わされました。自分の個性をコントロールできない者は、新しい個性を創り出して——魔術師になったのです。なぜなら、魔法使いとは権力の象徴であり、生と死の秘密を知りつくした最高権威でしょう。自分で自分を調整できない者は、権威のなかで自分を再確認しようとする。分かりますか、この意味が」

　ブロムリーはうなずいたが、もう何も分からなかった。意味はもうどうでもいいのだ。フェル先生の声が高まると、同時に恐怖が高まってきた。

「そう、三百年前には、何千人もの男女が、自分たちはほんとうに魔女あるいは魔法使いであると信じきって、火刑台に上りました。日常生活の緊張に耐えられず、力のシンボルであるところの新しい人格を追い求めた哀れな人々です。

　ところで、ブロムリーさん、時代は移ります。あなたの身に起こったことを考えてみて下さい。あなたの人格は崩壊した。そうですね？　あなたは現実との接触を失い始めた。あなたの場は根底からくつがえされた。

　それはあなたが孤独な生活をしているからです。あなたには個人的な結びつきもなかったし、頼りになる友人もなかった。あなたの存在を確認してくれる人はだれもいない。そしてあなたの仕事も、むなしかった。あなたの仕事は、ニセモノの世界が相手です。世間にたいして人工的な個性を生み出すためにウソを製造すること——それがプレス・エイジェントの仕事でしょう？　あなたは非現実の世界に住み、非現実のことばや文章を扱っていた。広告文の言いまわしや流行の文句は、あなた方の世界でだけ、ほんものの思想の代用品として、なんとなく通用することばにすぎません。あなたはアイデアを盗み、しゃれや言いまわしを盗む。流行のキャッチ・フレーズを盗む。そして気がついたときは、あたり一帯がすっかり非現実に見える。自分が何者なのか分からなくなって、あなたはあわてる。そうですね？」

フェル先生があまり接近してきたので、ブロムリーは恐怖が迫ってくるのを感じた。恐怖が消えることを願いながら、ブロムリーはうなずいた。けれども、フェル先生には、ここにいてもらいたかった。ここにいて、問題を解決してもらいたかった。

「あなたは馬鹿じゃない、クライド」フェル先生はここで初めてブロムリーに名前で呼びかけた。それは先生のことばの親密さを強調していた。「何かが異常であること、何かが起こりかけていることを、あなたは感じとった。そこで、他人がしはじめていることを、あなたもした。あと何年か経って、新しい狂気を創り出すもととなることを、あなたはした。だから、あなたのケースは重要なのです、クライド。あなたは新しい精神病患者の第一号なのですよ！」

恐怖はそこにいた。恐怖はフェル先生の対位法だった。それは一つ一つのことばにアクセントをつけた。ブロムリーは恐怖を感じ、ことばを聴いていた。

「ある者は性格改造の本などを読むでしょう。ある者は超心理学の脇道をさまようでしょう――ＥＳＰ、テレパシーとか、オカルティズムとか、いろいろあります。またある者はそのまま前進を続けます。悪霊を呼び出すことはできないにせよ、フロイトとか、アドラーとか、ユングとか、モル、ステケル、レイク、そういう魔王たちと付き合うことはできます。呪文をとなえたりはしないが、新しい密教《カバラ》を、新しい神秘のことばを学ぶことはできるのです。スキゾフレニア、エコラリア、逆行性メランコリア――いくらでもすらすら出て来ることばでしょう？

よく考えてごらんなさい、クライド。あなたは商売が不振で、ひまな日が多かった頃、図書館へ通って、精神病の本を乱読しませんでしたか。過去数ヵ月間、錯覚や幻覚や執念や、ノイローゼや精神病、そういったものの世界に埋没したのではありませんか。言い換えれば、あなたは自分が発狂しそうだと感じたとき、精神医学を勉強することによって、それを克服しようとしたのではありませんか。ちょうど過去の人たちが悪霊にとり憑かれたと感じたとき、妖術や黒魔術を研究したように」

ブロムリーは上体を起こそうとした。フェル先生の顔がぐっと近づき、その動きをおしとどめた。

「昔の人がどうなったかは知っていますね、クライド。かれらは、かれらの意識のなかでは、魔術師になった。それならば、今のあなたは、御自分の身に何が起こったか、御存知のはずです。すくなくとも推理はできるでしょう。過去一週間のうちに、あなたはもはやプレス・エイジェントではなくなった。もはや理性的な人間であることは不可能になった。そして新しい自己を確認するために、あなたは精神科医になった。つまりわたしを発明したのです！

この診察室はあなたの事務所に似ている、うちの受付嬢はあなたの秘書に似ている、わたしはあなたに似ている――あなたはそう言いましたね。まだ分からないのですか。ここはあなたの事務所なのです。あれはあなたの秘書なのです。あなたは毎日ここへやって来て、あなたの寝椅子に横になり、自分で自分と話をした。それを聞いて、あの女の子がおびえるのも無理はありません。どうです、もう分かったでしょう、あなたは誰なのかが」

ブロムリーの耳もとで叫んでいるのは、フェル先生なのか、それとも恐怖そのものか。

「これが最後のチャンスですよ、クライド。ここで最終的に決めなければいけない。御自分の存在を信じれば、あなたはもう一度あなた自身に還ることもできる。さもなければ、新しい精神病患者の第一号になるばかりです。もう一回、もう一回だけお訊きしましょう。あなたは誰です」

クライド・ブロムリーは寝椅子に横たわり、部屋は大揺れに揺れ、回転していた。いろいろな光景が、無数の光景が見えた。母親のスカートにすがっているクライド少年の色褪せたスナップショット――合衆国海軍大尉の制服を着たブロムリー――慈善ショウの舞台で一流喜劇人と握手しているPRの鬼のブロムリー――公立図書館でさまざまな何々学や何々主義の本に読みふけっているブロムリー――頼みの綱も切れて寝椅子に横たわったブロムリー。

ブロムリーはそれらの光景を眺め、トランプのカードのように切ったりえらび出したりして、とうとう心を決めた。心のなかで、フェル先生の質問に答えた。

すると恐怖が消え、ブロムリーは眠りにおちた。寝椅子の上で、永いこと眠りつづけた。目がさめると、あたりは暗く、部屋のなかにはだれもいなかった。だれかがドアを叩いている。

それはかれがつかっている女の子だった。まちがいない。ここはかれの事務所だ。秘書はためらいがちに入って来た。かれは立ちあがり、生まれかわったような微笑を浮かべて、明かりをつけた。

「ちょっと心配だったものですから」と、女の子は言った。「ずっとここにいらして、音が全然きこえなくて――」

かれは笑った。その笑い声が、心のなかの確信をほんのわずかしか表現していないことに気がついて、もう一度、心のなかで笑った。かれはとうとう戦いに勝ったのだ。

「眠っていたんだよ」と、かれは言った。「心配しなくても大丈夫だ。これからは、もりもり働こう。ここひと月ばかりスランプだったが、もう治った。詳しい話はあとでするよ。食事に行こう。めしを食いながら、新しい計画を練ろう」

女の子は微笑した。雇い主の変化がはっきりと感じられたのだ。暗い部屋にとつぜん日の光がさしこんだような変化だった。

「はい」と、女の子は言った。「分かりました、ブロムリーさん」

かれは体をこわばらせた。「ブロムリー？　あの患者か？　わたしの顔を忘れたのかい、きみ」

強い刺激

The Big Kick

　たいていの人は、預金通帳で財産の額を確かめる。でも、ジュディはいつも鏡を使った。

　たいていの男は、きれいな体だとほめてくれたけど、ジュディは鏡の言うことのほうを信用した。鏡なら、息を切らしたり、摑みかかったり、よだれを流したりせずに、いつもおなじ答えを出してくれる。

　ただ困ったことに、鏡には、お金がない。きれいな服や、大きな車や、すてきなアパートに、鏡はお金をはらってくれない。ほんとにそういうものを欲しいのかどうか、ジュディはときどき疑いをもつのだけれど、でも、だって、人生にはほかに何がある？

　ミッチに逢ってからだった、ほかのことを知ったのは。

　ミッチは黒い髪をクルー・カットに刈って、眉毛は濃く、顎髭を生やしていた。服や車やアパートに払うお金は持っていなかったけれど、ほかの男みたいにがつがつ女を欲しがりもしなかった。ただあっさりと、乱暴にジュディをわがものにして、それから刺激のことを教えてくれたのだ。

　そのあっさりした乱暴のせいかもしれない、ジュディはとつぜん人生の意味を知ったのだった。だから今、ミッチと同棲している。いつも汚れたTシャツと汚れたズボンを身につけ、がたがたの五一年型シボレーを乗りまわし、エレベーターもない安アパートに住むミッチと。

　その安アパートで、ジュディは刺激をおぼえたのだ。

　ミッチは、隠語をはじめとして、ビート族のことを何から何まで教えてくれた。初めのうち、ジュディはちょっと馬鹿みたいだと思ったが——だってミッチのことを「クールなおっさん」なんて呼べたもんじゃない――でもだんだん意味がなんとなく分かりかけてきたのだ。たとえば、ミッチがタイミングよく、「ベビー、お前のことを一番掘るぜ（「掘る」は「全面的に理解する」の意味で、性的な関係を示すときも使われる言葉）」と言うときなんか、とてもよく分かる。

　要するに、すべては、ミッチと一緒に動いているのだった。ジュディも、まもなく、いかれたビート族の連中と付き合うようになった。みんなミッチの大学の友だちだ。みんなでだれかの家へ行って、マリファナを吸ったりする。それはとてもイカすのだった。

　ミッチのグループは、ジャズ・ファンではないけれど、ミッチはボンゴを叩くのが上手だった。「音楽には気をつけろよ」と、ミッチはよく言った。「ありゃ薬《ヤク》みたいなもんで、深みにはまったらどうしようもない。音楽が分からなくたって、ビートは分かるからな。要するにビートがすべてさ。たとえば東洋の禅にしたって……」

　そこから先の話は、ジュディにはわからない。むずかしい話にはヨワいのだ。そんな話はイカさないじゃないか。刺激だけじゃ、なぜいけないんだろう。それでも、ときどき、ミッチとその仲間は、意味だとか、意義だとか、退屈な議論を始めるのだった。

　ある晩、ミッチが説明してくれたこともある。それは大騒ぎの晩で、あたりは何もかも揺れているような仲間の集まりだった。「最高だなあ」と、ミッチは言った。「こうやって、若い連中が汚ねえ部屋に集まってさ、あしたのメシ代もねえ奴ばっかりだ。でも、最高にイカすじゃないか」

「でも、未来のことを考えたりしない？」と、ジュディは訊ねた。

「これが未来なんだよ、分かんねえかなあ」と、ミッチは答えた。「世界はまんまるでさ、その中心でおれたちが刺激を味わってるんだ。四角《スクエア》（「堅気」の意）の世界じゃ、いったい何がある？　まじめに勉強しろとまともに就職しろじゃねえか。退屈きわまりないよ。あとは、結婚して身を固めろと、月賦で物を買えと、女房子供を大事にしろだ。そうやって五十ぐらいでくたばって、花環を飾られるのが関の山さ」

「いいわよ、分かったわよ」と、ジュディは言った。「わたしと結婚しないって言うんでしょ。わたしもだらだらめそめそしたのは嫌いよ。でも女はやっぱりいろいろ考えますからね。わたしにはお金がないし、あんたには職がないし――」

「そんなら金をつくれよ」と、ミッチは肩をすくめた。「ハクいスポンサーでも見つけろよ」

「奥さんと子供が六人もいるふとったお爺ちゃんかなんか？　そういうのとモーテルに出入りして、お小遣いをもらえばいいの？」ジュディは不満そうな声を出した。「わたし、いやあよ、そんなの。もうそんなのは卒業してますからね。苦労するわりに、トラブルばかり多いものなのよ」

「だろうな」と、ミッチはうなずいた。「でも苦労するこたあないさ。スポンサーてのは、こっちで探しちゃいけない。むこうが寄って来るのを悠々と待ってりゃいいんだ。たとえば、あんなのはどうだい」

ミッチが親指でゆびさしたのは、入口のところに立って、煙もうもうの部屋を角縁の眼鏡の奥からじっと眺めている、背の高いやせた男だった。

「あれはケニーってんだが、やな野郎だよ」と、ミッチは言った。「昔は大学の助教授だったんだけれども、食うには困らないのさ。金持ちなんだ。フィルが言ってたけど、この集まりに入りてえばっかりに、今晩もウィスキーを三本持って来たとさ。気どってるだろ？　お前に目をつけてるぞ」

ジュディはケニーをながめて、しかめっ面をした。

「パッとしないわね」

「そう、パッとしない。しかし、あれならスポンサーにゃもってこいだよ。上流階級の出だからな。あいつらは、おれたちのまわりでうろうろしてるのさ。インテリの、自意識過剰の、おカマみてえな野郎どもだよ。無茶をやるのはこわいが、遊びたいことは遊びたくって仕方ねえんだ。ちょっと水を向けりゃイチコロだよ。

すこしイジめたほうがいいかな」

ジュディはもう一度ケニーを見た。相手は遠くから恥ずかしそうにウィンクした。

「そうね、どうしようかな」と、ジュディは呟いた。

「一つも損することはねえじゃねえか」と、ミッチがけしかけた。「お前はそういう女なんだ。つまり美人だってことだよ」

美人だと言われるとひとたまりもない。ジュディは立ちあがり、女王みたいに気どって、ケニーに近寄った。

ケニーはジュディを女王のように奉ってくれた。ぜんぜんビートじゃないけど、親切な人だ、とジュディは思った。お酒は注いでくれるし、タバコに火をつけてくれるし、坐り心地はどうですかとか、おなかがすきませんかとか、いろいろ気を使う。それにジュディにさわろうともしないし、どこか人のいない所へ行こうとも言わない。ただ喋るだけなのだ。

「あした電話をかけてくるって」と、ジュディがあとでミッチに言った。「デートの約束よ。わたしがデートしても怒らない？」

「最初からそのつもりじゃないか。大いに遊んで来なよ！」ミッチはにやにやした。「おれに嫉《や》いてもらいたかったのか」そしてジュディをいきなりベッドに引きずりこんだ。「おれは嫉かないね。あのケニーって奴は、女と寝ることもできねえんだ。病気だよ」

「でも話は面白いわよ――」

「病気だよ、病気なんだよ」と、ミッチは繰り返した。「まじめに教えてやろうか。まるっきりの堅気は、やっぱり病気だけども、堅気なりに可愛いところがある。仕事だとか、家族だとか、選挙だとか、そういうもんはみんなマヤカシで、連中は一人残らずだまされてるんだ。でも、大まじめにそんなことをやってるとこが可愛いじゃないか。

ところがケニーみてえな気味のわるい野郎は、もっと程度がわるい。マヤカシをマヤカシだと見ぬいてるくせに、それを蹴っとばせねえんだな。だから、ビート・ジェネレーションとかなんとか、分析ばかりして、おれたちのまわりをうろついてるが、気が小さいから仲間入りはできねえのさ」

ミッチはジュディを抱き寄せた。「だから安心してデートしな！　問題なんかありゃしねえよ。そりゃ奴はお前に惚れてるが、なにしろ病気だから、寝たりなんかはできねえんだ。病気だから、強い刺激は無理なんだよ。こういう刺激はな。これだけだろ、ベビー。これだよ。強い刺激だ。最高だろ」

「うん」と、ジュディはおうむ返しに言った。「最高よ！」

そこでジュディは、ケニーに誘われるまま、ショウや、高級レストランや、音楽会へ行った。ケニーは、ほかのパーティには決して誘わない。友だちは一人もいないらしかった。

「ただ淋しいだけなのよ」と、ジュディはミッチに言った。

ミッチは肩をすぼめた。「じゃあ、そろそろ報酬を取って付き合うようにしろよ。こういう手にするか……」

ミッチは方法を教え、ジュディはそのとおりにした。仕事を探すために、質屋に入っている服を出したいということ。ケニーはその金をくれた。

ミッチの車がこわれて、ガレージから修理代を催促されていること。ケニーはこれにも金を出してくれた。

部屋代をたねにお涙頂戴の物語。ケニーはまたもや財布をあけたが、今度は自分の口もひらいたのだった。

「ミッチに、これっきりだと言って下さい」と、ケニーは言った。

ちょうど高級レストランで食事を注文したところだった。だからジュディは喧嘩をしたくなかった。

けれども、背の高い男には怒っている様子は見えなかった。眼鏡の厚いレンズのむこうから、黒い目が微笑していた。「じゃあ、あなたは、これが最初からミッチのお膳立てだということを、ぼくが知らないと思っていたんですか。初めからミッチの計画したことだったんでしょう？　ぼくがあなた方のパーティへ行くたびにウィスキーを買っていかなきゃならないのは、フィルのアイデアです。みんなが外で食事をするたびに、勘定を払う便利な人間として、ぼくが毎回誘われるのは、ジーンのアイデアです。それとおなじことなんでしょう？」

　ジュディは溜息をついた。「知っていたんなら、どうしてそんな馬鹿なことをしていたの」

「まあ、入場料みたいなものですね。ぼくはショウを楽しんでいるわけです」

「あ！」ジュディは思いついたことを言った。「あなた小説かなにか書いてるんじゃない？」

　ケニーはちょっと笑って、頭をふった。「どうしてぼくが書かなきゃならないんです。書くほどのことは何もありませんよ。目新しいことは一つもないんです。三十年前に、あなたのミッチみたいな人たちは失われた世代と称し、ヘミングウェイやスコット・フィッツジェラルドがかれらの予言者だったんです。二十年前に、かれらはコミュニストだった。十年前には実存主義者だった。

　しかし実はなに一つ変わっちゃいないんです。ミッチとその仲間たちは、いつでも理屈を見つけますけどね。かれらのビート哲学から、〈音楽《ジャンプ》〉とか〈笑い《フリップ》〉とか〈勝負《ブロウ》〉とか〈刺激《キック》〉とかいうアクロバット的隠語をとりのぞいたら、いったい何が残ります？　未成熟な人たちがいろんなキャッチ・フレーズのみに隠れて閉鎖的なグループを形成していることは、かれらが自分や他人にたいする無責任を劇的に仕立てようとしていることを示すだけですよ」

　ジュディはかぶりをふった。「そんなのひどいわ！　ミッチは音楽家だし、フィルは絵描きだし、ジーンは詩を書いてるし——」

「昔もそうだったんです」とケニーは説明した。「グレニッチ・ヴィレッジでも、ヴィユウ・キャレでも、ノース・エンドでもね。しかし、ほんとうに何かを創り出す才能を持った人は、そういう場所には長居しません。じき出て行きます。そして社会の秩序に順応できないとすれば、自分の精神的な秩序を発展させるのです。ミッチのような男は自己憐憫を発展させることしかできない。芸術とかなんとか言ってるのは、寄生的な生活様式を正当化するための口実にすぎないんです」

「すくなくとも、あの人たちは生きてるわ」と、ジュディは言った。「刺激を味わってるわ。お喋りばっかりして、自分の欲しいものも取れないほど臆病で不健康な人たちとはちがうわ」

ケニーは、溜息をついた。「カンバスに絵具をぶっかけたり、調子っぱずれに楽器を演奏したりするだけじゃ、だれも叛逆する気になれません。他人が金を払った酒で酔っぱらい、他人の家の床に嘔吐《もど》したりするのは、英雄でなくてもできることです。刺激か！　ミッチみたいな子供に、ほんとうの感覚の潜在力が理解できますかねえ」

ケニーはジュディの手首を握った。その力は意外に強かった。「ミッチとぼくとのちがいは、ぼくが自分の欲望をよく知っているというところにあるんです。それに、ぼくはミッチより大人だから、欲望の実現を待つこともできるんです」

ジュディは手首をふりほどいた。「きっと永いことち待たなくちゃならないわよ」と、ジュディは言い、立ちあがった。「もう帰るわ」

アパートまで送ってくれたケニーが、何も言わずに立ち去ったので、ジュディはすこし不安になった。

「ヘマをやったわ」と、ジュディはミッチに報告した。「喧嘩をしちゃったの」

ミッチは頭を振った。「なあに、大丈夫だ。むこうから折れてくるよ」

「やきもちをやいたのかしら、あの人」

「こりゃ面白えや！」ミッチはシャツをめくって、ぼりぼり背中を掻いた。「そうなるとますます病気だよ。完全なマゾヒストだ」

マゾヒストの意味をジュディが知らないので、ミッチは説明しなければならなかった。

　ジュディはうなずいた。「きっとそれだと思うわ。でも、あんた、そんなむずかしいことば、どこでおぼえたの」

「おれは心理学をやったからね。ケニーの気持ちなんかよくわかる。奴が一生懸命になってミッチは単純な男なんだとお前に吹きこんでも、おれは痛くもかゆくもないね。そのバナナの皮をむいたら、あとに何が残る。相も変わらぬ善と悪、古めかしい道徳だけじゃないか」ミッチはジュディの腰に手をまわし、指を動かした。「なあ。そうじゃないか。ちがうかい」

　ジュディは身ぶるいした。「分からないわ。どっちでもいいわ。問題は、あなたとわたしがいるってことよ」

「そうだ。お前とおれだ。それから刺激だ」ミッチはジュディを離した。「しかし、話の本筋を忘れちゃいけない。おれたちにはやっぱり金が要るよ。もし来週、太平洋岸《コースト》へ行くとすれば——」

「太平洋岸《コースト》？」

「フリスコ（サンフランシスコのこと）だ。前にリッチモンドで付き合ったことがあるビル・ワレスって奴が、むこうでコンボ・バンドをやらないかって言ってきたんだ。むこうは面白いぜ。あとはケニーに旅費を出させるだけだ」

「でも、またお金を貰いには行けないわ——」

　ミッチはまた片手でジュディを抱いた。「お前が行かなくてもいいんだよ。むこうが来るから。なんなら賭けたっていい」ミッチはにやりと笑った。「それから金を下さいと言う必要もない。ありのままを言やいいんだ。おれと行くって話をすりゃいい」

「きっと怒るわ」

「そこがマゾヒストのちがうとこなんだ。ああいうタイプはよく分かってる。お前がつれなくすればするほど、奴は喜ぶんだよ。それじゃお別れの贈物をしましょうって言い出すに決まってるさ。何しろ病気だからな」

「でも、そんなのよくないわ。あの人がほんとにそういう病気なら、いじめるのは――」

ミッチは両手でジュディを抱いた。「よくないとか、いいとか、そんなのに意味があると思ってるのか。だれかが言ってたが、善も悪も踏み越えなきゃ駄目だよ。問題は強い刺激、それだけだ」

「強い刺激ね！」と、ジュディは言った。「ほんとに面白くなってきたわ！」

二日後に、ミッチの予言どおりケニーが電話をかけてきたので、事態はますます面白くなってきた。そこでジュディは勇を鼓して、ミッチに教えられたとおり、すべてありのままを喋った。ケニーの反応は、これまたミッチが予言したとおりだった。やっぱりこれは本物のマゾヒストに相違ない。

もちろん、ケニーが贈物のことを何も言わずに、ただきようならとだけ言って帰って行ったとき、ジュディはひどく不安になったのだ。

「駄目だったわ」と、ジュディは報告した。「あしたの午後発つって言ったのに、にこにこして幸運を祈りますって言うだけなのよ。キスもしようとしないの……」

「まあ待てよ」と、ミッチ。「もうちょっと待ってみろよ！」

翌朝、小包が届いた。ジュディはひどく興奮し、ミッチに小包をあけさせた。箱の包み紙を剝がし、蓋をあけるまで、ミッチは冷静だった。それからガタガタふるえ出した。

「こりゃまたなんてこった！」とミッチは言った。

「見ろよ！」

それはダイヤのブレスレットだった。大きなブレスレットだ。

「ミッチ、よく見て。ニセモノじゃない？」

「いや、本物だ。ほら、店のレッテルが貼ってあるだろう。オーフィット宝石店だ。あそこじゃ模造品は売らないよ。こりゃあ、安くて五千ドル、ひょっとすると一万ドルはするしろものだぜ！」

ジュディが右の手首にはめようとしたブレスレットを、ミッチは、ひったくった。「何をやってんだよ。時間がないんだ。そんな、いじくりまわすひまはありゃしないぜ」

「でも――」

「いいか、こうするんだ。これからおれがこいつを持って、オーフィット宝石店へ行く。いいや、返すんじゃないんだ。それとなく値段を調べるのさ。それが分かったら、山の手へ行って、質屋へ入れる。な、質屋に入れるとき、値段が分かっていないとまずいだろ」

「ああ、こんなきれいなのに――」

ミッチはジュディのポニー・テールを摑んだ。「惜しがるのは、旅に出てからにしてくれ。今日の午後、太平洋岸《コースト》へ発つんだ。その旅費にする。いいな？」

ジュディは黙っている。

「オーケー」と、ミッチは呟いた。「じゃあ、そのブレスレットを持っていろよ。おれがいなくなったら、むこうの計算どおり、おめおめとケニーのとこへ行くがいいさ。あの病人と二人で、ぬるま湯みたいな暮らしをするんだな。おれは太平洋岸《コースト》でぞんぶんに刺激を味わうがね」

ジュディはミッチの腕を摑んだ。「いやよ、ミッチ。ブレスレットなんか要らないわ。連れてって。あんたの言うとおり、質に入れましょう」

そこで二人は、いっしょにオーフィット宝石店へ行った。だが出掛ける前に、ミッチは服を着替えた。青い背広に白いワイシャツ、それにネクタイまで締めた。「オーフィット宝石店みたいな所へは、ビートの恰好じゃ行けないからな」と、ミッチは言った。「それから、すぐ金に換えたって噂がケニーに届くと癪だろう。お前は外で見張っていてくれ。あとの交渉はおれがうまくやるから。堅気そっくりに振る舞ってみせるよ」

車を店のまん前にとめ、ジュディは、そのまま車にのこり、ミッチが店に入って行った。窓の外から見ていると、ちょっとすましたミッチのほうへ、店員が近づいて行く。ミッチは二言三言話してから、ブレスレットを出した。店員はそれを調べている。
ジュディが外から眺めているうちに、店員は支配人を呼んで来た。二人でミッチに何か言い出した。ミッチは面倒くさそうに頭を振っている。やがて彼はカウンターをどしんと叩き、出て行こうとして、支配人に腕を摑まれた。と、突然、守衛の制服を着たもう一人の男が現われ、ミッチの腕を摑んだ。最初の店員が盗難警報器のボタンを押し、ほかの二人がミッチをしっかりおさえつけた。遠くからサイレンの音が次第に近づいてくる。

そこでジュディは車のエンジンを入れ、走り去った。

車には旅行用の荷物が積みこんであったが、このまま町を出るわけにはいかない。お金が一文もないし、ミッチはあんなことになってしまったのだ。アパートへ帰るよりほか、どうしようもない。アパートへ着く頃になって、ジュディはようやくこの事件の意味を悟った。

だから、背の高い男が、階段の隅のくらがりに立っていても、いっこうにおどろかなかったのだ。心のなかで取引をすませていたから、ジュディは怒りも騒ぎもせず、車から下りると、その男にちょっと会釈をして、さっさと階段を上った。男はあとからついて来た。

ジュディはドアの鍵をあけ、手招きして男を中に入れた。

「ぼくの姿を見ても、たいしておどろかないんですね」と、ケニーが言った。

ジュディは肩をすくめた。

「ということは、この事件の意味がわかったということだ」と、ケニーは言った。「それなら、こうしてもおどろかないだろうね」ケニーはいきなりドアに鍵をかけた。うすくらがりのなかで鍵がキラリと光り、ケニーのポケットのなかへ消えた。

「うまいことをやったつもりなのね」と、ジュディは言った。「ミッチがオーフィット宝石店へ値段を確かめに行って、そこで捕まることを計算に入れて、あのブレスレットを盗んだのね」

「うまいことをやっただろう?」とケニーは言った。「とにかくミッチはまんまと罠に落ちたからね。きっと二年は臭い飯を食うことになるだろう。自分の馬鹿さ加減を悟る時間はたっぷりあるさ。あるいは自分の欲の深さをね」ケニーは暗い部屋のなかで照れくさそうに笑った。「欲の深さ——この場合、愉快な表現だね!」

「わたし、警察へ行くかもしれないわよ。事情をすっかり話すかもしれないわよ」と、ジュディが言った。

ケニーはうなずいた。「なるほど。しかし、警察はあんたを信用しないだろうね。車には荷物がいっぱい積んである。この町から逃げ出そうとしていたことは一目瞭然だ。しかも、あんた方には、この町に友だちがいない。まともな証人になれるような、ほんとうの友だちが一人もいない。それがあんた方ビート族の弱点さ——つまり根無し草なんだ。一晩のうちに消えても、だれ一人として気にとめる者はいない——」

「お説教はやめて」と、ジュディは呟いた。「そんなにいじめなくたっていいわよ。あなたの考えは分かったんだから。わたしがいうことを聞けば、ミッチを助けてくれるわね」ジュディは、ブラウスのボタンを手探りし始めた。「それなら、いうことをきくわよ」

ケニーはジュディに近寄り、たしなめるように肩に手をかけた。

「誤解しちゃ困る」とケニーはしずかに言った。「こんな面倒な細工までして、ここへ来たのは、あなたの表現を借りれば、何もいうことを聞かせるためじゃないんだ。失望させて申しわけないが、ぼくはそういうことには興味がないんでね。それから、ミッチのような馬鹿げたけだものの運命にも、何の興味も持っていない。彼は刑務所で腐らせておけばいいでしょう——もう救い出す手はありゃしないんだから」

「けだもの?」ジュディの声はふるえた。「あんたなんか、何さ、いやらしいマゾヒストじゃないの!」

ケニーは不思議そうな顔をした。「それはまた一体全体どういう意味かな」

「分かってるくせに。あんたの正体は、ミッチに教わったのよ。今だって、わたしにさわりもしないじゃないの。あんたは、こんなことはしたくないのよ。こんなことをしても刺激を感じない——」

「いや現にこうして、さわってるじゃないか！」ケニーは左手でジュディの肩をそっと愛撫した。「こんなことをしても刺激を感じないというのは、ミッチの言ったとおりですがね。しかし、マゾヒストだというのは、彼のまちがいだな。実は、ぼくはサディストなんですよ」

サディストってなあに、とジュディは訊ねようとしたが、ケニーに口をおさえられた。それから、ソファの上へ、くらがりのなかへ、あおむけに寝かされた。

悲鳴をあげることも、暴れることもできなかった。そのままの姿勢でおさえつけられたジュディが、目をまるくして見守るうちに、ケニーはナイフを取り出し、もの
すごく強い、強い刺激の実演を始めたのだ。

心の師ブロックと《異色作家短篇集》

作家
井上雅彦

『サイコ』の原作者として知られるよりも、聖書《バイブル》を書いた男として知られたかった……とロバート・ブロックは後々語ったと言われているのだが、私が今、こうして書いているのは、まごうかたなくバイブルの解説である。聖ロバートによる福音書『血は冷たく流れる』。さらには、この叢書《異色作家短篇集》こそが、私にとっては聖典《バイブル》だからである。

本叢書がこのようなスタイルでリニューアルされるとは考えてもいなかったし、そのなかでも思い入れのあるロバート・ブロックの巻に言葉を贈る機会を与えられるとは夢にも思っていなかったので、すでにアンソロジーの序文や随想や対談集などさまざまな媒体で、「伝説」の《異色作家短篇集》について想いのほどを書いてきた。おそらくは読者にとって眼球に胼胝《たこ》ができるほどだろうが、それでも重複を恐れずに核心のみを述べるなら、

「十代の頃《異色作家短篇集》と星新一のショートショートに出会わなかったなら、私は、小説を書こうという決意を固めなかったに違いない……」

ということに尽きるだろうか。

《異色作家短篇》と〈ショートショート〉とは、厳密に言えば長さの問題だけをとっても同一の概念とは言い難いだろうが、私には共通する重要なマインドが感じられてならなかった。これこそ、自分が心から愛してやまぬ……と衒《てら》い無く言える短篇小説の醍醐味そのものなのだと思う。告白を続ければ、修業時代、あなたはどんなジャンルの小説を目指しているのかと聞かれ、思わず「はい。異色作家短篇を……」と答えそうになったことが幾度かあった。もちろん、いかに微笑ましい場面であろうと自分から「異色作家」などと名乗るべきものではない。しかし、その衒いの無さこそ、「ミステリ作家」「SF作家」「ホラー作家」などと名乗る時と同様の、敬意を払うべきジャンルへの帰属意識そのものだったと今でも思うのである。つまり、《異色作家短篇》とは、私にとってジャンルそのものだった。

それぞれが、はっきりとした手法を持っている。《異色作家短篇》を《異色作家短篇》たらしめている独自の技術がある。ボーモントの詩情に浸り、ダールに酔い、シェクリイににやりとし、サーバーに腹を抱え、エリンに膝を叩き、ブラッドベリとマシスンに感謝した。なかでも、ジョン・コリアとロバート・ブロックはかなり読み込んだ。その際だった叙述テクニックに、興味を抱いたからだった。

ブロックの手法で際だっているのは、言葉の魔術である。ブロックは、言葉に幾つもの意味を込める。ありふれた言葉や単語が、あとになってみると、世にも怖ろしい特別な意味を持っていたことに気づかされ、愕然となる。広い意味での叙述トリックである。論より証拠。たとえば、本書収録の、ショートショートの鑑ともいうべき「名画」や、巧みな仕事ぶりが堪能できる「治療」、針のように鋭いラストの一行に向けて研ぎ澄まされていく「ベッツィーは生きている」などの作例を読まれれば、ブロックのその手法がおわかりになるだろう。いわば、言葉の一人二役。物柔らかな物腰のフロント係のように感じの良い単語が、実はとんでもない怪物だったことに気づかされると、もう一度、同じ短篇を最初から読みたくなる。二度目に読むと、最初の印象とまるで異なることに気が付く。一読目と二読目では、価値が逆転している。作者に挑戦して、今度は騙されぬぞとばかり、次の短篇も読む。これこそ「ミステリ」の醍醐味そのものだろう。「ホラー」「ショッカー」あるいは「SF」の姿をした「ミステリ」。こんなところも《異色作家短篇集》ならではなのだろう。あるいは、「ミステリ」というよりも、これは「マジック」の醍醐味かもしれない。そう考えれば、この短篇集の巻頭で捧げられているクレイトン・ロースンへの祝辞《リスペクト》も腑に落ちる。ロバート・ブロックが巻頭でリスペクトを贈っているのはラヴクラフトでもエドガー・アラン・ポオでもなく、クレイトン・ロースン。ロースンは御存じの通り、天才奇術師探偵グレート・マーリニの活躍する『帽子から飛び出した死』をはじめとするミステリを世に送った。探偵マーリニは五代続いた高名なサーカス一家の出身とのことだが、作者ロースン本人こそ、マーリニの名で活躍した奇術師でもあった。「ふところに刃《やいば》をのむ人」と紹介されているが、懐どころか喉の奥にまで刃を呑み込みそうな作家である。EQMM誌の編集者としても活躍し、ディクスン・カーとも親交があったことは有名だが、ロバート・ブロックとも熱い信頼関係があったというのも面白い。そう考えると……本作収録の「最後の演技」に登場する「偉大なるルードルフ」と「グレート・マーリニ」の競演さえ頭に思い描いてしまうのである。

もうひとつブロック短篇の特徴をあげるならば、〈ハリウッドもの〉がある。映画界の内幕を垣間見せながら、映画の都《ハリウッド》がとんでもないダークサイドや超自然に繋がっている……という独特の世界観を有する作品群である。短篇集『切り裂きジャックはあなたの友』（ハヤカワ文庫ＮＶ）の「タレント」や「安息に戻る」、『楽しい悪夢』（ハヤカワ文庫ＮＶ）収録の「ドリーム・メーカーズ」などがその好例だが、本書収録作では「ベッツィーは生きている」が該当する。

　ブロックはいわゆるラヴクラフト・スクールの一員（すなわち、ホラー作家ラヴクラフトの創造したクトゥルー神話の書き手）として《ウィアード・テールズ》誌に登場したが、クトゥルーやショゴスなど暗黒神話の邪神類たちの替わりに、ルドルフ・バレンティノやジーン・ハーロウなどの実在の俳優名が乱舞する〈ハリウッドもの〉を書き始める。これは、いわば〈ハリウッド神話〉ではあり、形を変えたブロック一流の邪神物語ともとることができる。『サイコ』がまったく新しい〈怨霊もの〉――怨霊の登場しない怨霊もの――として書かれたのと同じように、「ベッツィーは生きている」は、新しいタイプの邪神ものと解釈することもできる。ここには、一般的な意味の邪神こそ現れないものの、まさに人間の姿をした食屍鬼《グール》が登場するのである。（本文にもセリフの中で明記されているこの食屍鬼《グール》とは、地中深く棲み、屍者を喰らう呪われた怪物。ラヴクラフトの神話でも馴染み深い魔物である）

　ともあれ、業界ものや内幕もののジャーナリズムの体裁をとり、実在の映画俳優や監督の固有名詞を鏤める方法は、ホラーやＳＦといういわば荒唐無稽な世界にリアリティをもたせる方法としては有効だ。実在の地名の入った怪談が妙に怖いのと同様の効果でもあり（ジャック・フィニイ『レベル３』収録の「こわい」が本当に怖いのも、この効能である）、ブロックはこのテクニックの巧者である。

　ロバート・ブロックの訃報が飛び込んできた一九九四年九月には、私はホラー映画専門誌《日本版ＦＡＮＧＯＲＩＡ》で、ショートショートを連載していた。映画マニア向けの雑誌のため、俳優や監督などの固有名詞を作品内にできるだけ入れる制約を自分に課していた。つまり、ブロックの手法をどれだけ試せるかと思っていた矢先の第3話目執筆寸前に、奇しくもブロックの訃報が入ってきたのである。師にワープロを覗かれている。そんな感覚に慄然とした。「この作品を謹んで、ホラーとショッカーの名匠の霊に捧げる」との枕詞を添えて書き出した。「エルム街の悪夢」を題材に依頼されたこの掌篇「悪夢街の男」は、結果、本書収録の巻頭作品「芝居をつづけろ」と対になる作品となった。こんな書き方をしたのも、ブロックがエドガー・アラン・ポオの未完成作品の続きを書いたという「遊び心」を思い出したからでもあり、ブロックはそんなマインドを実践した先駆者でもあった。あらゆる意味で我が心の師と仰げる作家だった。

思い出しついでに、ブロックへの私的な思い出をもうひとつだけ。一九八〇年にアルフレッド・ヒッチコックが死去する直前、深夜一時頃から『ヒッチコック劇場』の再放送が始まった。第一回はヒッチコック自身が監督した「バーン、もう死んだ」であり、私は毎回、眠い目を擦って、放送を愉しみに待った。期待していたのは、植草甚一氏評などで噂に高い「酒蔵」で、これもヒッチコック自身の監督作だが、なにしろ原作はジョン・コリアの「クリスマスに帰る」（異色作家短篇集『炎のなかの絵』収録）である。しかし、結局、未放送か私が見逃したのか観られなかった。しかし、そのかわり、思いもかけない傑作と出会えた。少女の悪意を扱った「悪い花」という作品。これこそ、本書収録の「ほくそ笑む場所」の映像化作品だった。ヒッチコック監督でこそなかったが、演出はヒッチ・タッチを意識し、殺人鬼が登場して、水面に殺人記事の載った新聞が落ちるまでのシークエンスが素晴らしい（後年、スピルバーグの「マイノリティ・リポート」で、湖畔にジェシカ・ハーパーの登場する場面などを観ても、私はこのシーンとともに、ブロックの文体をも彷彿としてしまうのだ)。ちなみに、この物語、穿って考えると、オーガスト・ダーレスの「淋しい場所」のモチーフに対するブロック流の返歌とも考えることもできようが、なによりも――「悪い花」は原作のみならず脚本もロバート・ブロックが手がけていたからこそ、あの味が出せたのだろう。深夜に観た『ヒッチコック劇場』の再放送のなかで最も印象の強烈な作品だった。当時学生だった私はこの『ヒッチコック劇場』放送の感動を東京新聞夕刊のテレビ欄に投稿した。ショートショートでも短篇小説でもなかったが、この文章で、私は生まれてはじめて原稿料なるものを貰った。

本書は、一九六二年十月に〈異色作家短篇集〉として、
一九七六年六月に同・改訂新版として刊行された。